少年帝王传

南宫不凡 著

少年康熙

南京大学出版社

图书在版编目(CIP)数据

少年康熙 / 南宫不凡著. — 南京：南京大学出版社，
2018.5

(少年帝王传)
ISBN 978 - 7 - 305 - 19346 - 0

Ⅰ. ①少… Ⅱ. ①南… Ⅲ. ①传记小说－中国－当代
Ⅳ. ①I247.5

中国版本图书馆 CIP 数据核字(2017)第 246359 号

本书经上海青山文化传播有限公司授权独家出版中文简体字版

出版发行　南京大学出版社
社　　址　南京市汉口路 22 号　　　邮　编　210093
出 版 人　金鑫荣
丛 书 名　少年帝王传
书　　名　**少年康熙**
著　　者　南宫不凡
责任编辑　薛　艳　官欣欣　　　　编辑热线　025 - 83592123

照　　排　南京南琳图文制作有限公司
印　　刷　江苏凤凰通达印刷有限公司
开　　本　880×1230　1/32　印张 10.875　字数 238 千
版　　次　2018 年 5 月第 1 版　2018 年 5 月第 1 次印刷
ISBN 978 - 7 - 305 - 19346 - 0
定　　价　35.00 元

网址：http://www.njupco.com
官方微博：http://weibo.com/njupco
官方微信号：njupress
销售咨询热线：(025) 83594756

导　读

　　他是在位时间最长的皇帝,也是聪明绝顶的少年天子,所有智慧的光辉在年少时就已闪烁。他八岁登基,十六岁亲擒鳌拜,开启亲政生涯。此后长达半个多世纪的统治中,他扫除三藩、收复台湾、平叛噶尔丹,对外击退沙俄入侵,鼓励垦荒,整修河道,奠定了百年"康乾盛世"的基业。他,就是清圣祖康熙。

　　八岁的玄烨登上帝位,四臣受命辅政,但辅政四大臣各怀心机,互相攻击,满汉矛盾加深,天算案爆发,汤若望受牵连入狱,朝政危机四伏,年幼的小皇帝该如何是好?

　　首臣索尼病故,鳌拜逼死苏克萨哈,收服遏必隆,一手掌握朝政大权,他日渐骄奢,金殿示威,要挟幼主,玄烨年少势孤,忍让退避,他会成为第二个汉献帝吗? 如何做才能全身而退,擒下鳌拜?

　　三藩势力日增,成尾大不掉之势,玄烨到底该不该削藩? 削藩之事提上日程,三位藩王或进京探路,或退守老巢,各怀鬼胎,朝臣为求自保,多半反对削藩,平静中山雨欲来,玄烨又能不能获得支持,顺利削藩?

目　录

第一章 少小童年 志存高远

深深皇宫，天子之家，国之权力重地，是天下最荣贵的地方，也是天下矛盾和斗争最集中、最激烈的场所。贵为皇子的玄烨出生在皇宫之内，他必须面对复杂的生活环境，必须面对特殊的身世，年轻的父母亲能给他多少父慈母爱呢？"父母膝下，未得一日承欢。"这句话，正是幼年玄烨真实的生活写照。就是在这种环境中，小小的玄烨，开始了他漫长而坎坷的一生。

第一节　三皇子玄烨

顺治十一年三月十八日(公元 1654 年 5 月 4 日),春季的最后一天,一早起来,阳光格外明媚,清王朝帝都北京城内,绿树葱郁,百花争艳,燕鸣莺啼,正是一年当中最令人惬意的好时光。顺治皇帝的景仁宫内,宫女、太监们来往穿梭,忙碌不停,半天了,谁也没有停下来歇息一刻,谁也没有大声谈论过一句话,巍峨华丽的宫殿显得更加肃穆威严。

时值中午,太后博尔济吉特氏(谥号孝庄文皇后,也就是历史上有名的孝庄太后)在宫女的搀扶下走了过来,她还没有张口询问,就听一阵婴儿的哭声响了起来。太后脸上露出喜悦的微笑,景仁宫的宫女早已经上前禀告,皇妃佟佳氏顺利地产下了一个健康的男婴。

孝庄太后走进宫,看到躺在锦被丝褥上的佟佳氏和刚

康熙母孝康章皇后像

刚出生的婴儿，满意地笑着，伸手抚摸一下婴儿粉红的脸蛋，说道："这个孩子面容光华，眼神清澈，真是可爱。"佟佳氏欠欠疲惫的身躯，刚要说什么，太后忙示意她躺着别动。

佟佳氏只有十五六岁，进宫两年了，她是汉军都统佟图赖的女儿。她家是汉人入旗，本姓佟，在原来姓氏后面加上"佳"字，所以才有佟佳氏这一说法。

孩子的出生，为本来有些冷清的景仁宫增添了不少快乐。年轻的佟佳氏寡言少语，并不受皇帝宠爱，入宫后，过着寂寞谨慎的日子，幸而能够孕育皇子，对她来说，这就是最大的宽慰，也是最大的法宝。母以子贵，她在宫中的地位可以说得到进一步稳固了。

就在太后和佟佳氏望着婴儿高兴的时候，皇帝顺治兴冲冲走了进来，他虽然只有十七岁，却已经有两个儿子了，如今听说佟佳氏又生了个皇子，他兴致勃勃来到了景仁宫。看到太后早过来了，顺治急忙问讯母安。

太后瞧着儿子，面带笑意地说："恭喜皇上了，这个孩子眉目俊秀，健康活泼，必定长命百岁。"

顺治走近前看看婴儿，只见他眨着一双明亮的眼睛，不停地踢动着四肢，煞是喜人，不觉笑着说道："就给他取名玄烨吧！"

玄烨，姓爱新觉罗，他就是后来的康熙皇帝。

顺治帝给儿子取完名，看一眼佟佳氏，似乎无话可说，回头对太后说："母后，朕还有事处理，暂且告辞了。"说完，带领大小太监们离去了。

孝庄太后和佟佳氏望着顺治的背影，一个轻轻摇摇头，一个默默地垂下眼睑，一时间，景仁宫内又恢复昔日的沉寂。

　　清室皇族,对于养育后代有严格的规定,嫔妃所生的子女不能由亲生母亲抚养,必须交给皇后一并管教,而他们的哺乳喂育则寻觅专门的乳母。

　　佟佳氏望着空空的枕边,想着新生不久的儿子就这样被抱走了,母子要想见一面,也是很不容易的,于是伏在锦绣枕上嘤嘤哭泣起来。

　　三皇子玄烨就这样开始了他的人生之路。

第二节　五岁入学

　　春去秋来，日月如梭，1658 年，玄烨五岁了（按虚岁算），他在乳母孙嬷嬷的怀抱中一天天长大，虎头虎脑，聪明伶俐，很讨人喜爱。几年来，后宫内发生了很多事情，首先是皇后被废黜，贬为妃子，接着又立了一位博尔济吉特氏皇后，可惜这位皇后依然不受宠，不过，她为人圆滑善变，懂得委曲求全，地位暂时无虞。这时的顺治皇帝又纳了一位董鄂妃，特别宠幸她，可以说她是"三千宠爱，集于一身"。

　　玄烨的生母佟佳氏自然更加不受宠，她唯有把一腔希望寄托在儿子身上。眼看着孩子健康长大，她心里说不出的高兴和得意。

　　这天，孙嬷嬷带玄烨过来给她请安，她摸着儿子胖嘟嘟的小手嘘寒问暖，不住地说："快快长，大了就可以读书了。"玄烨听母亲这么说，大睁着眼睛问："为什么长大了才能读书？"这么一问，佟佳氏先是一愣，随后笑着说："为什么呢？ 这是规矩，再说太小了你也学不会呀！""我能学会。"玄烨接着母亲的话快速回答。

　　他这一句话让佟佳氏和孙嬷嬷都开心地大笑起来。孙嬷嬷说："娘娘，三阿哥聪明，一定是读书的人才。"

　　佟佳氏低头细思，她觉得这是件大事，儿子要想有出息，就得文武兼备,怀有韬略,那么才会有前途。既然他想读书,就该早早地实现他这个愿望。想到这里,佟佳氏不再怠慢,她决定带着玄烨去见太后,向她说明儿子读书的意愿。

孝庄太后听说小玄烨想读书,脸上露出惊喜神色,说道:"好啊!你父皇六岁登基,开始读书,你比他小一岁(皆算虚岁)就想读书了,真是好啊!"她想了想,看看佟佳氏,又说:"这件事情我跟皇上说吧!你不用操心了。"

顺治忙于国事,忙于宠幸董鄂妃,没有时间和额外的情趣关照几个儿子,不过,皇子的教育也属于国家大事之一,他自然不敢忽略。皇长子早丧后,他正在安排二子福全入书房读书,听说玄烨也想读书,他沉思后说:"也好,就让他们兄弟两人一起去书房读书吧!"

只有五岁的玄烨就这样和哥哥福全一起进入了书房,开始了漫长又艰苦的读书岁月。

小玄烨读书很刻苦,每日天没亮就起床了,早早地梳洗完毕,在乳母的照料下,越过一道道宫门,来到书房静候老师到来。皇宫内,宫门重重,每道门都有一道高大的门坎,玄烨年龄小,个子矮,跨越不过去,就由守门侍卫把他抱过去。日复一日,从不间断。

很快,玄烨的学业有了很大长进,在书房中崭露头角,老师们都对这个小皇子刮目相看。一次,老师让大家背诵《论语》中的一篇文章,玄烨读了几遍就会背了,他很得意,背完就跑出去玩。老师喊住他问:"三阿哥,你背会了文章,可是你知道文章的意思吗?"

玄烨回头看看老师,不在乎地说:"意思?你不是还要讲吗?

我听你讲就行了。"

老师忙说："三阿哥，所谓'读书百遍，其义自现'，读书是为了理解其中的含意，不能满足于会读会背。而且，每个人对文章的理解都不一样，你多读几遍，就会有不一样的见解。"

玄烨似懂非懂地看着老师，想想说："那么读多少遍才行呢？"

老师说："没有具体规定，不过只要你多读，肯定会有不同的认知。"

玄烨听从了老师的劝导，坐回去拿起书本继续读。果然，读了几遍后，他觉得比以前更加熟悉文章了，再读，再读……他将一篇文章读了120遍，背了120遍。等到老师讲解文章意思时，整篇文章已经烂熟于心，他能跟老师互相探讨了。老师望着聪慧的玄烨，高兴地说："三阿哥真是才智超人，了不起。"

玄烨却谦虚地说："都是老师教导有方。"

此后，玄烨每天都要将老师规定的文章读120遍，背120遍，力求熟记于心。短短的时间内，他读完了四书——《大学》、《中庸》、《论语》、《孟子》，并且牢牢掌握了其中的内容和蕴义，为以后读书和治国打下了坚实基础。他晚年时，记起这段经历，曾经对他的诸位儿子说，他少时读书，"学庸训诂，询之左右，求得大意而后愉快。日所读者，必使字字成诵，从来不肯自欺。及四子之书既已通贯，乃读尚书，于典谟训诂之中，体会古帝王孜孜求治意"。清史上也记载说，他五岁（虚岁）入书房读书，坚持不辍，十七八岁时，"早晚读书，年无间日，累得咳血，仍坚持学习"。在历史上，玄烨勤于读书是很有名的，他读完了"四书"，又开始研读《尚书》等著作，而且也学着赋诗著文，创作了不少佳作篇章，流传下来的就有 1147 首诗作,有《御制文集》(三集)、《御制诗集》、《几暇格物编》等传世。他重视史籍,成年后下令编纂《清文鉴》(满文字书)、《康熙字典》、《古今图书集成》、《全唐诗》、《皇舆全览图》等,开一代整理与雕印文化典籍之风。

除了读书外,玄烨还要学习骑射之术。当时,清人刚刚入关不久,作为马背上的民族,他们习惯培养孩子骑马、射箭等武术。所以,皇子们不但要学习诗文,还要练习骑射。书房制定了严格的制度,每天有专门的满族师父教他们射箭、骑马。对于武学,玄烨同样认真刻苦,从不偷懒,练就了防身御敌功夫,身体强健,骑射娴熟。清史上记载他"年力盛时,能挽十五力弓,发十三把箭"。

五岁玄烨所表现出的与众不同的勤奋与聪智,很快引起他的祖母孝庄太后的关注。

第三节　祖母的宠儿

说起孝庄太后,可是位了不起的女人。她的儿子顺治六岁登基,在她的辅佐下,顺利接管皇权,亲政天下,成为大清朝入关后第一位皇帝,显示了她过人的政治才能,也为她赢得了很高的政治地位。

孝庄太后

顺治亲政后,孝庄太后就闲了下来,将后宫诸事交给了皇后,看起来,她似乎无事可做,实际上,朝廷大小事务她仍然了如指掌。不过,孝庄太后胸怀宽广,她乐意把政事归还儿子。

孝庄太后信奉佛教,空闲的时候总是坐在宫内礼佛诵经。一天,她礼佛完毕,走出宫门散步,远远地,看着一位乳母模样的人走来走去,近前一看,原来是孙嬷嬷。她问:"你不是在照顾三阿哥吗?怎么跑这里来了?"

孙嬷嬷赶紧跪倒磕头:"太后,三阿哥进书房读书,到现在没有回来,我正在等他呢。"

"读书去了? 好啊! 听说他读书很用功,这样就好。"

正说着,玄烨在小太监的陪同下走过来了,他给祖母施礼问安:"皇祖母,孙儿给您请安了。"

孝庄太后看着稚气的玄烨,笑着说:"听说你熟读'四书',是真的吗?"

"是,皇祖母,我已经读完了'四书',开始读其他的了。"

孝庄太后听着玄烨流利的对答,点点头,满意地说:"你越来越有出息了,祖母问你,你读了这么多书,最喜欢哪一本?"

玄烨抬起头,睁着一双水灵灵的眼睛,噘着小嘴,认真地说:"皇祖母,我喜欢读《帝王心鉴》。"

"《帝王心鉴》?"孝庄太后诧异地重复他的话,她虽然读书不多,却知道皇子们都要学习各种做皇帝的书籍,《帝王心鉴》就是其中一本。她很快镇静下来,继续和小玄烨交谈。"《帝王心鉴》是本什么书? 你为什么喜欢读呢?"

"讲述做皇帝的道理,很有意思。"

孝庄太后弯腰抚摸玄烨的小手,不再说什么,过了一会儿,她吩咐孙嬷嬷:"快把孩子带回去吧! 记住,以后常带他到我的宫中来玩耍。"

"奴婢记住了。"孙嬷嬷爽快地答应,带着玄烨匆匆回去了。

孝庄太后望着玄烨远去,转身慢慢回宫去了。她心想,这个孩子真是天赋异禀,不仅聪明伶俐,还喜欢帝王之术,真难得。

此后,她更加关注玄烨,经常让宫女们把他带到自己身边,嘘寒问暖,关心有加。深宫后院,太后地位尊崇,一言九鼎,玄烨得到了祖母的爱护,生活自然跟先前有了较大改变,让自幼缺少父宠母爱的他,感受到了很多从没有享受到的关爱。

孝庄太后身边有位侍女,人称苏麻喇姑,满腹学问,才识过人,深得太后喜爱。

现在,孝庄太后喜欢三皇子玄烨,苏麻喇姑看在眼里,每次见到玄烨总是小心伺候,尽力呵护。一次,苏麻喇姑正指挥宫女们搬挪孝庄太后宫外的花盆,玄烨进来了。他看到大家忙进忙出的劳动场面,也蹲下来帮忙,慌得苏麻喇姑等人赶紧搀扶他起来,说道:"三阿哥,您可不能做这样的事。"

"没什么,"玄烨说,"我喜欢做,你们放心吧!"说着,端起一盆艳丽别致的菊花往外走。众人拦阻不住,任由他混在其中忙碌。

不巧,玄烨的小手一松,花盆掉在地上摔破了。碎裂声惊动了正在宫内休息的孝庄太后,她走过来问道:"苏麻喇姑,这是怎么回事?"

苏麻喇姑跪在地上不敢说话,她不敢说玄烨帮忙了,更不敢说他把花盆打破了。

孝庄太后见一向伶俐会说的苏麻喇姑不出声,料定其中有缘故,刚要厉声责问,就见玄烨站出来说:"皇祖母,这件事情与苏麻喇姑无关,是我硬要搬花盆,不小心把花盆摔破了。"

众人见玄烨勇敢地承认错误,承担罪责,暗暗称赞。孝庄太后看到孙子敢作敢当,转怒为喜。玄烨接着说:"皇祖母,是我做错了,应该惩罚我,让苏麻喇姑起来,她没有错。"

"说的有道理,"孝庄太后说,"苏麻喇姑,你起来吧!玄烨,你说你该受什么惩罚呢?"

玄烨想想,指着破碎的花盆说:"花盆坏了,花还在,皇祖母就罚我给您养这株花吧!"

此言一出,孝庄太后先是一愣,接着轻声笑起来,众人也跟着呵呵直乐。苏麻喇姑赶紧说:"三阿哥不仅勇于承认错误,还有仁爱之心,真是让人敬佩!"

孝庄太后微笑不语,点头同意玄烨按自己所说的接受惩罚,于是,苏麻喇姑和玄烨赶忙清扫了地上的碎花盆,然后寻找新花盆,一同养育这株菊花。

玄烨不会养花,只好求助苏麻喇姑。苏麻喇姑素来喜欢玄烨,这次,玄烨又勇敢地站出来为她解围,两个人的关系更加亲密,她同意为玄烨养花,一起接受惩罚。

天真烂漫的时光总是非常短暂,除了在祖母的宫中,玄烨很少有这样快乐无拘的日子,他走出祖母的宫门,恰好遇到了前来寻找他的孙嬷嬷,孙嬷嬷一脸汗水,又急又怕地说:"不好了,皇上召见几位阿哥呢! 赶紧去吧!"

第四节　父皇问志

玄烨看着紧张的孙嬷嬷,不解地问:"父皇召见,你怕什么?我去去就回来。"

孙嬷嬷双手合十,口中念念有词着:"怕什么?皇上召见能不怕吗?万一有个差错可怎么好?多久也不见一次,不知道这次召见又为了什么?但愿佛祖保佑,保佑三阿哥平安无事!"

早有太监过来,带着玄烨飞快地去往书房了。

也难怪孙嬷嬷紧张担心,身为皇子,虽然生活极尽荣华富贵,却缺乏常人的天伦之乐。前面也说过,玄烨的父母关系一般,皇帝父亲对他的母亲并无多少情意。最近,顺治又宠幸董鄂妃,与玄烨母亲的关系更加淡漠了。按照祖宗制度,朝廷规矩,皇帝必须定期召见皇子,询问他们近期的表现和各种情况,作为一国之君,众子之父,顺治不得不抽空关心他们的成长和学业。每次召见都是一次重大事件,透过见面,加深父子感情,也让父亲更全面地了解儿子。正是一次次召见,才能让皇帝一点点确定儿子们的品行、才智,进而确定未来的社稷继承人,所以召见非同小可,弄不好,一旦给皇帝留下顽劣的印象,恐怕一生都很难改变自己的命运了。所以孙嬷嬷紧张地祈祷着,希望玄烨能够讨得顺治帝的欢心,得一个好彩头。

顺治像

玄烨随着太监匆匆来到了书房，顺治早在此等候他们了。玄烨看到二哥福全也来了，还有五弟常宁也被人抱着赶到了。常宁只有两岁多，来到书房，一个劲儿乱跑乱动，跟随他的太监慌张地跟在身后，累得满头是汗。

顺治看看几个儿子，询问了福全和玄烨的学习情况，听说他们每篇文章都读一百多遍，背诵一百多遍，满意地点头："好，只要用功，总会有好回报。历朝历代，开国君王历尽险阻，开辟了万里江山，结果，子孙们不肖，不求进步，但求享乐，把大好河山拱手送人，这是惨痛的教训啊！我们入关只有十几年，社稷未稳，更需要你们勤奋努力。"

福全和玄烨一起回禀："谨遵父皇教导。"常宁还小，并不懂事，无法听懂顺治的话。

顺治照例让福全和玄烨背诵诗文，书写篇章，而后拿过来，一一比对检查。见他们背得熟练，写得认真，这才算通过了。顺治又带着他们来到院子里，让他们表演射箭和武术。顺治自幼身体羸弱，偏又不喜好武功打斗，也就无从指点皇子们的功夫了。

就在这时，一名太监慌张进来禀报："鳌拜大人求见。"

顺治略一思索，说道："让他进来吧！"

鳌拜是大清朝的开国功臣，满洲第一勇士，人称"巴图鲁"（勇士的意思），武功高强，神勇超人，万夫莫敌。

鳌拜进来，参见了顺治帝，正要禀奏政事，顺治制止他说："鳌拜，你武功盖世，是我大清的第一勇士，今天你就给皇子们表演一番吧！让他们开开眼界。"

鳌拜忙施礼说："微臣的一点雕虫小技，不敢在圣上面前搬弄，臣也怕吓了几位阿哥。"

顺治不耐烦地说："叫你练你就练吧！你们不是一直反对朕主张汉化，坚持满人学满吗？武术是满人推崇的技艺，是我们得以得天下的武器，我们不能忘了，应该让皇子们也接触正宗的满洲武术。"

听了这番话，在场的人不由得一惊，入关以来，满汉冲突非常严重，顺治主张采取汉化措施，重用汉臣，然而一些满族贵族却反对这么做，打击汉臣，主张满人凌驾于汉人之上。这是朝廷最大的矛盾与冲突，顺治帝怎么在这里提起呢？还要当着皇子们的面。

鳌拜就是力主打击汉人的满族贵卿中的铁杆一员，听到顺治这么说，更是恐慌难安，不敢作声。

玄烨正等着鳌拜表演武功呢！看他不动，着急地催问："父皇让你表演，你为何不听呢？难道你要违抗旨意？"

鳌拜听闻，慌忙跪倒，急急说道："微臣不敢，臣献丑了。"说着，脱下蟒袍外衣，扎进领口衣袖，赤手空拳打了一套拳脚。只见他身手矫健，步步生风，真如猛虎下山，犹似蛟龙出水，确实了得,把玄烨看得目不转睛,拍手叫好。

顺治对儿子们说:"你们也要好好学习武功,强健身体,卫国御敌。"

鳌拜收住拳脚,再次跪倒说:"多谢圣上不弃。"

玄烨面露崇拜神色,指着鳌拜说:"父皇,鳌拜大人这么好的功夫,我想拜他为师。"

顺治一面让鳌拜起来,一面对玄烨说:"鳌拜大人是国家重臣,日理万机,哪里有时间教你武功? 这样吧,让他为你物色几位好师父,让他们教你。"

鳌拜忙说:"这件事交给臣去办理。"

顺治说:"好,鳌拜你先退下,到乾清宫等朕。"

鳌拜走后,玄烨兄弟几人又随着父亲回到书房。顺治坐下后,想了想问道:"朕想问你们一个问题,你们长大后想做什么? 有什么志向吗?"

二皇子福全先站起来,恭恭敬敬地回答:"我要做一个贤明的王爷,辅助父皇治理天下。"

顺治点点头,转脸看看玄烨。

玄烨站过来,大声回答:"我要向父皇学习,做一个勤勉的君主。"

《清史稿·太祖本纪》记载了这段对话,"众皇子请安,顺治问志,二皇子福全说:'唯愿为贤王。'三皇子玄烨说:'效法父皇,勤勉自励。'"

众人听了,不由得一阵紧张,皇位至高无上,哪能容一个小皇子擅自议论? 只要皇帝健在,不管是谁,都不能私下猜测皇位的问题,如果有人敢直言效法皇帝,想做皇帝,那真是胆大包天,

严重地说就是篡逆之罪。

　　玄烨只是一个六七岁的小孩子,在父亲面前,直陈胸臆,表示愿意效法父皇做一位明君,哪会想到这么深奥的问题? 他抬头望着父亲,等着父亲回复。

第五节　避痘出宫

　　顺治听了两个儿子不同的回答,内心微微震荡,看来,福全深知君臣父子之道,而玄烨竟然在众目睽睽之下,说自己将来要做皇帝,未免有点太大胆外露了。

　　他看着一脸天真的玄烨,突然沉下面孔说:"你小小年纪,竟然有这样的心思,不怕父皇惩治你吗?"

　　"惩治?"玄烨这才注意到周围紧张的气氛,他迷惑地眨眨眼,反问道,"为什么要惩治我? 我又没做错事。"

　　"你想取代朕做皇帝,这难道不是罪过吗?"

　　听了这句话,玄烨对父亲说:"父皇询问我的志向,我不敢欺瞒,这是儿子诚实;效法父皇,并不是取代父皇,自古江山不就是代代相传吗?"

　　顺治见玄烨对答如流,面无惧色,心里也暗暗称奇,这个孩子果真不同凡响,将来能够继承大统,必定会有一番作为。只是顺治宠幸的董鄂妃刚生了儿子,为了这对母子,自己恐怕要在这之间多掂量掂量了。显然顺治没有想到那么长远,他只有二十三岁,未来的日子还很长,于是,他紧绷的脸色渐渐舒缓,说道:"念你幼小无知,姑且饶恕你,不过以后要刻苦攻读,不要擅自议论效法父皇这件事。"

　　玄烨仍然心有不甘,却无法理解其中深意,只好点头答应。随后,顺治打发皇子们离去,自己也去乾清宫接见鳌拜了。

　　孙嬷嬷正焦急地等在门外,看见玄烨出来了,跑过去一把抱住他,担忧地问:"小主子,这次没惹什么祸吧?"

　　恰巧苏麻喇姑过来了,她奉孝庄太后旨意,前来接玄烨去慈宁宫,听孙嬷嬷问话,奇怪地说:"三阿哥怎么了?"

　　玄烨看她们两人紧张兮兮的样子,想起书房中父皇的训话,有些懊恼地说:"父皇召见了,问讯读书情况,还说要惩治我。"

　　"惩治?"孙嬷嬷和苏麻喇姑同时惊叫了一声,吓得瞪大了眼睛。

　　苏麻喇姑心思敏捷,知道其中必有缘故,不再细问,急忙招呼孙嬷嬷,带着玄烨匆匆赶回太后居住的慈宁宫。

顺治像

　　孝庄太后派太监详细了解了顺治召见皇子们的经过,得知玄烨言志而遭到父皇责问,一向谋略深沉的她倒安下心来,吩咐宫女们端上可口的点心,让玄烨一边吃一边玩耍,自己则不露声色地坐在旁边。苏麻喇姑悄悄伺候着,小心地问:"太后,三阿哥受到斥责,会不会……"

　　"父亲斥责儿子,这是正常的事情,你们担心什么?再说了,儿子志向高远,哪个父亲会不高兴？"

主仆两人正在说话，忽然玄烨摸着额头说："皇祖母，我头好痛啊，我想睡觉。"

苏麻喇姑急忙过去扶住玄烨，命令宫女喊来了孙嬷嬷，她们手忙脚乱要把玄烨抱走，孝庄太后制止说："孩子说头疼，先把他放在这里休息，去请太医来瞧瞧。"

不一会儿，太医进宫来了，他详细诊视玄烨的病情，脸色骤变，跪在地上向孝庄太后磕头奏道："太后，臣不敢隐瞒，三阿哥得了……"

"得了什么？你快说啊！"苏麻喇姑催促道。

太医擦擦额头上的汗珠，狠下心说道："天花。"

顿时，慈宁宫内空气仿佛凝滞了般，寂静得可怕，就连沉重的呼吸声都能听得一清二楚。

天花是传染病，传染性强，危害性大，一旦得病，十人九亡，在当时的医疗条件下，几乎没有医治好的可能。

孝庄太后身体微微一颤，她俯身问太医："依你看，该怎么办？"

太医奏道："应该让三阿哥火速离宫，以免传染更多的人。"

孝庄太后着急地问："我问你三阿哥的病情如何处置？把他撵出宫去，他的病能好吗？"

太后一急，太医吓得又跪下了："太后圣明，古往今来，天花都是顽疾，没有药物可以对症治疗，得了病的人只能听天由命。"

"听天由命？"孝庄太后无奈地重复一遍，深深地叹口气，做出了决定，命太医传旨，宫内诸皇子、公主、贝子统统避痘出宫，不可怠慢；命孙嬷嬷带着玄烨离宫治疗。

一切安排完毕,孝庄太后不放心地看看昏睡中的玄烨,双手合十,默默祈祷,但愿佛祖保佑玄烨脱离险灾,平安归来。

孙嬷嬷收拾行囊,带着几个宫女和侍卫离开皇宫,坐着马车朝承德方向去了。承德是孙嬷嬷的老家,她抱着最后一线希望,期盼玄烨能够逃过大难,起死回生。

时睡时醒的玄烨躺在颠簸的马车内,开始了他第一次离开皇宫的经历。终于,他们到达了一处僻静的庄园,孙嬷嬷抱着玄烨走下马车,玄烨醒来了,他挣扎着问:"这是什么地方? 我们在哪里?"

孙嬷嬷安慰说:"三阿哥不要惊慌,我们在这里小住几日,很快就会回宫的。"

住下来后,孙嬷嬷按照太医吩咐,每日为玄烨煎药熬汤,伺候他服药治病,可是,几天过去了,病情不但没有好转,反而越来越严重。眼看玄烨命在旦夕,随行诸人吓得没了主张,一个个如失了魂魄一般,只等着厄运降临。

第六节　真龙天子

　　玄烨一天天病重，吓坏了随行出宫的人员。而此时，昏迷中的玄烨却毫不知情，日日被迫灌下汤药，病情却日加严重，眼看一个活泼聪灵的皇子就要命归西天了，这可如何是好？

　　这天中午，孙嬷嬷正看着玄烨发呆，门口传来一声清脆的喊叫："孙嬷嬷。"

　　她慌忙转回头，门外正站着一个十岁的小男孩，名唤魏东廷，一个皇家包衣的小孩。他甜甜地叫着，就要走进来了。孙嬷嬷急忙跑过去，挡住他，低声呵斥："谁叫你来到这的？这里很危险，赶紧回去。"说着，就要命人带走他。

　　谁知，躺在床上的玄烨突然醒来了，他迷迷糊糊地问："谁在外面？孙嬷嬷，孙嬷嬷。"

　　孙嬷嬷来不及打发，匆忙走进屋子，来到玄烨的床前，轻声说："主子，我在这呢！你有什么吩咐吗？"

　　玄烨眨眨酸涩的双眼，举起胳膊，想坐起来。孙嬷嬷忙扶住他说："主子，你不能动，好好躺着吧！"

　　"不。"玄烨倔强地说着，又努力地挣扎了一下，仍然没有坐起来，他闭上眼睛慢慢地说，"外面有人玩耍，我也想出去玩。"

孙嬷嬷正要劝说,魏东廷走了进来,他一脸好奇地看着床上的玄烨,低声问:"他就是三皇子吗?"

"你!"孙嬷嬷恼怒地看着魏东廷,主子面前又不好发作,只好说,"见了主子,赶紧磕头,不要废话。"

玄烨听到一个少年说话的声音,再次睁开眼睛,问道:"是谁?"

孙嬷嬷一边让魏东廷跪倒,一边安抚玄烨说:"是个不懂事的奴才,惊动了主子,我这就叫他回去。"

魏东廷已经跪在地上咚咚地磕起头来了。

玄烨声音微弱地说:"叫他起来吧!出去玩,不要传染了他。"

魏东廷听到玄烨说话,近前一步说:"不碍事,我最要好的朋友得过天花,可是我天天跟他在一起也没有染上病,人家说我福大命大,接触过得病的人,以后就永远不会得病了。"他得意地一气说完,扬脸朝孙嬷嬷调皮地一笑。

"是吗?"

"是啊!让我留下来陪你玩吧!要不然,你整天躺着多寂寞呀!"

玄烨苍白的脸上露出一丝笑意,他看看孙嬷嬷,好像在问,你同意吗?

孙嬷嬷左右为难,留下魏东廷,担心他也传染上疾病;不留下他,又怕得罪了玄烨,这可怎么办?魏东廷却不管嬷嬷的忧虑,来到床前,与玄烨聊天玩耍起来。

魏东廷留了下来,成为玄烨病中唯一的朋友。每当玄烨清醒时,魏东廷总是陪伴身边。宫内派来的太医诊视了玄烨的病,奇怪地自言自语:"三阿哥病情危急离宫,到现在虽然没有好,却也没再加重,到底是怎么回事?"

过了几天,魏东廷兴致勃勃地抱着一捆干柴走进院子,他见到孙嬷嬷说:"快点,大街上人人都在用这个草药防治天花呢!你也快点给主子熬药吧!"

"胡说什么!"孙嬷嬷看着地上的干柴气愤地说,"这是柴草,主子能吃这吗? 见不得世面的东西,还不快抱走!"

魏东廷一腔热情,却被劈头浇了一盆冷水,很不服气,嘟囔着说:"世人都在吃呢! 为什么主子就不能吃? 治病要紧还是身份要紧?"

这两人正在斗嘴,屋里的玄烨醒来了,他喊道:"魏东廷,魏东廷。"

听到喊声,怀抱草药的魏东廷急忙转身进屋。

玄烨看到魏东廷抱着柴草,不解地问:"你要做什么?"

魏东廷低着头,想想说:"不敢瞒主子,这是我为您找的草药。"

"草药?"玄烨惊奇地睁大疲惫的眼睛,"这也能入药?"

"是啊! 外面有人用它防治天花呢! 我觉得有用,所以也跑去拔了一捆。"

康熙像

跟进来的孙嬷嬷急忙说:"主子,别听他瞎说,这是野草,夏季里繁盛的时候,采来喂牛,冬季干枯了,就用它烧火。治病的说法,纯粹是世人杜撰,他不知哪里听来了,就想着给您治病。主子,看在他是真心诚意的份上,您就饶恕他吧!"

玄烨翕动虚弱的嘴唇说:"我知道了,你下去吧! 让魏东廷陪我一会儿。"

看着有气无力的玄烨,孙嬷嬷强忍泪水,走了出去。魏东廷放下柴草,趴在玄烨的身前,突然不顾一切地说:"不管那么多了,我让孙嬷嬷给您熬药,您喝了也许会好起来。"

他走出来,跪在地上央求说:"我们不能看着主子这么离去,您就努力一次吧!"

最终,孙嬷嬷下了决心,她让人传话进宫,奏请孝庄太后让她用野草为玄烨熬制汤药。孝庄太后思虑后,传话说,与其等着厄运,不如试试,也许能够转危为安。孙嬷嬷得到旨意,很快将柴草熬成了汤药。她端着药碗,一勺勺喂玄烨喝下,心中祈祷着:"佛祖保佑,佛祖保佑,让三阿哥快快好起来吧!"

玄烨强忍着,一口口喝下苦涩的汤药,一连两天,喝了四次药后,奇迹出现了,他的脸色变得滋润,眼神出现了亮色,孙嬷嬷高兴地说:"好了,好了,主子的病情转好了。"

第三天早上,玄烨睁开眼睛,翻身拿过枕边的书本,高声说:"魏东廷,你过来,咱们一起背书。"

屋外的孙嬷嬷和魏东廷听到喊声,回屋一看,激动得泪水都流了下来。魏东廷说:"主子,你可好了,把我们吓死了。看来你真是真龙天子,上天保你逢凶化吉,大难不死啊!"

“不要乱说，”孙嬷嬷急忙制止魏东廷，“这些话传到宫里是要杀头的，不得了啊！”

宫外众人此时还不知道，避痘事件余波未平，宫内依然一片紧张，天花肆意蔓延，接连夺去了两位重要人物的性命，他们的惨死，直接改变了许多人的命运，其中受影响最大的就是玄烨。

第二章　八岁继位　敢作敢为

　　年轻的顺治皇帝撇下老母幼子，追随心爱的董鄂妃而去，刚刚建立不久的大清帝国面临新的危机，关键时刻，谁能力挽狂澜？玄烨八岁幼童，登基即位，将遇到哪些困难？登基大典，内监辅臣各露心机，幼小的玄烨能否一一识破其中伎俩？他又将采取何种对策对付这些人和事呢？

第一节 嗣位之争

此时的宫中,董鄂妃出生三个月的儿子染病去世了,董鄂妃痛不欲生,接着重病不起。顺治十七年秋天,她竟然撒手人寰,一命归天,抛下深深眷恋她的顺治帝而去了。顺治朝的洋人大臣汤若望曾经在回忆录中记载过这一事件:"这位贵妃于 1660 年产一子,是皇帝要立他为将来的皇太子的。但是数星期之后,这位皇子竟然去世,而其母于其后不久薨逝。皇帝大为哀痛,竟致寻死觅活,不顾一切。"

董鄂妃早逝,顺治得知噩耗,痛不欲生,"寻死觅活,不顾一切,人们不得不昼夜看守着他,使他不得自杀"。顺治帝辍朝五日,追谥董鄂妃为孝献端敬皇后。当时,朝廷初定,又加上连年灾害,国家并不富裕,可是悲痛的顺治管不了那么多了,他在户部资金极为短缺的情况下,在景山建水陆道场,为董鄂妃大办丧事。将宫中太监与宫女 30 人赐死陪葬,让他们在阴间侍候自己的爱妃。同时下令全国服丧,官员一月,百姓三日。顺治帝还让学士撰拟祭文,"再呈稿,再不允",后由张宸具稿,以顺治帝名义亲制的《孝献皇后行状》数千言,极尽才情,极致哀悼,历数董鄂氏的嘉言懿行,洁品慧德,"皇上阅之,亦为堕泪"。可见顺治对于董鄂妃的情意有多么深重。

当初,顺治在董鄂妃的儿子去世时,他也极尽所能为这位不足百日的儿子办丧事,并亲手书写碑文,言称他是"朕之第一子",封他为和硕荣亲王,明显打算立他为太子,立董鄂妃为后,可惜,造化弄人,眨眼间母子相继离世,撇下了孤零零的顺治帝。

顺治的孤独是感情上的,他的现实生活中仍有数位妃嫔,可是除却巫山不是云,他再也无法对其他妃嫔提起兴趣。顺治十八年(1661年)正月初二,正当人们欢天喜地庆贺新春佳节的时候,顺治卧倒在床,一病不起,本来体质虚弱的他很快生命垂危。

顺治墓

皇上病重,后宫慌乱,孝庄太后又站出来主持危局。初六,顺治在养心殿召见了亲王和诸位重臣,与他们商量议定继承人的问题。顺治有气无力地总结了自己一生的功过得失,这就是有名的"罪己诏",身为皇帝,犯了错误也不能受到惩罚,只好自己给自己下诏书降罪。然后他说:"皇子们年幼,朕一旦归天,能不能由年长的兄弟继承嗣位?"

听此言,众臣皆惊,三朝元老一等伯内大臣兼议政大臣索尼首先进言:"陛下有皇子数人,他们聪慧英武,一定能担当社稷大任,请皇上在诸位阿哥中选取继承人。"

亲王杰书是顺治的侄子,也赶紧说:"陛下,历朝历代都是子继父业,不能乱了章法。"他心里很明白,皇帝的兄弟众多,立谁都不合适。如果所立不当,定会引起一场兄弟之争,天下大乱,刚刚创建的清朝也许会遭到灭顶之灾。

顺治也马上想清楚其中的隐患了,改口说:"你们先退下吧,朕思索再定。"

不足二十四岁的顺治躺在床上,愁眉不展,他也许没有想到,死亡这么快就找上门来,所以面对立嗣大事,显得非常匆促。唉,如果董鄂妃和她的儿子还活着,这一切又有何难?

就在他胡思乱想的时候,太监进来奏道:"太后来了。"

多日来,孝庄太后眼见儿子为了董鄂妃寻死觅活,不顾朝政,早就有些心烦。如今,见他病势日重,大有无力回天之势,心里十分担忧。她也在想,一旦儿子撒手而去,撇下这大好河山交给何人呢?

太后坐在顺治的床前,母子俩四目相对,无言而泣。顺治说:"多年来,太后辛勤教导,朕却屡屡辜负您的期望,是朕不孝。"

孝庄太后轻拭泪珠,哽咽着说:"我也是期盼你能成为一代明君,总是过分地要求你,现在想起来,倒不如让你活得轻松自在好。"

顺治强打精神坐起来说道:"现在最要紧的是立嗣一事,皇子们年幼,何人可以继承大统?"

"年幼?"太后冷静地说,"当初你只有六岁,不也是一样继承了父业,而且还进关定都,问鼎中原,与年龄有关吗?"

顺治痛苦地闭上眼睛："难道还要再立一位摄政王吗?"他继位后,由叔父多尔衮摄政,代行皇帝权力,一直到他十五岁时,多尔衮暴病身亡,才夺回皇权。不过,由此他与多尔衮之间产生了多重恩怨,他亲政后,历数多尔衮罪孽,剥夺了他的世袭爵位。这一切历历在目,顺治能不痛心疾首吗? 他不愿儿子们再忍受这样的苦痛了。

"不,"孝庄太后坚决地说,"皇上,皇位不可让,皇权可以用其他方法加以巩固。皇上必须从阿哥中选取继承人。"

顺治先后有七个儿子,长子、四子、六子早丧,现在只有二子福全、三子玄烨,还有尚在襁褓中的五子和七子了。如果选立阿哥,也只能在福全和玄烨中选一位了。两个儿子可爱活泼的身影在顺治眼前来回晃动,他们都很聪明,读书也很用功,究竟该立谁呢?

孝庄太后看顺治为难,有意无意提起了一个人,没想到,那个人的一句话对顺治立嗣起了决定作用。

第二节　继承大统

　　这个人叫汤若望,他是德国人,教会教士,来中国四十多年了,因为擅长推算天文历法,成为清朝的大臣,监管钦天监。在中国,他是第一位受到如此重用的西洋人。汤若望曾经治好了孝庄太后的病,太后尊他为义父,顺治也称他为"玛法"(满语,意思是爷爷)。

　　孝庄太后说:"汤若望颇懂医术,而且他是外国人,俗话说'当局者迷,旁观者清',不妨宣他进宫,一来给皇上看病,二来听听他对立嗣的看法。"

　　顺治下诏召见汤若望,等在乾清宫外朝房里的重臣不免露出不满神色,鳌拜嘀咕着:"这么多满族亲贵还决定不了吗? 非要听一个洋人的意见?"

　　索尼轻咳一声,暗示他不要胡言乱语。

　　汤若望进宫,仔细地查看顺治的病情,摇摇头没说什么。孝庄太后请他坐下,而后询问他对立嗣一事的见解。汤若望看看病

汤若望像

重的顺治,回头说道:"最近传染病肆虐,很多人英年早逝,实在可惜。作为嗣子,肩负国家社稷重任,必须有一个好身体,才能确保江山永固。如今,三阿哥已经逃脱天花灾难,终生不会再得此顽疾了,陛下为什么不考虑他呢?"

真是拨开云雾见日月,孝庄太后和顺治心里猛然一亮,他们几乎同时说道:"对呀,玄烨能够抵抗顽疾,一定是多福多寿的命。"玄烨"愿效法父皇"的志言浮现在顺治脑海中,他欠欠虚弱的身体,轻轻闭上了眼睛。

这下,顺治不再犹豫,他命人宣进重臣,拟定遗诏,立玄烨为嗣,继承大清江山;为了避免再次出现亲王多尔衮一人摄政的局面,议定外姓四位大臣辅政,他们是索尼、苏克萨哈、遏必隆、鳌拜,共同掌管朝政,协理国家大事。顺治安排完毕,累得气喘吁吁,让他们下去后,拉着侍卫总管倭赫的手说:"你跟随朕多年了,忠心耿耿,新皇帝年幼,你要当心些。"倭赫跪倒在地,哭泣着说:"奴才定当以赤诚之心护卫幼主。"

随后,顺治昏沉沉睡去了,初七晚上,二十四岁的他永远地离别了尘世,抛下江山社稷、妻儿家属一去不返。拟定遗诏的大臣王熙在《王熙自定年谱》中记载了顺治离世最后几日的情况:"初二,皇帝病重,初六,召王熙进见,说:'朕病重,势将不起,尔可祥听朕言,速撰诏书。'初七,遗诏拟完,当夜顺治就去世了。"

先皇晏驾,新皇登基,忙坏了朝廷大臣,也忙坏了后宫的太监们,不说顺治的丧事如何办理,但说玄烨的登基典礼。

四辅政大臣商量后,决定由太监吴良辅负责仪式。吴良辅是顺治第一位皇后的家臣,皇后入宫后,他跟随进了宫,并且荣升六宫副都太监,权力很大。后来,皇后被黜,他也跟着倒霉,虽然没有降职,在宫中的地位显然低落了不少,但吴良辅为人机警圆滑,早就认鳌拜为干爹,两人互相利用,鳌拜利用吴良辅打探后宫消息,吴良辅则借助鳌拜的势力保全自己,确保各自地位稳固。

四臣商定由吴良辅负责新皇登基大典,他心里非常得意,试想,平日里不把他放在眼里的王公大臣都要听从他的调度,多么威风!而且,先皇去世,新皇年幼,四辅政大臣说了算,首先就重用了自己,这是不是说明自己时来运转,又要掌管这后宫重地了?自己的干爹鳌拜是辅臣,一定是看他的面子才委托自己重任的,吴良辅不敢怠慢,急忙命人给鳌拜送去了一对玉如意以示答谢。

吴良辅的举动被一个人看在眼里,他就是顺治的贴身侍卫倭赫。倭赫气愤地指责吴良辅:"先皇离世才几日,你就得意成这样了?你们如果胆敢欺负幼主,别怪我不客气。"

吴良辅嗤之以鼻没说话,他忌恨倭赫已久。前番,他盗窃失势皇后的玉镯,被倭赫捉拿住了,当场就挨了二十板子,两人因此结下怨恨。先皇在时,吴良辅忍气吞声,不敢得罪倭赫,现在,顺治走了,谁还给他撑腰,想到这里,他白了倭赫一眼,气呼呼地走了。

倭赫望着吴良辅的身影,担忧地想,他们勾结一气,欺上瞒下,会铭记先皇遗训,诚心诚意辅佐幼主吗?

此时,索尼等辅政大臣已经来到了慈宁宫,他们准备迎玄烨入乾清宫登基。索尼已经六十多岁了,辅佐过三位皇帝,如今位列首辅,成为托孤重臣,他率先跪在地上,请求太后垂训。

玄烨的生母佟佳氏也来到了慈宁宫,多年孤苦岁月,换来今日荣耀,一向沉默拘谨的她显得有些激动,在孝庄太后身边忙前忙后。孝庄太后说:"不要忙了,你也是太后了,坐着让他们去做吧!"

佟佳氏坐在孝庄太后身边,两人一起接见辅政大臣。孝庄太后看看跪在地上的辅政大臣,让人扶起索尼说:"先皇走了,遗诏命你们四人辅政,新皇幼小,希望你们尽心尽力,辅佐幼主。玄烨聪慧仁达,一定会成为贤明君主,只要你们好好扶持他,将来他长大了,不会亏待你们。还有,我的脾气你们也都清楚,不要惹了我,大家都难看,反而不好了,记住了吗?"

索尼等人慌忙再次跪倒磕头,连称谨遵太后旨意,绝不含糊。

接着,孝庄太后命苏麻喇姑带玄烨去养心殿。玄烨看看祖母和母亲,再看看一帮大臣,突然说了句话,令在场众人大吃一惊。

第三节　第一道圣旨

玄烨说道："我要让孙嬷嬷陪我一起去。"

苏麻喇姑赶紧说："朝廷重地不是谁都能去的。"孙嬷嬷也站过来，拉着玄烨的手说："主子，您现在是皇上了，不能任性，我不过是一个奴才，那种地方是不能去的。"

索尼等人听闻此言，心里不免一沉，皇帝确实太小了，就要举行登基大典了，还缠着乳母不放，这样的孩子能让人放心吗？

玄烨却很执拗，他不依不饶地对孙嬷嬷说："刚刚苏麻喇姑对我说了，我是皇上，什么人都要听皇上的，我说的话就是圣旨，我现在就下第一道圣旨：'孙嬷嬷陪我一起去'，这样你总该去了吧？"

众人又是一惊，暗道，小皇帝出语不凡，竟然懂得用圣旨来要求别人。

佟佳氏见儿子言语利落，有模有样，心里一阵窃喜，笑盈盈地看着孝庄太后。孝庄一直笑呵呵地看着玄烨，听他这么说，看了孙嬷嬷一眼说："皇上下旨了，你还不谢恩？"

孙嬷嬷慌忙跪倒，口称"谢主隆恩"，站起来又拉住了玄烨的小手。

索尼趋步走在前面，带着众人前往养心殿。

　　玄烨走出慈宁宫,一蹦一跳朝前跑去。慌得苏麻喇姑和孙嬷嬷一边追赶一边喊叫:"主子,不要跑了,就要做皇上了,要慢慢地走路,这样才有威严。"

　　乾清宫外,王公重臣已经等候多时,他们见玄烨终于来了,才缓缓舒了口气。仪式开始了,一切程序都按照惯例执行。吴良辅指挥众人行大礼,参拜新帝,倭赫紧随玄烨身后,不离左右。玄烨坐在黄龙椅上,接受众臣朝拜,从这一刻起,泱泱华夏,上亿民众,就归属这七八岁的孩童了。

　　接受完贺礼,玄烨跳下龙椅,来到跪在最前面的四位辅臣面前,将他们一个个扶起,一边扶一边问:"你是索尼?""你是苏克萨哈?"四臣全部认对了,索尼四人顿首答应。玄烨望着他们,极其认真地说:"先帝去世之前,说你们都是满洲豪杰,是忠臣,要

朕听你们的话,这样就会处理好国家大事。"

四臣一听,不由得感激涕零,又跪下了,索尼回头说道:"先帝待我们如此恩重,托付社稷大事,我们怎么才能报答知遇之恩呢?今日新君登基,为表忠心,我们四人应当立一誓言,共同遵守。"六十多岁的他慷慨陈词:"我们奉先帝遗诏,辅佐幼主,一定要竭尽心力,不结党营私,不徇私枉法,不收受贿赂,不计较仇恨,不求无义的富贵,以赤诚之心回报先帝恩德。如果有人谋求私利,违背誓言,必将天诛地灭,惨死无疑。你们愿意立誓吗?"苏克萨哈和遏必隆齐声回答:"愿意立誓!"跪在后面的鳌拜随着两人答道:"愿意!"

索尼是忠心耿耿的保皇派,当初曾经力保六岁的顺治登基,深得顺治和孝庄太后信任,今日,他以此誓言约束自己和其他三位辅政大臣,足见他足智多谋,未雨绸缪,不愧是当朝首辅。这个誓言也起了一定的作用,保证了玄烨登基之初的顺利局面。四臣立誓,玄烨虽然不甚理解,见他们一番赤诚表白的样子,情知是为了朝廷社稷,于是认真地点点头,思忖着说:"好,你们,你们可以跪安了。"

听到这句话,索尼带领众臣退下去了。

玄烨这才如释重负,转眼间又恢复成一个天真烂漫的孩童,高兴地跑出宫去。慌得倭赫等侍卫紧紧追赶,玄烨却回头说:"你们不要跟着我,孙嬷嬷,苏麻喇姑。"

孙嬷嬷一溜小跑追了上来,喘着粗气说:"慢点慢点,主子,你是皇上了,行为举止要稳重,当心摔倒了。"苏麻喇姑也说:"皇上,以后不能说'我',记住,要说'朕'。"

"朕,朕知道了,"玄烨嘻嘻哈哈边跑边笑,"坐了半天,真是累人，带我去见皇额娘和皇祖母。"

"好了好了，"孙嬷嬷一边答应，一边抱住玄烨说，"主子坐在朝堂上，蛮威风的，坐累了，来，我抱你回去。"说着，抱起玄烨，和苏麻喇姑三人一起回慈宁宫。

就在他三人有说有笑，高高兴兴地走路时，突然身后传来一声大喝："放下！"三人吓了一跳，青天白日的，什么人敢断喝皇上？

第四节 内监喝驾

三人回头一看,原来是太监吴良辅,只见他满脸怒色,气势汹汹,带着一帮小太监朝他们走过来。他来到眼前,盯着孙嬷嬷说:"抱着皇上满宫里乱跑,成什么体统? 你可够胆大的!"

"我……"孙嬷嬷嗫嚅着,放下了玄烨。她是宫内乳母,而吴良辅是后宫副都太监,职务较高,所以她有些胆怯。

吴良辅见孙嬷嬷放下了玄烨,心里得意,腆着胸脯教训道:"皇上虽小,也是一国之君,你这样抱着乱跑,难道把他当成自己的孩子了?"

看他目中无人地训斥孙嬷嬷,玄烨一时不明白怎么回事,气愤地说:"你是谁? 为什么训斥孙嬷嬷?"

吴良辅眼珠一转,俯身笑着说:"皇上,她们不懂礼仪,我在教导她们。"

"不懂礼仪?"玄烨看看身边的苏麻喇姑,想说话却又不知道该从何说起。苏麻喇姑一脸严肃地站在一旁,早就想好该怎么办了。她跪倒请旨:"皇上,您是要把这件事交给奴婢办吗?"

"是,是,"玄烨忙答应着,"朕叫你办。"

"奴婢遵旨。"苏麻喇姑答应一声,站起来说,"吴良辅,你真是大胆,在主子面前大呼小叫,还谈什么礼仪? 你才最不懂礼仪呢！还不快给主子请安。"

吴良辅并不听训,回头顶了一句:"你一个宫女懂什么？敢来训斥我?"

"我是奉旨行事,你跪下。"苏麻喇姑毫不示弱。

"你——"吴良辅气得直哆嗦,"你是什么东西,竟敢叫我下跪!"

"对,就是叫你跪下。"玄烨大声喊道。

"我……我……"吴良辅本来想摆威风,没有想到被他们幼主少仆呵斥一通,气得满脸通红,可是皇上说跪,哪里敢不跪,他拧着脖子,勉强跪下了。

苏麻喇姑接着吩咐小太监们:"吴良辅喝驾吓了圣上,罪不可饶,奉旨意,掌嘴五十。"

这下可好,威风没了,还要受罚挨打,吴良辅跪在地上,像泄了气的皮球,没了脾气。苏麻喇姑让孙嬷嬷抱起玄烨,主仆三人扬长而去。

这边,吴良辅见他们走了,并没有奉旨掌嘴,他喝令小太监们扶起自己,冲着玄烨他们远去的方向啐了一口,恶狠狠地说:"你们谁敢告状,小心我扒了你们的皮。"话音刚落,身后转出一人,正是鳌拜的侄子,内侍卫讷莫,他笑嘻嘻地说:"吴总管,算了吧！还能跟他们生气？鳌大人今晚设宴,传话叫你回去一趟。"他边说边趴在吴良辅的耳边,神秘兮兮地说:"可是请了不少王公重臣啊！要想出气,还不是小事一桩。"吴良辅知道鳌拜有事跟自己商量,回头呵斥小太监们:"滚!"然后和讷莫说笑着走了。

再说玄烨他们,回到慈宁宫,见过太皇太后(即孝庄)和生母佟佳氏,详细叙述了仪式的前后经过。苏麻喇姑说:"皇上稳稳当当的,镇住了众臣呢! 真是了不起。"太皇太后夸赞道:"这就好,来,拘束了半天也累了,吃点可口的果子。"说着,抱起玄烨,让他趴在桌案上挑选果品。

佟佳氏满脸笑意,一边帮着孝庄扶住玄烨,一边说道:"多亏太皇太后教导,皇上才有今日。"

"不要这么说,"孝庄制止她,"这是先帝的旨意,也是皇上的造化,以后还要看他自己的。"

站在一旁的苏麻喇姑见两位太后高兴,凑上来说:"奴婢有话不知道该不该说。"

孝庄扬脸问:"什么事?"

"嗯——"苏麻喇姑思索了一下,把刚刚吴良辅喝驾的事情说了。

"还有这样的事?"孝庄沉下脸来。

佟佳氏却不以为然,她赔笑说:"今天是大喜的日子,不要因为这点小事扫了兴致。说起来,吴良辅是鳌拜的干儿子呢! 先帝在时都没有为难他。四位辅臣,索尼掌管外边的事,宫内领侍卫大臣一职不是交给鳌拜了吗？想必吴良辅也是借助老子的势力摆摆威风，没什么大不了的，再说了，还有倭赫他们呢！能让他成气候？"

孝庄良久无语，在她看来，此事非同小可。她不好声张，过了半日，吩咐苏麻喇姑："你毕竟年轻心细，多留意点，皇上也该有自己的贴身侍卫了，寻摸着找几个合适的。再者，皇上读书不可懈怠，不能大意。"她说着，看看坐在一旁的玄烨，改口说："皇上，你已继位，皇祖母想听听你有什么打算，有什么愿望吗？"

玄烨眨着大眼睛想了想，极其虔诚地说："我愿天下平安，百姓安居乐业。"

他的话语让两位太后又惊又喜，孝庄满意地说："好皇上，不早了，你也回去歇息吧！"

玄烨给两位太后跪安，随着苏麻喇姑两人走了几步，忽然回头问："皇祖母，不知道大赦诏书发了没有？"

两位太后再次相视而笑："呵，关心国家大事了，真像个天子呀！"

玄烨歪着头说："新皇登基，总是要大赦天下的嘛。"

"去吧，"孝庄看着他说，"有索尼他们呢！你放心吧！他们已经安排好了。"

玄烨这才点点头，放心地离去了。

第五节　倭赫遭难

1661 年，玄烨继位，改年号康熙，继位第二年称为康熙元年。康是安定的意思，熙则是兴盛的意思，也就是希冀万民康宁，天下熙盛。清朝入关只有十几年，连年战乱，生产遭到严重破坏，南方有明朝余孽贼心不死，意欲反扑，加上各种自然灾害，国家虽定，却是潜伏着许多危机。顺治帝勤勉治国，仍然不能迅速摆脱面临的重重困境。呕心沥血，也是导致他英年早逝的一个原因。

玄烨继承皇位时只有七八岁，对于这些朝廷内外大事自然无从理解，更谈不上治理了，登基仪式之后，他又恢复了顽童形迹，日日读书、练武，时时打闹玩乐，在祖母和母亲诸人的关怀下，倒也快活自在。可是，他身为一国之君，行动牵涉天下，能这样无忧无虑地生活下去吗？

不管玄烨如何生活，朝廷内外诸事仍在一天天地变化发展着。康熙二年，他的生母佟佳氏去世了。玄烨自幼与生母聚少离多，如今母子两人刚刚开始幸福的日子，却又天人永隔，幼小的玄烨心情悲痛。两年间，父母皆丧，这是多么沉痛的打击！面对这些变故，玄烨早早地成熟起来，除了祖母，深深后宫，别无旁亲，可见玄烨是多么孤独。

时隔不久，又一件突如其来的事情降临了。

康熙生母孝康章皇后朝服像

这天，玄烨早早起床，在院子里活动了一下拳脚，用过早膳后去书房读书。最近，太院里增加了几位老师，说是专门教导皇帝的，有满人也有汉人，其中有一位是鳌拜推荐进来的。

读了半天书，玄烨准备用午餐了，忽然一个小太监慌慌张张跑了进来，他气喘吁吁地跪倒在玄烨面前说："皇上，苏麻喇姑在外面等您呢！"

"有什么事吗？"玄烨奇怪地问。

小太监说："奴才也不知道，苏麻喇姑说有急事。"

自从玄烨登基后，孝庄就把苏麻喇姑送给了玄烨，负责照顾他，帮助他。

玄烨不敢停留，快步走出书房。苏麻喇姑正站在院子里一棵海棠树下着急呢，看见玄烨急忙迎了上去。

"怎么回事？"

"主子，吴良辅从外面带了人来，把倭赫和几名侍卫抓走了。"

"什么？这个大胆的吴良辅，为什么这么做？"

"听说是辅臣的意见，究竟为什么谁也不知道。不过瞧吴良辅得意的样,恐怕凶多吉少。"

玄烨气得脸色骤变,怒气冲冲地说:"朕这就去找他们。"

"别慌,"苏麻喇姑劝道,"索尼病重,许多日子都没有上朝了,辅臣只有苏克萨哈三人,抓倭赫估计是鳌拜的意见。"

"鳌拜?"

"是啊! 鳌拜是吴良辅的干爹,吴良辅畏惧倭赫,在宫内不好行事,所以鳌拜派人把他们抓了。"

玄烨点点头,两年来,深受祖母影响和教导,他已经颇有谋略了,对苏麻喇姑说:"这样吧! 明日早朝,我问问他们,看他们如何对答。"

第二天,玄烨早早来到朝堂,亲政之前,皇帝上朝不过是例行公事,听听辅臣的意见而已。果然,遏必隆搬着一堆奏折读了半天,玄烨不耐烦了,他问:"昨天抓了倭赫,究竟是为什么?"

鳌拜站出来说:"倭赫几人自恃是先帝时的宠臣,目无法纪,擅自驾乘御马,犯了大错,所以我派人把他们拿了,以儆效尤。"

"那么——"玄烨思忖一下,继续问,"你们要怎么处罚他们呢?"

鳌拜见玄烨有意插手此事,唯恐坏了他的事情,想了想,冷冰冰地说:"如何处罚是辅臣的事,皇上年幼,我们会遵照先帝遗制办理的。"

鳌拜显然并不在意小皇帝的想法,玄烨不甘示弱,直冲冲冒出一句:"朕问问也不行?"

朝堂上一片寂静,众人仿佛连呼吸也都停止了。

停顿片刻,鳌拜只好回道:"倭赫擅骑御马,罪该处死,他父亲纵子成凶,不加管教,也应该处死。"

"处死?"玄烨惊叫了一声,"倭赫随从先帝多年,忠心可嘉,他父亲也是当朝大臣,并没有多大过失,就这样处死是不是太严重了?"

"皇上太仁慈了,"鳌拜大咧咧地说,"臣等不敢私废法纪,已于昨天将他们处死了。"

"啊?"大殿上一片惊呼,苏克萨哈趋前跪倒:"皇上,处死倭赫并没有经过辅臣公议,完全是鳌拜一人的主张啊!鳌拜擅杀天子近臣,请皇上治罪。"

"苏克萨哈,"鳌拜转身责问,"你不是也骂倭赫罪该万死吗?怎么现在反而这么说了?"

玄烨没有想到,事情会发展成这样,他呆呆地坐在龙椅上,无法控制眼前局面。最后,遏必隆出面圆场,才算制止了纷乱,玄烨在太监的保护下,匆匆下殿去了。

回到后宫,玄烨怒气未消,惊恐难定,苏麻喇姑了解了事情的经过,急忙去慈宁宫奏明孝庄。孝庄听罢,亲自来到玄烨的宫内,安抚玄烨说:"事已至此,皇上不要太焦急了,不管出现什么事情,不是还有皇祖母吗?"

"皇祖母,"玄烨哇的一声哭出来,"他们为什么要杀好人?朕是皇上,为什么不能救他们?"

孝庄忍着泪水,拍拍玄烨的肩膀:"孩子啊,你毕竟只是个孩子啊!"她搂住玄烨,任由他在自己怀里痛哭,过了半天,玄烨哭着沉沉地睡去了。

在祖母怀里的痛哭让玄烨暂时发泄了心中不满。不久,他寻找到机会,处罚了盛气凌人的吴良辅,做了件大快人心的事。

第六节 廷杖吴良辅

吴良辅勾结鳌拜,擅自杀害先帝时的近臣,导致后宫一阵恐慌,诸人眼见他的势力一天天膨胀,甚至敢与皇上近臣挑衅,谁还敢得罪他? 每日,吴良辅得意地踱着方步,在宫内转来转去,看到不顺眼的人就打,见了令他不快的事就骂,更有甚者,他还经常出入宫廷,到鳌拜府上汇报皇帝行踪,俨然已把皇宫当成自己的家,把玄烨当成一个无能小孩了。

关于吴良辅的种种劣迹不断传进玄烨的耳朵,他忍无可忍了,请求皇祖母处罚他,可是太皇太后并不赞成,她说:"疯狂会让一个人灭亡,让他自寻死路吧!"

"自寻死路?"玄烨不解地说,"他正得意呢! 哪里会自寻死路?"

孝庄轻轻一笑,说:"皇上要做的是读书,读好书,好为将来亲政做好准备。朝廷内外的事,不是有四位辅臣吗?"

玄烨生气地说:"读书亲政! 连个小小的吴良辅都治不了,还亲什么政? 皇祖母,倭赫等人死后,后宫已经换了很多侍卫,都是鳌拜和吴良辅的亲信,朕都不认识!"

玄烨的着急也有道理,后宫侍卫是保护皇上安全的,非比寻常,通常都是皇帝的心腹之人,现在,鳌拜除掉了倭赫,安插进来他的侄子、兄弟多人,后宫重地,尽皆掌握在他的手里。

　　太皇太后怎会不明白其中的利害,只是她做事沉稳,考虑到皇上年幼,还要依赖辅政四臣,如果贸然采取行动,一旦惹恼了他们,事情也不好处理。况且,她一直在秘密观察四臣,以确定他们个人的忠心程度、处世风格,要知己知彼,才能百战不殆。

　　得不到祖母支持,玄烨把愤怒发泄在身边人身上。恰巧,二哥福全送给他一只鹦鹉,能说会道,非常惹人喜爱。一开始,玄烨还觉得好玩,时间久了,他认为玩物丧志,就派人把鹦鹉还回去。送鹦鹉的太监走在路上遇到了吴良辅。吴良辅仔细询问小太监,得知皇上不要鹦鹉了,随口说:"把它给我吧! 我帮你送去。"

　　小太监不敢得罪吴良辅,只好把鹦鹉递过去,匆匆回去了。

　　玄烨见他很快回来了,问道:"送去了?"

　　小太监不敢隐瞒,说了实情。

　　玄烨怒道:"你竟敢偷懒! 把鹦鹉交给了吴良辅。来人,掌嘴。"命人痛打小太监。

　　小太监跪在地上苦苦哀求,玄烨正在气头上,哪里肯依。

孝庄太后朝服像

　　这一闹,惊动了苏麻喇姑,她跑过来问清了事情的经过,耐心劝道:"主子,您这样做岂不是中了吴良辅的奸计?他巴望您乱了方寸呢!您可不能做让'仇者快,亲者痛'的事情。"

　　见玄烨没了言语,料想他已消了怒气,她继续说:"主子,奴婢大胆,已经派人秘密跟踪吴良辅了,一旦他有把柄落在我们手里,还怕收拾不了他吗?"

　　玄烨目视苏麻喇姑,好像第一次见她一样,高兴地夸奖道:"苏麻喇姑,你真是聪明,朕怎么没有想到呢?"

　　苏麻喇姑一笑:"主子,您可要好好学喔!"

　　过了几天,玄烨出宫骑了回马,回到皇宫的时候,就见苏麻喇姑站在宫门,遥遥地向自己张望。见到皇上,苏麻喇姑匆匆跑了过来,她急急地说:"主子,您可回来了。"

　　"有事吗?"

　　"有,"苏麻喇姑神秘地一笑,"快点,有情况了。"

　　"你是说……"玄烨想了想,没有说出"吴良辅"的名字。

　　"正是。"苏麻喇姑心领神会地答道。

　　主仆二人疾步赶到月华门,果然,吴良辅正带着一帮人朝这边走来。他们抬着一架八宝琉璃屏风,吆吆喝喝,志得意满。玄烨迎面站下,挡住了他们的去路。

　　吴良辅看见玄烨,单腿跪地请安,故意提高了嗓门喊:"奴才给主子请安了。"说着,扬起脸,一副神采飞扬、目中无人的脸色。

　　玄烨见此,怒从心中起,喝问道:"吴良辅,你抬着后宫屏风要干什么去?"

　　"这——"吴良辅略一迟疑,随后镇静下来,笑着说,"这是太皇太后赏赐鳌拜大人的,我给他送去。"

"是吗?"玄烨冷笑一声,"朕怎么不知道这件事?听说你曾经盗窃过后宫财物,这次不会是故伎重施吧?"

玄烨单刀直入,揭了吴良辅的短,这可把吴良辅吓出一身汗,顷刻间,满脸的光彩消失了,冒出一层层细密的汗珠。他强打精神,讪笑着说:"主子说笑了,如今我是六宫都太监,哪还会贪恋那点财物?"

"哼,"玄烨厉声制止他,"鳌拜大人是国家重臣,你竟敢以宫中财物去贿赂他,还说是太皇太后旨意,朕看你是活得不耐烦了。来人,拿下吴良辅!"

吴良辅一向飞扬跋扈,得罪了不少人,这次听说皇上要惩罚他,一个个拥上来,缚住了吴良辅。一段时间来,吴良辅内压后宫,外结权臣,多么风光无限,哪里把幼小的玄烨放在心上?没想到玄烨突然出手,擒住了自己,他惊惧地想,这里是皇上的地盘,我落在他手里,可怎么好?情急之下,他想起了鳌拜,大喊道:"鳌拜大人还等着我呢!皇上不能拿我!"

"什么?你竟敢拿鳌拜来要挟朕,是不是想离间我们君臣的关系?真是其心可诛。来人,传赵秉正。"

赵秉正是敬事房的,负责处罚宫内太监和宫女。

听说传赵秉正,吴良辅更害怕了,双腿跪倒哀求说:"万岁爷,您饶了奴才吧,我再也不敢了。"

"不敢了?"玄烨说,"你有什么不敢的?朕的侍卫都被你给杀了,如今又要巴结权臣,离间君臣关系,你这样做,与历朝的宦官篡政有什么区别?"

玄烨历数吴良辅的罪证,命人把他捆绑起来,重责三十大板。吴良辅养尊处优,荣宠惯了,突遭重击,不住地哀嚎乱叫,实在熬不住了，竟然喊道："鳌拜大人，你快来救我啊！"

听到他高喊鳌拜，玄烨更加气恼，大声说道："打，重重地打，把这个狗东西往死里打！"

行刑的人听了，不敢怠慢，打得更加起劲。不一会儿，吴良辅没了动静，赵秉正伸手验验吴良辅的鼻息，回到玄烨身边说："圣上，已经没了气息。"

玄烨望着吴良辅的尸体，觉得终于出了一口恶气，他转身正要离去，就见一个小太监慌慌张张跑过来说："万岁爷，鳌拜大人求见。"

"消息这么灵通？"玄烨嘀咕了一句，回头看看苏麻喇姑。苏麻喇姑近前说道："万岁爷，太皇太后正等着您呢！说有要紧事商量。"

玄烨明白了，他冲着小太监说："朕要去见太皇太后，没有时间接见他，让他明早来吧！"说完，带着苏麻喇姑等人离去了。

幼小的玄烨惩治了吴良辅，除掉了后宫一大恶瘤。此后，后宫中再也无人敢蛮横行事，小觑幼主了，玄烨取得了他即位以来第一次胜利。诸人佩服玄烨勇敢，自觉遵守宫中制度，后宫风气得到改善。可是，朝廷仍然掌控在四位辅臣手里，他们又会展开怎么样的行动呢？

第三章 四臣辅政 卧薪尝胆

四臣辅政，恢复旧时制度，加重满汉之间的矛盾，引发明史案；他们四人互不服气，各自为政，打着维护各自旗属的名义扩大势力，互相攻击，朝政危机四伏；少年玄烨不甘心受制于人，意欲打击四臣；太皇太后出面干涉，顿时，朝廷内忧外患，风云暗涌，少年天子究竟该如何稳固当下局势？

第一节　率祖制，复旧章

　　顺治归天，遗诏四臣辅政。四臣都是满族贵族，他们分别是索尼、苏克萨哈、遏必隆和鳌拜。顺治在位时，认为采用汉族的制度，汲取汉族的文化才能使清朝长治久安，所以他崇文兴教，倾心汉化，重用汉人，可是这些措施妨碍了满族贵族的利益，遭到他们的反对和排斥，于是，满汉矛盾加深。顺治拟定遗诏时，曾经无奈地说："祖制汉臣不能辅政，只好委托他们四人了。"

　　四臣都是跟随顺治入关的功臣，各有优缺点，顺治也是考虑再三，才决定他们共同辅政的，他评价四人："索尼资历威望深厚，德才兼备，只是年岁大了；苏克萨哈才能出众，忠心可嘉，有勇有谋，只是资历不够深；遏必隆聪明机智，做事委婉，只是不够刚毅，太柔顺了；鳌拜文武双全，果断刚猛，只是有些暴躁。"看来，顺治对于四人非常了解，也希望他们能够截长补短，相辅相成，辅佐好幼主，治理好天下。

　　现在，顺治已经走了，玄烨顺利即位，四辅臣顺理成章开始了辅政生涯。诚如顺治所说，四人在处理政务时很快显露出各自的特点，将入关不足二十年的清廷又推向了一个至关重要的关头。

　　玄烨继位时，四辅臣立下重誓，表示一定效忠朝廷和皇上，绝不怀有二心。他们辅政之初，确实遵循这一誓约，尽心尽力，各尽其责，并且很快就开始实施他们的第一个目标，这就是反对汉化，排斥汉臣。

下面先详细介绍一下四位辅臣。

索尼，正黄旗人，四朝元老，从清朝第一位皇帝努尔哈赤时，他就随从父亲、兄长为国效力，在清朝入关之前，更是跟随顺治的父亲——清朝第二位皇帝皇太极，出生入死，处处征战，立下了赫赫战功。他曾经只身入科尔沁部，收服了一支强大的蒙古部落，受到皇太极夸赞，地位也迅速提高。索尼虽然地位显赫，却忠心护主，绝无二心，尤其是皇太极死后，皇位之争异常激烈，贵卿们在权衡利弊之下，推举只有六岁的福临，也就是后来的顺治皇帝继位，这时索尼坚决地支持了顺治。后来，索尼又帮助顺治铲除摄政王多尔衮，辅助顺治顺利亲政，收回皇权，因此在顺治的眼里，他更不是一般的大臣，也就有了现在的首辅之位。

苏克萨哈是额附子，皇亲贵戚，地位不言自明。他是正白旗人，最早依附多尔衮。后来，顺治亲政，他揭发多尔衮有功，地位也得以提升。

遏必隆为名门之后，父亲是皇太极的重臣之一，母亲是公主，镶黄旗人。

辅臣最末一位是鳌拜，他也是镶黄旗人，虽是武将出身，却很有谋略，顺治称他文武双全。他为人胆大心细，对待皇太极和顺治可谓忠心耿耿，深得他们赏识，位列辅臣，也是情理之内的事情。可是就是这样一位忠臣，辅政之后，受到权力诱惑，一步步走向另一个极端，制造了许多冤案，打击与他意见相左的辅臣，一度挟制幼帝，独霸朝纲，最终与玄烨势不两立，遭到了擒拿而死于非命。

四辅臣资历都不浅,作为满族贵族,顺治帝推行的满汉一家策略自然也重重地损害了他们的利益。为此,他们辅政后,立刻提出"率祖制,复旧章"的建议,他们缅怀满族的旧制度、旧习惯,主张退回到旧时代中,凡事都要"遵照太祖太宗例行"。改内阁制度为三院制度,处理国家事务,对汉族则施行高压政策。

鳌拜像

《清史稿·圣祖本纪》记载,顺治末康熙初,江南就发生"奏销案",对汉族地主、知识分子不遗余力地打击。大清重臣洪承畴也辞官退隐了。"奏销案"期间,还发生了一件事情,引起民怨纷纷,产生了一句"探花不值一文钱"的俗语典故。

清入关后,照例要开科取士,为朝廷选拔人才。恰好,有一位学子名叫叶方霭,他是江南人,学富五车,进京赶考,竟然中了殿试一甲第三名——探花。照说,高中探花是件好事,莘莘学子,寒窗苦读,十几年来为了什么? 不就是为了这个功名嘛。叶方霭考中后,喜气洋洋,举宴欢庆,招待一同进京赶考的同窗好友们。喝到高兴处,诸位儒生吟诗作画,借以表明心志,将客栈气氛炒得热闹异常,一直到了深夜,客人们才一个个拱手离别,尽兴而去。

叶方霭高考得中,实现了学子们求学晋官的梦想,高高兴兴地赶回家乡。哪想得到这位学子生不逢时,他考中后,还没有来得及等到朝廷旨令,还没有求仕做官,就赶上了当地的赋税风波。

当时朝廷下令,在各地征缴赋税,以保证部队军需、保证国家稳定。各地巡抚接到诏令,不敢违抗,命当地人缴纳粮税,就是按照粮食的收入缴税。四位辅臣想借机打击汉臣儒生,让他们明白朝廷是满族贵族的,不是哪个人都能够凭借儒学才识就可以左右的,于是又决定让儒生学士们按照各自功名,缴纳一定数额的金钱,否则就会受到惩罚。

叶方霭家境比较穷困,这次进京已经耗尽了他家的积蓄,如今又要按照功名收取赋税,这不是逼人吗?可是,巡抚根本不买账,他逮捕了几百名儒生,说他们妖言惑众,诋毁朝廷,判他们戴枷示众,以示惩戒。众多儒生被戴上木枷,沿街游行示众,以此羞辱他们。新科探花叶方霭东凑西凑,好不容易将赋税凑得差不多了,进巡抚衙门缴钱。说来也巧,管钱的先生极其认真,清点他缴的赋税,发现少了一文钱,立刻说:"钱不够,赶紧回去取钱。"叶方霭说:"怎么不够?明明凑够了的。"他查找半天,才知道缺少一文钱,也许在半路上掉了。叶方霭请求说:"不就是少一文钱吗?麻烦您高抬贵手,让我通过了吧!""什么?你还想蒙混过关!"管钱先生叫道,"少一文也不行!"叶方霭看对方冷冰冰、气呼呼的样子,生气地说:"哪朝的制度要儒生缴赋税?我是新科探花,难道少缴一文钱,还要判我受罚?"

叶方蔼哪里知道,此次逮捕儒生,为的就是打击江南士子集团的势力,巩固当时满清贵族的政权。他少缴了一文钱,当然逃脱不了关系,被巡抚抓起来,同样戴上枷,沿街示众。

这下子,叶方蔼因为欠缴一文钱税金惨遭逮捕和惩罚,轰动了江南各地,人们议论纷纷,对朝廷表示不满,因此民间流传一句谚语:"探花不值一文钱。"

本来,清入关执政就遭到汉人的强烈抵制,顺治多年努力,缓和了民族冲突,社会刚刚开始呈现复苏状态,如今在四位元老辅臣"率祖制,复旧章"的思想指导下,矛盾进一步深化,让这个还没有完全稳固的政权又面临着一场尖锐的冲突。四位辅臣采取强权政策,试图借此稳固满清贵族特权,让汉人永久处于下层地位。

接下来发生的一件大事,更是充满了血腥味道,成为见证民族冲突的一面镜子。

第二节　明史案

这是发生在康熙二年(1663年)的明史案。

康熙二年,浙江湖州府南浔镇人士庄廷鑨因私修《明史》,被人诬告,因此引起一场牵涉数百人的大屠杀。

庄廷鑨家境富裕,幼年时熟读诗书,满腹经纶,是个才子,十五岁入国子监,中选拔。不幸的是,他成年后,因患病双目失明,什么也看不见了。眼睛看不见了,无法读书、写字,他非常痛苦,为了打发苦闷的时间,便常常让随从读书给他听。有一次,一位邻居借给他一本关于讲述明朝历史的书——《明史》。庄廷鑨听了以后,想起"左丘失明,厥有《国语》"的故事,心想,左丘失明了,却能撰写一部传世大作,我如今与他一样,为什么不能奋起有为,也创作一部历史巨著呢?

想到做到,庄廷鑨立即开始行动,他购买下由朱国桢撰写的《明史》书稿,仔细揣摩研读,发现朱国桢所撰《明史》稿本涉及国务活动及高官传记、朝廷文件等,共计数十本,内容繁多,但崇祯朝及南明史事却没有写。

于是庄廷鑨决定续纂崇祯和南明的历史,请来了江浙名士以及有志于纂修明史的史家如茅元铭、吴之铭、唐元楼等十余人,对书稿重新编辑。缺少的史传部分,就采用茅瑞征的《五芝纪事》和《明末启祯遗事》，加以编纂成书。在他们看来，一部完整的关于明朝的史书完成了，于是重新命名为"明史辑略"。顺治十二年(1655年)，庄廷鑨病逝，他的父亲庄允诚决定刊印此书。为了顺利出版，他邀请当时名士李令晳为书作序，由庄廷鑨的岳父、当地富豪朱佑明出资赞助，在南浔镇北圆通庵刻印，并且在顺治十七年冬天刊印发行。

修缮史书，刊印发行，本来是件好事，他们做梦也没有想到，此事却招来了灭门之灾。因为《明史辑略》后续的崇祯朝和南明历史，涉及了满族人发迹、兴起、入关、执政等事件，自然触动当朝敏感的神经。有一部分人借此为由，不断地揭发告密，妄图达到个人目的。

时任知府吴之荣就看到了其中的可乘之利。原来，《明史辑略》以明朝为正统，按照明朝序号书写历史，尤其是满族入关后，依然采用南明朝代称号，而没有用顺治年号。照说，此等史书，重在讲述历史事实，用何人的称号并不是多重要，可是他们忽略了当时的政局，忘记了当时的满族亲贵对前明的耿耿于怀。

吴之荣详细地看了《明史辑略》，找出其中的悖逆语言，也就是被清政府所忌讳的言词，以此要挟庄允诚，讹诈他的钱财。庄允诚低估了此事的严重性，他一面贿赂上级官府，一面声明绝无叛逆之心。结果吴之荣遭到地方长官申斥，不但没有讹诈到钱财，反而降了官职。恼羞成怒的吴之荣岂肯善罢罢休，他摘录《明史辑略》，携带进京，寻求告状门路。

当时正是玄烨继位第二年，四位辅臣执政，他们大规模打击汉臣，排斥汉文化，世人皆知。叶方霭一事才刚了，又传来《明史》之事，吴之荣早就清楚其中隐情，所以他孤注一掷，掌握机会,在京城大肆活动。终于,他结识了鳌拜的弟弟穆里玛,献上《明史辑略》摘要,并且加油添醋叙述此书在江南的影响,声言江南人士备受此书蛊惑,蔑视清廷,意欲谋反,大有天下将乱之势。

穆里玛一介武夫,没有学识,凭借鳌拜的关系才升官发财,平素,鳌拜经常责骂他不学无术、一事无成,非常瞧不起他。他有心做件大事,让鳌拜高兴,进而重视自己,听了吴之荣告发庄家一事,他觉得此事可以利用,就把这些事情一五一十告诉了鳌拜。

鳌拜辅政后,一度借用吴良辅在后宫的优势,除掉了倭赫等人,显示了他的野心和残暴,没想到玄烨年少志高,不肯受制于人,很快就除掉了吴良辅。内线断了,鳌拜曾经消沉了一段日子,这时,突然出现这样的事情,他敏感地感觉到机会来了,又是他大显身手的时候了。于是,他立即命令忠于他的满族大臣去浙江调查此事。

很快,庄允诚和朱佑明都被押赴京城受审。两人遭受了严酷的刑罚,在狱中不幸身亡。到了第二年,也就是康熙二年五月,四位辅臣经过商量,请示玄烨,打算处决牵涉明史一案的所有人员。

由于此案是鳌拜一手操办,所以他很得意,进宫时,走在四臣最前面,来到了乾清宫拜见玄烨。此时玄烨已经九岁了,对于明史案也略有耳闻。

鳌拜跪倒说:“江南学子图谋不轨,多亏我们及时出手才将其制止了,明史案影响深远,牵动江山稳固,我们议定,应该大规模捕杀,震慑汉人。”

玄烨看看索尼,问道:“索尼大人是什么意见?”

　　索尼年纪大了，一副老态龙钟的样子，咳嗽几声说："臣也是这个意见。"

　　既然首辅同意了，玄烨尚未亲政，还能说什么呢？前番鳌拜不经请示擅杀倭赫，玄烨不也是没有办法吗？这次，他们能够提前请示已经不错了。玄烨想想说道："你们酌情办理吧！朕同意你们的意见。"

　　清朝历史上第一次文字狱就这么形成了。四辅臣奉旨，将庄允诚、朱佑明两家，以及所有参与此书刊印、发行、编纂、作序的人员，家族中只要年满十五岁的男丁全部处决，其中凌迟处死十八人，妻妾、女孙以及不满十五岁的男丁被流放为奴，多达数百人。

　　四辅臣如此猖獗地处理汉人事务，自然引起汉族臣民强烈不满，他们不断地采取行动，表示抗议。不少汉官辞职、儒生们罢考、名士们上书——眼看着民族冲突进一步加剧了。

第三节　帝师之争

明史案对不足十岁的玄烨来说毕竟太遥远了,他虽为皇帝,实则不过一个孩童,国家大事掌控在辅臣手中,他怎么能看清其中的奥妙呢?但是,接下来的事情,则直接关系到玄烨个人的利益,而且让他无法忍受。

明史案牵涉面极广,影响非常大,在汉人中造成了严重的负面影响;而在满族贵族中,却是另外一幅景象,通过明史案,鳌拜的地位大大提高了,他虽然位于四辅臣之末,却敢与其他辅臣平起平坐了。

近日来,索尼病重,不能上朝议事,只剩下鳌拜三人暂时辅政。一天早朝,他们处理完正常的国务事件,鳌拜首先提议说:"如今,汉人儒生们勾结叛逆,不得不防;明史案虽然处理完毕,实际上远远没有结束,汉人不会善罢罢休!我们应该多加防范,以防他们形成气候。"

苏克萨哈见鳌拜自恃功高,大有不把自己放在眼里的阵势,心里一阵反感,他想,我苏克萨哈名列第二辅臣,索尼不在,当然是我说了算,你鳌拜怎么就这么狂傲?于是,他头也没抬顶了一句:"明史案已经牵动了汉人的神经,让他们非常惊恐,再闹下去,只会增加满汉之间的矛盾,依我之见,适可而止吧!不要得寸进尺。"

　　鳌拜哼了一声,心想,怎么? 索尼不在,你苏克萨哈自称老大了? 好,那就较量较量看看! 他转身问遏必隆:"遏必隆大人,你怎么看?"

　　遏必隆是个墙头草,随风倒,他个性软弱,少有主张,总是倾向于势力较大的一方。以前,索尼能够统御全局,他听信索尼的,现在,索尼的身体一天不如一天,渐渐不能控制局面,而鳌拜与苏克萨哈互相不服气,争权夺利,他也就被夹在了中间。

　　听到鳌拜问话,遏必隆紧张地挤了几下眼睛,清清嗓子才说:"这个……打击汉人是我们共同的目标吗? 不知道鳌拜大人还要怎么做?"

　　鳌拜圆睁鹰隼般的双眼,投射出一股凛冽的杀气,他一字一句地说:"怎么做? 大家没有注意到吗? 汉人正在教授皇帝! 要是培养出一位偏向汉人的皇帝,我们不是又受制于汉人了? 我们今天的努力岂不是要付诸东流?"

　　遏必隆恍然大悟,他不由得更加紧张,嘴唇都有些哆嗦了,像是要说什么,却一个字也没有说出来。

　　苏克萨哈听了鳌拜的话,先是一惊,接着很快镇静下来,有些不屑地说:"难道鳌拜大人要为皇上挑选老师?"

　　"苏克萨哈大人果真聪明,我正是这个意思,既然你也猜到了,我就没什么可担心的了。我的计划是清理皇上身边的汉人老师,为他推举德才兼备、文武全才的满人老师。"

　　"这——你——"苏克萨哈气得一时语结,他手指遏必隆,意思是问:难道你也是这么想的?

　　遏必隆强迫自己不要慌张,他看看眼前两人,突然想起什么似的说道:"皇上的老师是先帝挑选的,我们为他更换合适吗?不如先请示太皇太后。"

苏克萨哈也恢复常态,急切地说:"为皇上挑选老师当然要请示太皇太后,哪是我们这些臣子说了算的?我可不愿意背负欺君罔上的罪名!遏必隆大人,你愿意为皇上换老师你去换吧!与我无关!"

他这句话当然是说给鳌拜听的,以此表明自己绝不与他同流合污。

哪想得到,鳌拜冷冷说道:"既然苏克萨哈大人不愿意为皇上费心,遏必隆大人,看来只好我们两人为皇上效力了,你乐意吗?"

看着鳌拜咄咄逼人的气势,遏必隆不敢反抗,嗫嚅着说了几句,谁也没有听清。鳌拜却哈哈笑起来:"遏必隆大人不愧名门之后,看得清,说得好,我们一定为皇上清除所有汉人老师,更换成地地道道的满人老师。"

康熙读书图

苏克萨哈见此,拂袖而出。自此,他与鳌拜的矛盾渐深。

鳌拜并不理会苏克萨哈,他与遏必隆简单商量后,推举好几位满人做皇上的老师,将原来的汉人老师一并赶走。安排完毕,遏必隆提醒鳌拜说:"此等大事,必须禀明太皇太后定夺。"鳌拜想了想,与他一起进宫,拜见太皇太后,言说为皇上换师的事情。

孝庄听了他们的来意,半晌无语。她心中明白,明史案已经搞得沸沸扬扬,再赶走皇上的汉人老师,这样做行得通吗?再说,皇上会同意更换老师吗?搞不好,君臣矛盾、君民矛盾,一系列问题就都出来了。

鳌拜见太皇太后迟疑,近前说道:"帝师之位显贵,能够影响和左右皇上的成长,臣等效力朝廷,得罪了汉人,如果将来有一天,皇上听信汉人挑拨,臣等可就死无葬身之地了!愿太皇太后不要犹豫,给臣等一条活路。"说完,跪倒在地,久久不抬起头来。

孝庄看着鳌拜,突然轻声笑着说:"鳌拜大人多虑了,你们是辅臣,是忠臣,皇上向来都尊敬你们,听从你们的安排,怎么会出现那种情况呢?既然你认为开除汉人老师更好,那就听你的,把他们撵走,换上你举荐的老师。"

事情如此顺利,鳌拜和遏必隆都松了口气。遏必隆甚至偷偷想,看来这次站在鳌拜这边是对的,太皇太后都允许了,不会有太大问题了。

但他哪能猜透太皇太后的心思。孝庄看鳌拜态度坚决,如果强行阻拦,必定招致他们反抗和不服,造成君臣间不和睦,而单单换几个老师,反正也无碍于皇上的学习,可以让皇上多接触外人,这有何不妥呢?

鳌拜得到孝庄允许,立即着手实施他的计划。他以四辅臣的名义赶走了皇上的汉人老师,换上好几位满人老师。

第二天,玄烨照例来到书房读书,发现老师换了,不由得大吃一惊,他责问书房管事太监:"这是怎么回事?朕的老师呢?"

太监回道:"万岁爷,奴才听说鳌拜大人禀明太皇太后,为您挑选了一批新老师,他们都是忠心耿耿的满人,不会有差错的。"

玄烨一脸不高兴,半是纳闷半是责备地说:"老师就是老师,与满汉有什么关系?朕的几位老师学识渊博,深谙圣贤之道,凭什么无缘无故就撵走了?"

太监不敢回话,半垂着脑袋一言不发。

玄烨越想越气,怒气冲冲来到孝庄的宫中。此时,太皇太后正与玄烨的乳母孙嬷嬷说话呢!苏麻喇姑服侍一旁,看见玄烨冲进来,几个人急忙关切地围拢过来。孙嬷嬷心疼地说:"主子不是读书去了吗?这是怎么啦?"

苏麻喇姑也问:"万岁爷,有什么不开心的事吗?"

玄烨来到太皇太后面前,生气地问:"皇祖母,到底是怎么回事?为什么换了玄烨的老师?他们做错什么了吗?"

孝庄早就料到玄烨是为了此事而来的。见他满脸怒色,话语强硬,知道他生气了,想了一想说道:"原来皇上为了这件事情生气,对不对?"

"对,"玄烨坚决地回答,"帝师是教授朕学问的,要想更换也要朕同意。现在老师换了,朕却毫不知情,朕能不生气吗?"

孙嬷嬷和苏麻喇姑这才知道事情的严重,她们对视一眼,都思忖着不能眼看着皇上和太皇太后争吵下去。

苏麻喇姑首先说道:"万岁爷,您先别发火,事情尚未搞清楚呢!您问明白再处理也来得及。"

"来得及?"玄烨把脸转向苏麻喇姑,"已经换了还怎么来得及?"自从苏麻喇姑服侍玄烨,两年来,两人从来没有发生过争执,玄烨也没有训斥过她,今天这一声喝问,真让苏麻喇姑有些心惊,一时不敢言语。

孝庄稳稳地端坐着,用犀利的眼神打量着玄烨,宫内的气氛顿时紧张起来。孙嬷嬷吓得退后几步,她本来是受人所托,为了魏东廷的前程来的。魏东廷已经十几岁了,不爱读书爱棍棒,练就了一身武艺,念念不忘当初与玄烨的一段友情,恳请孙嬷嬷让他进宫,陪伴玄烨身边。孙嬷嬷一个乳母,哪有什么本事让魏东廷进宫,她私下拜托苏麻喇姑,希望她能为自己想个办法。苏麻喇姑说:"办法倒是有,不过要等待时机。倭赫遇难后,太后早就想在皇上身边派遣几个得力的侍卫了,魏东廷武功高强,正好合适。如今,鳌拜一个劲地往宫内安排侍卫、太监,还不是安插亲信吗? 我想,太皇太后也不会坐视不管,你就耐心等着吧!"孙嬷嬷知道苏麻喇姑聪明,又得到太皇太后信任,就听了她的建议。果然,几日后,苏麻喇姑高兴地对她说:"太皇太后同意魏东廷进宫了,快去谢恩吧!"这样,她们才一起来到了慈宁宫。

她们本来兴高采烈地说笑着,没有料到玄烨恼怒地一头冲了进来,而且呵斥了苏麻喇姑,这可不是小事,孙嬷嬷哪里还敢说话。

局面僵持着,苏麻喇姑却冷静下来,她近前说:"万岁爷,太皇太后正在为您挑选侍卫呢! 您还记得魏东廷吗? 让他陪伴您可好?"她这一说,把话题岔开了。

"魏东廷?"玄烨惊喜地叫了一声,他可没有忘记那个患难之中的朋友,"什么时候进宫?"

这么一说,紧张的气氛立刻缓和了,大家七嘴八舌议论起为皇上选侍卫的事,好像刚刚的不快烟消云散了。

孝庄心里更加明白,玄烨毕竟年幼,自己与辅臣巧妙周旋的举措还是对的。更换帝师,虽然惹恼了玄烨,却抓住了辅臣的心,可以让他们更加为朝廷和皇上尽忠。

第四节　黄白旗之争

鳌拜趁索尼病重之际，大肆扩张自己的权势，打算将皇宫重地牢牢控制在他的手里，不断安排心腹之人进宫做侍卫、当太监，甚至更换了皇帝的老师。他的这些举动引起一个人强烈不满，他就是位列辅臣次位的苏克萨哈。

前番，为了更换太师一事，苏克萨哈气愤离去，鳌拜胁迫遏必隆一起求见太皇太后，竟然真的达成了目的。为此，苏克萨哈颇为忧心，鳌拜的势力一天天增大，如今皇帝年幼，太皇太后老了，一味听从他的建议，时间久了，一旦索尼病故，剩下两人还不都得听他的？自己这个第二辅臣就甘心落于他的后面吗？

而他们之间的恩怨，还可以追溯到他们各自的出身。原来，苏克萨哈是正白旗人，而索尼、鳌拜、遏必隆分别是正黄旗和镶黄旗人，满洲共有八旗，其中正黄旗、镶黄旗、正白旗地位最高，称为上三旗。

黄白旗之间存在着较深的矛盾，这还要回溯到皇太极的时候。原来，清朝开国之前，努尔哈赤为了争夺江山，就曾经编练了黄、白、蓝、红四旗部队，后来，他的儿子皇太极，又进行了扩编，组成正黄、镶黄、正白、镶白、正蓝、镶蓝、正红、镶红八旗武装。皇太极自幼管理黄旗,他当了皇帝后,黄旗的地位提高,而且从他开始,只有皇帝才能管理黄旗,黄旗成为地位最高的旗。后来,皇太极去世了,由于他暴死身亡,没有来得及遗诏嗣位,为了争夺皇位,皇族内部展开了激烈的竞争。

皇太极有九个儿子,其中长子豪格已经三十多岁了,多年随父征战,立下了不少功绩,照说由他继位非常合适。可是,皇太极的弟弟多尔衮足智多谋、英名贤达,素有美名,手下结合了一批能干的将士,也结合了不少善于谋划的人才。他也是三十来岁,领兵打仗,攻城夺寨,屡屡取胜,无人可比。为

八旗服装

此，他手下的人认为皇位应该由多尔衮继承。多尔衮管理正白旗，而豪格管理黄旗，因此，皇位之争转变成黄白旗之间的斗争。

按照清太祖努尔哈赤规定的皇位继承《汗谕》，由满洲八旗贵族共议嗣君。当时亲王、郡王共有七人：礼亲王代善、郑亲王济尔哈朗、睿亲王多尔衮、肃亲王豪格、武英郡王阿济格、豫郡王多铎和颖郡王阿达礼。

史书记载，诸位王爷会聚于宫门，共同商议立国君大事。代善是皇太极的长兄，年龄最长，他首先提议说："豪格是皇上的长子，应该继承大统。"多铎和阿济格是多尔衮的同母兄弟，他们立刻说："睿亲王跟随先帝（指努尔哈赤）多年，当初，先帝也有立睿亲王的打算，无奈他年龄还小。现在，睿亲王统帅三军，功绩卓著，应该立他为君。"

就在诸王争执的时候，黄旗中一些将领听说了皇位之争，他们在索尼等人的带领下，怒气冲冲进入了大殿之内，一个个拔刀举剑，立誓说："我们吃的是皇上的俸禄，穿的是皇上赏赐的衣服，皇上对于我们的恩德如同日月一样，如果不立皇上的儿子为嗣君，我们宁可跟随皇上共赴九泉！"

此时，正白旗将领们也做了安排，准备随时进宫保护多尔衮登基，眼看一场厮杀就要展开了。

面对如此杀气腾腾的阵势，代善吓得赶紧说："我是皇上的兄长，年岁大了，不能参与朝政，这种重要决议更无法决断。"说完，离席而去。

随后，武英郡王阿济格也起身而去。七王离去了二王，只剩下五个王爷了。见此，多铎和阿济格默默无语，多尔衮和豪格更是无话可说。

最后，济尔哈朗出面调停，终于达成了一个共识，这就是推举皇太极的小儿子——福临继位，他就是后来的顺治皇帝。

多尔衮权衡利弊，认为福临继位比豪格继位对自己有利，也就同意了这个条件。豪格呢？知道多尔衮不肯轻易让自己继位，也就赞同由自己的弟弟福临继位，这样，年仅六岁的福临继承大统，成为清朝第三位皇帝。

多尔衮以皇帝年幼为名，提议由他和济尔哈朗辅政。后来，多尔衮打击济尔哈朗，剥夺了他的辅臣之位，进而独霸朝纲。他开始着手处理旗务，首先提高了正白旗的地位，本来上旗只有两黄旗，现在他把正白旗也划入上旗之列，进而有了上三旗的说法。接着，他开始不遗余力打击反对他继位的两黄旗，削弱他们的官职，剥夺他们的土地。当时，索尼、遏必隆、鳌拜均曾得罪过他，有的降职，有的罢官。两黄旗明显处于劣势，不如正白旗威风。

可是，多尔衮英年早逝，顺治亲政，朝局随之一变，黄旗抬头，白旗又失势了。苏克萨哈就是借机举报揭露多尔衮，才得到顺治赏识和重用的。

时光飞逝，转眼间，索尼等四人成了辅政大臣，他和遏必隆、鳌拜同属黄旗，遭遇过白旗的打击报复，当然不会忘记那些艰难岁月，面对同为辅臣的苏克萨哈，一种瞧不起的心情潜藏心底。他们辅政后，一开始还能遵循誓约，同心同力处理国务，渐渐的，这些矛盾都暴露出来，苏克萨哈遭到他们三人的排挤和轻视，心里非常不服气，甚至有了取代索尼的想法。

联想前前后后，苏克萨哈不想坐以待毙，他要主动出击，于是蓄意扩张势力，增加自己的门人说客，大力推举朝廷重臣。当时，通过他晋升的巡抚、总督就有很多人，其中直隶巡抚王登联就是他的得意门生。

　　由黄白旗之争，演变成如今的辅臣之间的斗争，朝廷局势一下子变得微妙复杂，年幼的玄烨和他的皇祖母能否在这场斗争中取得胜利呢？

第五节　孝庄授权

鳌拜和苏克萨哈明争暗斗,互不相让,这可吓坏了朝廷诸臣。首辅索尼年老病重,干脆以此为由,采取明哲保身的态度,称病不朝,暗中观察他们两人争斗。遏必隆向来胆小畏事,这时更不敢出面发表自己的主张。

而此时的玄烨,自从魏东廷等一批年轻侍卫进宫后,每日与他们一起读书、习武,倒也乐得开心。只是更换帝师一事,他依然气愤不已,时常缠着太皇太后,要她换了现在的几个帝师,换回原来的老师。

孝庄语重心长地说:"帝师都是辅臣推荐的,他们有什么过错吗? 为什么非要更换呢?"

玄烨说:"原来的老师有过错吗? 不是轻而易举就换掉了? 辅臣辅政就是了,为什么还要管这么多事?"

孝庄说:"皇上,辅臣辅政就是辅佐你,他们当然有权力更换你的老师了。他们这样做,一是为你好,二来也是便于他们处理政务。我这样说皇上明白吗?"

玄烨侧着脑袋想了想,一副似懂非懂的神情。

恰好苏麻喇姑端过来一杯热茶,正要递到太皇太后手中。太皇太后突然想起什么,她让苏麻喇姑先把茶杯递给玄烨。玄烨接过杯子,手一晃,水洒出来一些,烫得他直甩手。苏麻喇姑赶紧用手帕为他轻拭,一边心疼地说:"万岁爷,手疼吗?"

孝庄笑着说:"一点茶水,想来也不至于烫伤,不用紧张。"

玄烨奇怪地看着祖母,心想,祖母为什么这么做?难道仅仅让我吃点苦头?

苏麻喇姑也迷惑了,她不明白太皇太后为什么要让玄烨端茶水,这杯水明明是端给太皇太后的呀!

孝庄看看玄烨,问道:"皇上,你说为什么茶水烫到你的手了呢?"

玄烨低头一想,轻声说:"怪我端的不稳。"

"还有呢?"

"还有……"

"还有,万岁爷刚刚没有端平茶杯,所以水洒出来了。"苏麻喇姑清脆地回答。

"对,"太皇太后笑起来,"就是你机灵,敢抢在皇上前面说话。皇上,茶水只有端平,才不会洒出来,如果稍有偏差,就会烫到自己的手啊!"

玄烨点点头,他似乎明白了一些道理,边思索边说:"看来做事情平衡非常重要,一旦失去平衡,也就难以把握得很好了。"

太皇太后点头说:"皇上聪明,你要知道,如今朝廷掌控在辅臣手中,你要靠他们去管理国家,你能不给他们充分的权力吗?据我所知,四位辅臣开始争权夺利了,政局处在危险关头啊!"

"争权夺利?"玄烨着急地喊了一声,"他们曾经立下重誓,发誓不谋私、不结党、不争权,怎么出尔反尔?皇祖母,您快想办法制止他们!"

孝庄墓昭西陵

苏麻喇姑先是一笑，朝着玄烨说："万岁爷，您怎么糊涂了，刚刚太皇太后不是说了吗？茶水端平了，自然就没有危险。"

"是啊！"孝庄满意地点头说，"辅臣之间互生猜忌，这是坏事，也是好事，只要皇上好好利用，可以起到意想不到的效果。"

玄烨总算明白了皇祖母的良苦用心。是啊，辅臣之间互相争斗，就不会对皇位构成威胁。还有，可以利用他们的矛盾，调动各自的积极性，更加充分地为朝廷效力。真是深奥的为君之道啊！他不由地深深佩服皇祖母的深谋远虑。此后，玄烨在几十年的帝王生涯中，一直牢记这条策略，很好地控制了朝臣们，让他们各尽所能，为朝廷和国家做出了很大贡献。

孝庄见玄烨明白了其中奥秘，又提醒他说："皇上即位也三年了，辅臣们辛苦处理国事，不容易啊！你也该表示一下，对他们有所奖赏，对不对？"

玄烨心领神会,他传令四辅臣进宫,接受皇上赏赐。

索尼府中,索尼正躺在床榻,思索近日来的传闻,像是鳌拜换了皇上的老师;苏克萨哈不甘寂寞,收买大臣;遏必隆龟缩家中,很少外出,等等。突然,他的小儿子索额图慌慌张张跑了进来,上气不接下气地说:"皇上传旨,让四辅臣进宫,不知道出了什么大事?"

进宫?索尼眉头一皱,难道鳌拜和苏克萨哈的矛盾不可收拾,传到皇上和太皇太后那里去了?还是鳌拜擅自更换帝师惹恼了皇上?唉,辅臣不好做啊!何况四臣辅政,相互掣肘,矛盾重重,他虽然位列首辅,可是想起多尔衮的下场,依然历历在目,他只有更加小心翼翼,不敢轻举妄动。

索尼愁眉不展,他的儿子索额图自告奋勇:"父亲,您称病不上朝已经多日了,今天皇上召见您就进宫,恐怕引起外人议论,不如不去。"

"不去?皇上突然召见肯定有重要事情,不去怎么行?"

"儿子的意思是代您前行,为您请假,一面显示了您的诚心,一面也可以暗中打探一些消息。"

索尼深知索额图聪明机智,富有谋略,善断能干,早就打算培养他做自己的继承人,今天听他一席话,心里十分高兴,他点点头说:"这样也好,只是你无名无职,年纪轻轻,怎么能够进入后宫呢?"

索额图微微一笑:"父亲尽管放心,我自有办法进宫见驾。"

再说苏克萨哈等辅臣,接到皇上召见的旨令,迅速做好准备,乘坐软轿,匆匆赶到了皇宫重地。他们很快穿过宫门,来到了乾清宫,等候皇上召唤。他们进入乾清宫才发现,里面空无一人，皇上不在。

鳌拜不耐烦地嘟囔一句："我们都从府里赶来了，皇上怎么还没到？"

苏克萨哈则极其恭敬地站立一旁，默默地等候着，他似乎以这种无言对抗鳌拜的烦躁和抱怨。

遏必隆也赶来了，他静静地站在离鳌拜不远的地方，半垂着脑袋，好像在想事情。

突然，宫外走进一个太监，他高声喊道："太皇太后有旨，宣辅臣前去慈宁宫见驾，不得有误。"说完，转身就走了。

三辅臣心中各有心事，不免互相瞟了几眼，意思好像在说，难道皇上要找我们的麻烦？还是哪个人做了出格的事，牵连了他人？

他们不敢妄自猜测圣意，急忙一起赶往慈宁宫。

慈宁宫里，孝庄和玄烨坐在床榻，他们正与一个青年谈话。这是谁？怎么敢在皇上召见辅臣的时候跑进宫里来了？看起来，三人谈得非常投机，尤其是皇上，不时露出惊奇神色，好像听到了什么奇谈怪论，又好似对眼前青年充满羡慕。

三辅臣恭敬地走进宫来，对眼前的所见备感迷惑，皇上传旨召见辅臣，说是有重要事情，怎么却和一个年轻人闲聊乱侃起来了。

三辅臣叩拜完毕，站立一旁，这时，年轻人回过头来，看到三位辅臣，嘴角一扬，露出一丝不易察觉的微笑。

孝庄赶紧说："你瞧，光顾着说笑了，怎么把正事忘了？既然你们都来了，皇上你就说说吧！"

玄烨这才回过神来，对辅臣们说："自从朕继位以来，你们勤勉辅佐,辛苦有功,不但铲除了南明余孽,进一步巩固了国家政权,还时刻关心朕的学习、生活,可谓无微不至,真是劳苦功高。朕看在眼里,心中非常明白,没有辅臣也就没有今天的朕,所以朕与太皇太后商量决定,赏赐诸位金银珠宝,而且放宽权限,把国家政务全部交给你们,以后不管什么奏折,只要你们决定了就不用请示了。朕放心。"

玄烨一气说完,宫内一阵沉寂。过了片刻,辅臣才想起谢主恩德,于是,跪倒在地,口称万岁,感激地涕泪横流。苏克萨哈更是不住地叩头说:"臣一定誓死效力,谨记先帝遗训,绝不做不忠不义的人。"鳌拜也叩头言志,表示一定谨记誓约,好好辅佐皇上。遏必隆跪在他两人的后面,随着他俩磕头不止。

孝庄一边命人扶起辅臣落座,一边指着年轻人说:"你们认识吗?他可是索尼大人最宠爱的儿子。索额图,你认识他们吗?快来给诸大人请安。"

索尼的儿子?三辅臣齐惊讶地把目光盯到了索额图的身上。遏必隆首先喊了一声:"索额图?见过见过,今天一时着急竟然给忘了。"

索额图不卑不亢与三辅臣见礼问好,苏克萨哈不解地问:"索尼大人怎么没来?"他想,难道索尼派自己的儿子代替他参见皇上?

索额图无奈地说:"家父病重,所以派我来请假。"

众人见他举止大度,话语干脆,隐隐透出一股英雄气概,不免心生敬佩。孝庄趁机说道:"这个孩子伶俐懂事,我看就让他进宫做侍卫吧!服侍皇上左右,诸位辅臣意下如何?"

鳌拜素来敬重索尼,听说索额图进宫,急忙说:"太皇太后英明,索额图青年俊杰,又是索尼大人的儿子,进宫侍驾应该非常合适。"他急于拉拢索尼,赞同索额图进宫,却完全没有料想到,几年后,正是索额图出谋划策,会同皇上近侍,一举除掉了自己。

苏克萨哈刚刚得到皇上赏赐和夸奖,也不好提出异议,何况,索额图进宫还可以牵制鳌拜的势力,岂不是更好吗?想到此,他也赞同索额图进宫。剩下一个遏必隆,他向来没有自己的主张,现在他们二臣同意了,他还有什么好说的,立即表示赞同这一决定。

玄烨高兴地拉着索额图的手说:"太好了,你进宫后,就可以天天给朕讲述外面的风土民情了,天天陪朕练功习武,真是有意思。"

索额图大胆进宫,得到了意外收获,自己由一名普通贵族子弟一跃成为皇上的近侍,荣誉地位全都来了。他兴奋地赶回府中,向父亲言说前后经过。索尼半躺床榻,听说儿子得到皇上欣赏,心里窃喜,他静静地思索一会儿,突然记起一事,再次问道:"你究竟是怎么进宫的?"

第四章 天算案 西学渐

　　玄烨听取祖母建议，采取平衡策略稳定朝局。就在这时，疫情蔓延，牵动玄烨的心，他大胆任用洋人汤若望，解救灾情，制定新的历法。可是，这些措施触动权贵利益，以四臣为代表的旧势力群起而攻之，将汤若望关进大牢，这就是有名的天算案。汤若望能否逃脱牢笼？玄烨又如何解决这些争端？

第一节 疫情蔓延

　　面对父亲质疑，索额图呵呵笑道："其实很简单，我早就结识了宫内侍卫和一些太监，凭借这些关系，进宫易如反掌。"

　　索尼暗暗惊叹，索额图年龄不大，却非常懂得人情世故，善于观察时局风云，不简单，是个可造之才。

　　从此，索额图成为玄烨贴身侍卫之一，负责皇上的安全。后来，玄烨又通过各种途径结识了曹寅等人，他们也进宫成为皇上陪读，与玄烨一起读书进修、习武防身。

　　自从太后授权，着令辅臣全权处理政务，一张奏折也不反驳以来，苏克萨哈和鳌拜更加忙碌了，他们蓄意保存势力，意图打击对方，争相觊觎索尼之位。

　　此时的玄烨，通过奖赏辅臣，略微明白了为君之道，开始着力研读帝王之书。在不断的学习当中，玄烨渐渐长大，如今，他即位三四个年头，已经是十一岁的小小少年了，面容英俊，身材匀称，声音洪亮，言谈充满睿智之语，举止颇有帝王之姿。

　　一日，他正在书房读书，曹寅悄悄靠过来说："万岁爷，听说大臣们吵起来了。"

　　玄烨略微皱眉，问道："因为什么？"

　　"听说最近黄河泛滥，淹了不少地方，导致瘟疫流行，灾民成群结队涌进了京城,对于如何处置疫情和灾民,满汉大臣意见不一致。"

"灾民?"玄烨紧张起来,他明白"君以民贵"的道理,急忙说,"他们不赶紧赈灾济民,忙着吵什么?"

曹寅悄悄说:"汉臣主张赶紧救治灾情,防治疫情蔓延,可是满臣认为事情没有那么严重,他们还说,汉人太多了,死几个怕什么?"

"岂有此理!"玄烨气愤地拍打书案,"真是一帮无知之徒,先帝时就大力提倡满汉一家,没想到时至今日他们仍然如此顽固不化。汉人也是朕的臣民,朕这就去前殿议事。"说着,他起身离座,

康熙像

在侍卫、太监们的簇拥下来到前殿。

果然,前殿内,辅臣正在召集群臣议事。玄烨还没有亲政,所以来不来议事都可以,况且太皇太后已经明示辅臣,让他们全权处理政务,对这个尚未亲政的皇上,他们也就不大放在眼里。

皇帝突临,众臣慌忙跪倒迎驾,玄烨开门见山地问:"听说灾情严重,不知你们有什么打算?"

苏克萨哈抢先一步回答:"万岁,灾情远没有传说的那么严

重,请您放心,我们一定会处理好的。"

"那就好,"玄烨继续问,"怎么处理?"

学士熊赐履近前说:"万岁,情况并非不急,一旦疫情蔓延,恐怕京城也难以自保,还是早早派人统一管理灾民,及时发放救灾物资,防止灾民四处流浪,造成不可收拾的局面。"

玄烨赞许地点点头,看看苏克萨哈和鳌拜,说道:"你们认为如何? 如果同意这个意见,就赶紧实施吧!"

苏克萨哈本来想趁机表现自己,却被熊赐履抢了光彩,心中颇有不满,闷头不语。鳌拜向来瞧不起汉人,他想起前番明史案时,熊赐履曾经屡屡与自己作对,企图保全汉人利益,因此两人结下怨恨,所以他也不表态。大殿上,众臣无语,把小皇帝玄烨晾在了那里。

过了半晌,玄烨忍不住了,他提高嗓门问:"苏克萨哈,你为什么不说话?"

苏克萨哈这才回答:"臣等居住关外多年,不了解汉地灾情,汉臣一味强调其中利害,我想,不如派遣他们去调查安抚。"

"对,"鳌拜接着他的话说,"让汉臣去治理吧!"两个政敌面对同一个对手又走到了一起。

玄烨强压怒火,冷冷地说道:"大清入关已经二十多年了,从先帝时起,就努力推崇满汉一体,不分彼此,怎么到了今天,两位辅臣大人还要说什么汉臣、满臣这样的话? 朕实在不明白!"

苏克萨哈一听,脸上一阵红一阵白,不再言语;鳌拜扬着一张黑黑的脸庞,也不好说什么。

玄烨见他们无语,对熊赐履说:"既然辅臣同意了,你就去负责办理吧!"

　　熊赐履谢过皇帝,退身出殿,准备赈灾事宜。玄烨看看众臣,也起身回宫了。苏克萨哈和鳌拜走出殿外,互相对视一眼,似乎在说,看到了吗,汉臣才是我们共同的对手。

　　苏克萨哈心情郁闷,不愿乘轿,而是一人溜达着来到了大街上,他心事重重,对于皇帝突然插手政务颇感不解,心想,皇帝十一二岁了,离亲政的日子越来越近,索尼眼看不行了,自己这个第二辅臣虽然多次受到夸奖,实际上却没有任何突出的功绩,还不如鳌拜一举破获明史大案,在朝廷上的地位举足轻重。这样下去,我苏克萨哈还有什么机会出人头地呢?位极权臣的他还嫌自己的地位不够尊崇,梦想着成为一朝首辅。

　　就在他徘徊踟蹰的时候,一个人突然出现在他眼前,此人将为他献上一计,助他完成一件大案。

第二节 状告汤若望

这个人是前任钦天监正杨光先。钦天监负责国家时令历法，在农业社会，意义重大。顺治在位时，重用洋人汤若望，让他负责钦天监，代替了原来负责钦天监的杨光先，为此，杨光先怀恨在心，时常想着寻找机会报复汤若望。无奈，汤若望不但懂得历法，还精通各种自然科学和医学，为孝庄太后多次治病，被顺治敬称为"玛法"（爷爷的意思），人称汤玛法，地位稳固，不可动摇。当时，顺治命令汤若望和他的手下南怀仁几经努力，修订了第一本洋历法——《时宪历》，下令全国通行，代替旧时历法。

现在，顺治归天三四年了，玄烨年幼，朝政掌控在辅臣手中，他们率祖制，复旧章，推翻了许多顺治朝的章程，杨光先看在眼里，盘算在心，暗暗思忖，复仇的机会到了。

他多方打听，找到了苏克萨哈。苏克萨哈知他落魄，一向瞧

汤若望

不起他,不冷不热地接待了他。

杨光先没有理会苏克萨哈的冷淡,他喝了一口茶,唏嘘着说:"丞相大人,在下有一件要紧事,思索再三,还是对你言说比较好。"

苏克萨哈微微张开眼皮,并没有过多搭理。

杨光先却凑前说道:"大人,听说疫情惊动了皇上,众臣无计可施,在下不才,却明白疫情的来龙去脉。"

苏克萨哈不由得一惊,立刻问道:"真的?"

"我哪里敢欺瞒大人,"杨光先回答,"我国百姓历来尊奉《大统历》,自从汤若望制定《时宪历》,灾祸不断,这说明了什么? 说明汤若望制定的洋历不适合我国,是他害了我们。"

"喔?"苏克萨哈眼神一亮,急切地问:"汤若望用西药医治了不少灾民,人们都尊敬地称呼他为汤玛法,怎么会说是他害了我们呢?"

杨光先说:"大人有所不知,《大统历》沿用多年,已经得到神灵庇佑;而汤若望的历法来自西方,自然与我国不合,也触怒了我们的神灵,才导致这场灾难。"

当时人们非常迷信,自然相信神灵之类的说法,苏克萨哈觉得有道理,不住地点头思索。杨光先见他动了心,进一步说:"汤若望迷惑百姓,声望日高,听说皇上也在跟他学习西学呢! 长此以往,有可能把几位辅臣大人比下去啊!"

这一说,正好触动了苏克萨哈的心事,他正为自己的地位焦虑呢! 这下可好,又来了位汤若望,看来自己要想独树一帜,就更难了。

四臣辅政后,不断改变顺治朝的制度策略,打击了汉人,也排斥受顺治信赖的汤若望。实际上,这时的汤若望与汉臣站在一条战线,成为汉臣的领袖人物,是唯一与辅臣相对抗的朝廷力量。

苏克萨哈思索片刻,觉得这是个机会,他高兴地命人安排杨光先住下来,与他精心准备状告汤若望洋历乱国的犯罪证据。

再说玄烨,他见辅臣无心处理疫情,心中焦躁。这日一早,他早起打了几套拳脚,活动一下身体,几位太监侍奉着,不离左右。皇宫大院内寒意渐消,几株不怕冷的小树微微吐出新芽,春天蹒跚而至了。玄烨的额头冒出细密的汗珠,他接过一条毛巾,擦擦汗水,转身正要进宫,苏麻喇姑疾步跑了进来,急急地说:"万岁爷,汤若望进宫求见。"

玄烨边走边说:"是朕叫他来的,让他到乾清宫等我。"

苏麻喇姑忙说:"他已经去了慈宁宫,正与老佛爷说话呢!"

"噢,"玄烨露出惊喜神色,"他倒是来得早,朕这就去见他。"

玄烨见到汤若望,亲切地称呼他汤玛法,咨询他关于疫情的事情。孝庄见玄烨关心国事,求教大臣,十分高兴,忙命宫女们准备茶点,招待两人。

汤若望来中国四五十年了,是个地道的中国通,他一五一十回答玄烨的问话,提出防治策略和各种建议。玄烨说:"很有道理,朕打算让你和熊赐履一起治理疫情,你愿意吗?"

汤若望施礼说:"皇上的话就是圣旨,我哪敢不服从。"

众人闻说,轻轻笑出了声,玄烨接着说:"朕听说西方学习自然科学,能够分析自然界的各种现象,非常精确。就拿你送给朕的一艘船舰来说吧!泱泱华夏,没有人能够仿制,真是神奇。"他指的是汤若望送给他的船舰模型,钢铁制造,小巧玲珑,玄烨对之爱不释手。

汤若望连忙谦道："皇上过奖了,中华文化博大精深,同样令人痴迷。"

"不一样,"玄烨说,"我想学习西方科学,你来做我的老师,可以吗?"

汤若望受宠若惊,急忙说:"我年岁大了,恐怕难当重任,我的学生南怀仁学识深厚,几年来长进不少,或许能够辅导一二。"

玄烨高兴地说:"太好了,朕可以学习西学了。"

看他一脸孩子气,一直没有说话的孝庄笑着说:"皇上五岁入学,几年来刻苦攻读,现在又要学习西学,一定也会取得很好的成绩。"

汤若望拜别玄烨和孝庄,一心准备防治疫情,又告诉南怀仁皇上拜他为师的消息,心情格外舒畅,却没有想到,

南怀仁

一场灾难正悄悄降落到他的身上。

苏克萨哈和杨光先准备好了证据,立刻组织朝臣状告了汤若望,说他推行的新历法,危害大清的朝廷社稷,导致灾祸发生、民不聊生,应该立即停止使用《时宪历》,汤若望也要逮捕归案。

此事一出,朝野上下一片哗然,汤若望是顺治时的宠臣,也得到孝庄的信任,他推行制定的《时宪历》是顺治钦定的。如今,

不但要废止《时宪历》，还要逮捕汤若望，这么大的举动，比起明史案来更令人震惊，因为打击汤若望等同于打击顺治帝！

贪图功绩的苏克萨哈顾不了那么多了，他决定借机提高自己的声望，震慑朝廷众臣，下一步好向首辅之位进军。

第三节　日食定输赢

苏克萨哈的一举一动被一个人看得真真切切,他就是首辅索尼。由于年深日久的黄白旗之争,辅臣之间矛盾暴露,索尼明白,自己年岁大了,朝廷局势变幻莫测,一不留神,就会有万劫不复之灾。鳌拜和苏克萨哈的权力争夺明显而激烈,老谋深算的他想清楚了,不如借年老病重,暂避锋芒,坐山观虎斗,以待时机。所以,当他得知汤若望一案时,震惊不已,他考虑再三,让人转告苏克萨哈,他病得严重,不能出面处理此事,同意由苏克萨哈一手办理。

得到索尼认同,苏克萨哈很高兴,他急忙组织各方力量,对汤若望展开全面调查工作,把他逮捕入狱,打算将汤若望一党全部铲除。

玄烨听说了汤若望被告一事,十分气恼,他来到朝堂听政,希望了解事情的来龙去脉。当他听完状告汤若望的罪状时,不解地问:"《时宪历》是先帝准许使用的,怎么怪罪汤若望呢?汤若望救治灾民无数,怎么是蓄意危害我国呢?"

苏克萨哈说:"皇上有所不知,这正是汤若望的诡计,他迷惑先帝,废除惯用的《大统历》,触怒了神灵;蛊惑百姓,让老百姓听从他的命令,谋反之心昭然若揭,不得不防。"

鳌拜也站到苏克萨哈这边,粗声粗气地说:"苏克萨哈大人说的对,皇上,汤若望不除,国家不安。"

玄烨看看殿下,索尼病重缺席,遏必隆传染上了瘟疫,也歇病在家,辅臣只剩下鳌拜和苏克萨哈了,他们竟然一致赞同处置汤若望! 这下子,朝臣谁也不敢言语了,皇上亲政前,辅臣说了算,既然他们达成协议,其他人还能说什么? 玄烨见此,恼恨地拍打一下龙椅扶手,站起来大声说:"《时宪历》根据西方科学制定,你们却说触怒神灵,有什么证据?"

苏克萨哈并不胆怯,他扬着脸说:"证据? 灾祸不断就是证据,《时宪历》不合我国国情,历法不准,冒犯了神灵,所以才有今天的灾祸临头。"

"对。"鳌拜也低声附和了一句。

玄烨无奈地坐回龙椅,垂头不语,对于历法他也是知之甚少。身边的魏东廷轻轻碰碰他的衣角,悄声说:"回去找太皇太后。"

玄烨顿时打起精神,他想,皇祖母尊敬汤若望,不会坐视不管。

他们离开大殿,径直来到慈宁宫,孝庄早就听说了汤若望一事,也正坐在宫内着急,听说玄烨已经见了辅臣,他们态度坚决,一定要处置汤若望,叹气说:"难道真的无法保护汤若望了?"

苏麻喇姑服侍身后,献计说:"既然他们认为《时宪历》不准确,造成混乱,招致灾祸,何不将两种历法加以比较呢? 我听汤若望说过,他制定的《时宪历》比《大统历》准确,当年先帝就是因为《时宪历》准确,才下令推行的,是不是呀? 太皇太后。"

"真是这样吗?"玄烨高兴地喊了一声,"既然这样,就应该让

南怀仁

他们比试比试，只要看出《时宪历》的好处，辅臣们也不会死咬着不放了。"

孝庄一言不发，她明白，辅臣们借机生事而已，哪里是真正关心历法？不过她没有言明其中隐情，而是默许玄烨与辅臣们比试历法。

玄烨立即亲自探望了汤若望，提出比试定输赢的办法。汤若望已七十有二，几日来关在狱中，苍老了不少，他见玄烨如此关心自己，十分感动，手指着上方说："十几天以后会发生日食，我们就比试哪种历法推算的时间更加准确，皇上您看如何？"

"好，"玄烨坚定地说，"到时候请你亲自为他们演算历法，让他们输得心服口服。"

汤若望颤抖着双手，激动地说："臣老了，还是让南怀仁去吧！他被关押起来，不公平啊，希望皇上一定为他洗清罪名，还他一个公道。"

南怀仁就被关在隔壁牢房，他是汤若望的学生，来中国也有好几年了，随同他一起关押的还有洋人白晋、安多等几个人。

玄烨听取了汤若望的建议，探望了南怀仁，向他讲了比试历法准确性的提议。南怀仁信心十足地说："请皇上放心，《时宪历》一定会胜利。"

"这样最好，"玄烨也高兴地说，"朕相信自然科学，比试胜利后，你就负责教授朕科学知识和各种西学。"

南怀仁虔诚地说："皇上心怀宽广、容纳四方，了不起。您一定能够创造一代盛世伟业，将中国建设成最强大的国家。"

跟随玄烨前来的魏东廷撇撇嘴，朝着南怀仁说："南大人，没想到你们洋人也懂得奉承人？"

"奉承人？"南怀仁不解地问，"谁是奉承人？"

玄烨笑起来："别听他瞎说，南大人，你安心休息，朕这就去安排比试的事情，你可一定要努力。"

回宫后，玄烨立即召见辅臣，说明自己的意见，他说："妄自猜测哪个历法好坏都不实际，不久将有一个重要的天文现象发生，不妨让他们用各种历法做做推算，到时候哪种历法准确再做决断也不迟。你们看如何？"

苏克萨哈迟疑地问："皇上，不知是什么天文现象？"

"日食。"玄烨坚定地说，"让精通历法的人推算日食发生的准确时间、日食的长短等。大家在日食发生的当天，聚集一起观察不就真相大白了。"

鳌拜低声说："这样做是不是太麻烦了？"

玄烨反驳说："虽然麻烦却能得到事实真相，总比这样糊里糊涂的好。时人不懂天文知识，借机可以略作宣传，朕决心学习西学了，二位辅臣也要多了解外界情况，不能故步自封。"

苏克萨哈没有料到玄烨会想出这样的办法，一时也没了主张，只好点头同意玄烨的提议，回去张罗人员早做准备。

转眼间，十几天过去了，各种历法各选派了一位代表，他们献上各自的观察结果。一早，玄烨上朝了，文武百官分列两旁，最前面站着苏克萨哈和鳌拜，他们身穿蟒袍，气宇轩昂，似乎对比赛的结果很有把握。玄烨巡视了一圈文臣武将，略微停顿，开口说道："诸位臣工，今日可是千载难逢的机会，一会儿将要出现天狗食日奇观，朕已经命人推算了奇观发生的时间和方式，有请大家见证，看看推算结果与实际出入多大。"

众臣早就耳闻闹得沸沸扬扬的天算案，今天听说皇上亲临观测台，确认何种历法更准确，也都想一睹为快，跟从玄烨走出皇宫，来到临时搭建的观测台上。玄烨命人公布各种历法推算结果，按《大统历》下午两点半会发生日偏食；南怀仁推算的结果则不同，他认为下午三点会发生日全食。

究竟哪种结果准确，大清朝上至皇上，下至百官，一个个引颈期待，静候事态进展。

第四节　地震来袭

时间一分一秒地过去了，太阳是蓝天忠实的臣仆，按部就班地走动着，不快也不慢。看起来，太阳灿烂夺目，毫无瑕疵，天空碧蓝无云，一派明亮妩媚的景象，众人不由得疑惑地猜测，这样的天气真的会发生日食吗？

一直等到中午，天空仍然没有任何异样，玄烨吃了几口点心，喝了几口茶，依旧坐在那里耐心等待。大臣们早就不耐烦了，可是看到年少的玄烨还坚持着，也就不敢吭声抱怨，唯有默默苦等。

日头偏西，不少人掏出怀表，观看时间。玄烨也有一个怀表，那还是汤若望送的呢！他掏出怀表看了看，已经接近两点了。观测台上，人群骚动起来，可能是时间临近，大家焦急了吧。

两点半了，太阳好像暗淡了些，可是大地上依然洒满阳光，没有日食，大统历宣告失败！

众人屏气凝神，静静地等到三点来临。三点到了，天地间一片黑暗，有人忙着打火，有人忙着叫嚷："天狗吃太阳了，怎么这么黑啊？"

黑暗之中，玄烨激昂地说："洋历取胜了，大家不要慌张，南怀仁说了，日食时间不会太长。"

　　果然，一会儿的工夫，大家还没有反应过来，太阳刷地露出了万道光芒，又将整个大地尽收眼底。

　　众臣一片唏嘘感叹，议论纷纷，玄烨面露喜悦，再次说道："《时宪历》推算的时间更准确，毫无疑问，《时宪历》是准确的历法，汤若望等人应该无罪获释。"

　　"不行！"苏克萨哈脸色阴郁地说："皇上，不能仅凭一次日食就确定历法的好坏优劣，汤若望等人的犯罪事实，应该交给刑部审理定夺。"

　　"什么？"玄烨急得喊了一声，"比试是你们同意的，怎么出尔反尔，不承认了？"

　　苏克萨哈老练地说："请皇上暂且息怒，臣等承认比试结果，只是仅凭一场比试就决定胜负未免有失公允。要知道，各种猜测结果不过是猜测，含有很大的巧合成分。如果凭此就断定案件，臣认为有些投机取巧。"

　　"这……"玄烨语塞了，苏克萨哈说得也有道理，但一场比试就这么无疾而终，岂不是成了一场闹剧？

　　就在这时，苏麻喇姑奉太皇太后懿旨来到了观测台，她见到皇上说："万岁爷，太皇太后让您去呢！她特意叮嘱了，不管比试结果如何，您一定要去慈宁宫。"

　　玄烨无奈地看了一眼苏克萨哈和鳌拜，转身走下观测台，怒气冲冲直奔皇宫而去。

　　孝庄已经听说了比试经过，她劝慰玄烨说："皇上，比试结果证明汤若望是对的，你心里就应该高兴，至于判决嘛，我想，刑部会根据这次比试重新考虑的，不要着急。"

　　"苏克萨哈已经说了，不能饶恕汤若望。"玄烨气恼地说。

孝庄轻轻一笑:"皇上,帝师之争为什么奖赏了辅臣,你还记得吗?"

玄烨眉头紧皱,低声说道:"当然记得,难道这次还要朕忍让?"

"是,"孝庄说,"如果不能取胜就只有忍让了,你要记住,政事只有胜负,没有对错。"

玄烨不服气地转过脸去,一声不吭,他实在不明白事情怎么越搞越复杂,不就是证明汤若望的历法准确就足够了吗?究竟为什么非要置他于死地?想到这里,玄烨突然站起来,对孝庄说:"皇祖母,我明白了,一定是众臣嫉妒汤若望,所以才以此为理由想除掉他。"

孝庄笑着点点头:"皇上,你越来越懂得为君之道了,可喜可贺。汤若望一案牵涉到许多人的利益,恐怕还有很多内情我们不知,如今只有走一步看一步,等待事情进展了。"

"走一步看一步?"玄烨不解地问,"难道要眼看着汤若望被他们害死?"

"不是,我已经派人暗访汤若望了,据他观察,近日京城将会发生地震,皇上可以根据刑部判决结果,在地震当日处罚汤若望,到时候,可以天怒为由,救下汤若望。"

站在一旁的苏麻喇姑接着说:"汤若望是负责天文历法的官员,多年来,敬天爱民,深得人心,现在以莫须有的罪名惩处他,自然会触动天怒,老天爷以地震的方式来警示人间,这也是很正常的。"

听了她们两人的解释,玄烨全明白了,他激动地说:"就依皇祖母所说去办。"他走出宫,命人去准备了。

几天后，汤若望一案的审理结果出来了，果然判处他死刑，立即执行。玄烨早做了安排，选定地震当天亲自监斩。行刑日到了，京城百姓听说皇上亲自监斩汤若望，万民空巷，全都涌到刑场观看。刑场内，人山人海，拥挤不堪，玄烨在索额图等人保护下，高坐在监斩台上，耐心地等待着。

汤若望被押上来了，他披枷戴锁，迈动虚弱的腿脚，颤巍巍走到玄烨面前，跪倒行礼。玄烨忙命

康熙像

人将他搀扶起来，问："汤若望，你还有什么话尽管说，朕自然会为你做主。"

汤若望哽咽着说："皇上，臣死的冤枉，臣确实没有谋逆祸乱之心啊！多年来，先帝待臣恩重如山，臣怎会心怀叵测呢？可是，现在说这些还有什么用？作为钦天监正，臣有义务最后一次向陛下汇报近日的天文情况。据臣推算，今天会有地震发生，皇上，您还是早做准备。"

玄烨就是等着汤若望这句话呢！他回头看看众臣，意味深长地说："你说今天会有地震？好，如果真的地震了，朕会让他们

重新审理你的案子,再给你一次机会。"

此时,天气晴朗,微风轻抚,毫无灾难降临的迹象,众臣不免认为汤若望临死之际,胡言乱语了。

行刑时刻就要来到了,忽然,阴风贴地而起,打着漩涡在刑场上转动,顷刻间,人群被裹进风中。接着,大地一阵摇晃,人群发出惊天动地的喊声,似乎天崩地裂一般,人们喊叫着四处逃散,刑场如一艘风雨中飘摇的小舟,马上就要掉进大海中去了。

索额图等人紧紧护卫着玄烨和汤若望,迅速躲避开来,他们早就知道地震会发生,也清楚地震不会太严重,所以并不慌张,也不着急。过段时间后,四周渐渐平静下来,他们走到刑场上,眺目所见,凌乱不堪,一个人影也没有了。

玄烨立即召见众臣,让他们再次回到刑场。众臣仓皇狼狈赶回来时,发现皇上和几个侍卫还有汤若望依旧在刑场上,连忙叩头不止。玄烨说:"大家都看到了,汤若望预测地震,果然就发生了,朕刚才说过要给他一次机会,你们看,怎么处理?"

康亲王杰书上去说:"陛下,汤若望一案惊动了天神,上天以地震来警示我们,不能再执意处置他了。"

"对,"一帮汉臣附和着说,"上天的警告不可不听啊!处置汤若望必定会引起老天发怒,灾祸丛生。"

玄烨转回头,看看苏克萨哈和鳌拜:"苏克萨哈,你说《时宪历》触动神灵,今天处罚汤若望也触怒了神灵,该怎么办呢?"

苏克萨哈明知这是一个借口,可是自己以神灵诬告汤若望在先,皇上以神灵发怒为由为汤若望开脱在后,他又有什么办法呢?想了片刻,苏克萨哈硬着头皮说:"皇上,汤若望可以不杀,但是不能再让他担任钦天监正一职了。钦天监关系国民生计,还是以国人担当此职比较合适。"

一直没有说话的鳌拜也上前几步,说道:"对,削除汤若望的职务,把他赶出国去。"

追随辅臣的臣僚们也开始纷纷上奏,一致表示:"不能再让汤若望担任钦天监了。"

玄烨仔细斟酌一下,想起皇祖母的教诲,决定采取平衡策略,他说:"免除汤若望的刑罚,也免除他的职务,让他暂且回府休养。"

经过几个月的努力,终于救了汤若望的一条性命,可是却无法保护他的地位和声望,汤若望年老体弱,经历这场风波,没两年就去世了。出殡时,玄烨亲自前去吊唁,他哽咽着说:"您是西方派来的使者,传授了许多中国人不懂的科学道理,可惜世人愚昧,竟然不能容你。朕发誓,一定要刻苦攻读西学,掌握西方的科学知识,让你的灵魂继续生活在这片土地上。"

第五节 崇尚西学

　　天算案结束了,大部分人沉湎于其中的恩怨得失,而忘却了天文历法的作用;玄烨却不同,他从这件事中发现了很多问题,他敏感地察觉出中西方文化的差异以及冲突,一个简易的天文推算,几乎没有一个中国人能看懂,于是决心从天文入手,详细学习西方科学。玄烨亲政后,纠正了这段错误案情,重新启用南怀仁,让他负责国家历法。《清圣祖·本纪》记载,康熙八年二月,行南怀仁推算历法,巡视近畿。三月,结束清初的历法之争,授南怀仁为钦天监监副。玄烨晚年曾经回忆起这段历史,感慨地说:"朕幼年时,钦天监官员与洋人不睦,互相参劾,朕命他们在午门外九卿面前测量日影,以定输赢,无奈九卿无一人懂得天算,朕想己所不能,何以判断他人是非? 于是决定学习天文历法。"

　　就是从那时起,少年玄烨积极学习西学,并且一发不可收拾,收获颇多,他刻苦学习的精神再一次得到发挥,融会贯通了很多西方科学,成为中国历史上第一位也是唯一一位精通西学的皇帝。

　　玄烨先后拜多位洋人为师,学习了天文科学、医学、数学、几何学等多门学科。他的老师有来自德国,也有来自法国,随着他好学求进的名声不断传播,来到中国传教的洋人越来越多,他们

康熙用计算器

带来先进的仪器和科学理论,玄烨悉心接纳并诚心向他们求教。其中法国人白晋等共六位博学多闻的法国耶稣会士,以法国"国王数学家"的身份带着大批科学仪器、礼品以及路易十四(1643年至1715年在位)颁布的"改进科学和艺术"的国王敕令,从法国西北部的布雷斯特港启程前往中国。他们入宫后,与康熙相处很融洽,工作也很顺利。他们对康熙热衷科学的态度给予了高度评价,曾把他们的见闻写在给路易十四的报告中。1698年,在巴黎出版的白晋著《中国皇帝康熙传》中有过如下记述:

    康熙带着极大的兴趣学习西方科学,每天都要花几个小时和我们在一起,白天和晚上还要用更多的时间自学。他不喜欢娇生惯养和游手好闲,常常是起早贪黑。尽管我们谨慎地早早就来到宫中,但他还是经常在我们到达之前就准备好了,他急于向我们请教他已经做过的一些习题,或者是向我们提出一些新的问题……

有时他亲自用几何方法测量距离,例如山的高度和池塘的宽度。他自己定位,调整各种仪器,精确地计算。然后他再让别人测量距离。当他看到他计算的结果和别人测量的资料相符合,他就十分高兴。

对从法国带来的科技仪器,白晋说康熙"最喜欢的是用于观察天体的双筒望远镜、两座挂钟、水平仪,这种仪器精确度很高,他把这些仪器摆放在自己的房间里"。

2003 年,在法国巴黎凡尔赛宫曾举办了"康熙大帝展",展出故宫珍藏的康熙年间西洋科学仪器多件,至今仍运转自如,光彩照人,世之少有,令人惊叹。其中十台手摇计算器特别引人注目。世界上第一台手摇计算器是法国科学家巴斯如于 1642 年制造的,通过里面的齿轮进位进行计算。故宫博物院竟然收藏了十台手摇计算器,都是康熙年间制作的,计算器能进行加、减、乘、除运算,可见当时的科技水平非常先进。还有一种康熙专用的象牙计算尺,上面刻着"康熙御用"字样,这就是数学上有名的"甘特式计算尺"。另外,还有许多仪器也是十分精致准确,比如铜镀金比例规、绘图仪、平面和立体几何模型,等等,真是种类齐全,俱备了一个科学家的所有装备。

玄烨终生都对西学有着浓厚的兴趣,他的热忱感染了周围的人,形成一股良好的学术氛围。他晚年时,曾经命人做了两件大事,一是令人编纂了两本数学典籍,一本是《律历渊源》,一本

康熙御制计算尺

是《数理精蕴》；另外，他组织测绘队伍，精确地测量全国的地形，测绘人员跨越全国各地，东起大海，西到葱岭，南至曾母暗沙岛，北到外兴安岭，西北到巴喀什湖，东北到库页岛，总面积达 1300 万平方公里的中国土地，绘制了第一张用科学方法测绘的地图，这就是著名的《皇舆全览图》。英国博士李约瑟夸赞这张地图说："这不仅是当时中国最好的地图，也比欧洲各国的地图更好、更精确。"

这一系列的成就得力于玄烨少年时期的勤奋好学，勇于接受新鲜事物，正是他的开明、开放态度和策略，才使中国成为当时世界上最强大的国家之一。

第五章

十二当新郎 围场见真情

政权斗争杀机重重，首辅索尼称病不朝，孝庄为了保证玄烨顺利亲政，为他指婚，迎娶索尼的孙女，这场政治婚姻是福是祸？鳌拜与苏克萨哈明争暗斗，却眼睁睁看着索尼坐收渔翁之利，岂肯善罢甘休？索尼上奏请玄烨亲政，恰如一块石头扔进了暗流汹涌的水中，将会掀起怎么样的惊涛骇浪？

第一节　太后提亲

　　天算案结束后不久,就是孝庄的寿诞。这天,王亲贵族的女眷们照例都到宫中为她祝寿贺喜,席间,孝庄见索尼夫人身边一个女孩聪明清秀,不免有些心动,就与索尼夫人攀谈起来,原来这个女孩是索尼的孙女,熟读诗书,贤慧大度,深得索尼喜爱,可以说是索尼的掌上明珠。

　　孝庄太后伸手拉过女孩的小手,慈祥地问:"孩子,几岁了?"

　　女孩大方地回答:"回太皇太后,十三岁了。"

　　孝庄太后又问:"你爷爷的病情怎么样了?"

　　女孩回道:"多谢太皇太后惦记,爷爷年岁大了,身体不适,很快就会好的,他常常念着,不能为朝廷分忧,心里很焦急。"

　　孝庄露出惊喜神色,对索尼夫人说:"府上有这么伶俐的孩子,真的祝贺你呀! 我倒想起一

皇后赫舍里氏

件事来,你这孙女定亲了没有?"

索尼夫人忙说:"回太皇太后,没有定亲呢! 她爷爷说了,等她年满十三岁,就可以进宫参加选秀,想让她进宫服侍皇上呢!"

孝庄眼前一亮,立即说道:"何必等到选秀呢? 索尼大人是当朝首辅,多年来精忠报国,鞠躬尽瘁,我看,就让你们的孙女进宫好了,不做宫女,不做嫔妃,直接就做皇后,你看如何?"

乍听此言,索尼夫人吓得嘴巴都张大了,半晌才回过神来,拉着孙女跪倒谢恩:"太皇太后,小孙女福浅德薄,愚钝粗俗,能够承受这样的殊荣,真是让我们感激不尽。"

孝庄笑着说:"索尼夫人太谦虚了,我看这孩子德貌俱备,心地纯真灵秀,堪为国母典范,你就放心好了,回去告诉索尼大人,让他准备准备,近日就要行聘纳礼了。"

索尼夫人带着这条天大喜讯赶回府中,向索尼说了事情的经过。索尼高兴地哈哈大笑:"几年来,我的韬晦之略起作用了。"

索额图站在身后问道:"父亲,皇上年幼,太后怎么突然急于与我家联姻呢? 以往皇后可都是从蒙古科尔沁部博尔济吉特氏里挑选。"

索尼胸有成竹地说:"皇上已经十二岁了,按照先帝惯例,再过两年就要亲政了,可是你看,朝廷局势微妙复杂,辅臣之间钩心斗角,能不能顺利亲政很难说啊!"

"所以太后以联姻之举笼络父亲,想让父亲在关键时刻力保皇上。"

"正是,"索尼得意地喝了一口茶,略一停顿又说,"再说,我的小孙女端庄大方,品德姿容俱佳,一定会成为一代贤后。"

索尼家姓赫舍里,所以他的孙女人称赫舍里氏,是玄烨的结发妻子,也是他的第一位皇后。赫舍里氏是索额图的侄女,如今家里出了皇后,索额图自然也是万分喜悦。他帮着父亲精心准备,等着皇上前来迎亲。

皇上将要迎娶赫舍里氏的消息很快传遍了北京城,真是有人欢喜有人忧啊!苏克萨哈和鳌拜听到这个消息就十分不快,他们想,几年来,索尼龟缩家中,万事不出头,我们辛勤辅政,做了多少事!为朝廷可谓尽心尽责,这下倒好,他一跃成为太国丈,攀龙附凤,而我们呢?真是吃力不讨好!

面对孝庄这么突然就订下了亲事,他们也是措手不及,如今再想反驳似乎也不大可能了。苏克萨哈怂恿亲王杰书,对他说:"皇上才十二岁,急着娶亲不大合适,再说了,赫舍里氏比皇上大一岁,属相不合,应该重新考虑。"

杰书是玄烨的堂兄,在皇族中地位较高,位列亲王之首,当初就得到顺治帝的信任和重用,现在可以说除了太皇太后就是他最受荣宠了。杰书反问苏克萨哈说:"亲事已经订了,怎么好随意更改?难道还有比赫舍里氏更适合的人选?"

苏克萨哈碰了一鼻子灰,悻悻地说:"这么一来,索尼可就成了太国丈了,地位无人可及,恐怕要盖过诸位皇亲贵族。"

杰书并没有理会苏克萨哈的挑拨,他心里很清楚,孝庄之所以急着给皇上定亲,就是要调动索尼的积极性,为皇上亲政做准备,他作为玄烨的堂兄怎么能够拆这个台呢?

孝庄太后也听说了朝堂内外的议论,但是她主意已定,为防发生意外,她决定尽快为皇上迎娶皇后,了结这件事情,让反对的人死心。

第二节　迎娶皇后

十二岁的玄烨听说祖母为自己订了亲,而且马上就要迎娶皇后,他非常不理解,跑去慈宁宫找祖母理论:"玄烨年龄还小,不懂事,再说,这么着急立皇后恐怕不妥吧?"

孝庄反问:"你觉得有什么不妥? 皇后人选不妥还是时机不妥?"

玄烨嘟囔着说:"都不太合适,赫舍里氏是索尼的孙女,朕还不认识呢! 怎么就这么唐突地把她立为皇后? 朕才十二岁,不必急着娶妻吧?"

孝庄手里捻着一串佛珠,头也没有抬地说:"十二岁就不是孩子了,娶亲论嫁也可以了,赫舍里氏比你还大一岁呢! 我像她那个年纪也进宫了,早早进宫历练历练有好处。对了,赫舍里氏可是个大美人呢! 而且知书达理,非常贤慧,对不对?"她回过头问身后的苏麻喇姑。

苏麻喇姑笑微微地说:"万岁爷,新皇后比画上的美人还要好看呢! 我们可从没有见过那么美丽的女子。我听她说,她时常陪伴索尼大人身边,诗、书、琴、画样样精通,还经常与索尼大人讨论时政。万岁爷,这样的女孩子进宫来,不正是您的一个好伙伴吗?"

她这一席话说得玄烨有些动心了，年少的他还不懂得男女情爱，一味迷恋读书、练武，讲求理想和抱负，如果多一个知心朋友，倒也不失为一件乐事。他想了想说："真如你们说的倒也好，就怕、就怕……"怕什么呢？玄烨想了半天也没想清楚，脸上一阵飞红。

苏麻喇姑打趣说："万岁爷，您怕什么呀？难道您也像民间男子一样怕老婆？"一句话逗得众人大笑。玄烨红着脸，转身跑出去了。

孝庄望着他远去的身影，停下手里的佛珠，长舒一口气说："总算没大闹一场，要是玄烨死也不依，这件事就麻烦了。"

"怎么会呢？"苏麻喇姑说，"万岁爷聪明着呢！他能理解您的用心良苦。"

"明白也罢，不明白也罢，只要皇后娶进宫，就万事大吉了。"

"是啊！要说索尼大人也够精明的，真是见了兔子才撒鹰的主，这会儿好了，他登上了太国丈的宝座，该为皇上和朝廷出把力了吧！"

"你这人，"孝庄太后指着苏麻喇姑笑着说，"嘴巴越来越刁钻了。"

转眼间，迎亲的大日子来到了。大婚定在丰收的九月，这天，秋高气爽，碧空万里，紫禁城里张灯结彩，喜气洋洋，宫女、太监忙碌穿梭，酒宴一桌挨着一桌，喜庆的气氛笼罩了整个皇宫重地。文武百官早早地赶来了，献上贺礼，恭祝新人。北京城里，百姓们听说皇上大婚，也都停下手里的生意，涌到大街上，一观这举国上下的特大喜事，谁也不愿意错过这大好机会。从索尼府上一直到紫禁城，所有的街道上都挤满了看热闹的人，他们摩肩接踵,翘首期待,只等着观看皇上大婚的盛况。

终于,迎娶的花轿启程了,只听鼓乐喧天,人声鼎沸;只见花团锦簇,彩礼排满了街道。人们眼见如此盛大场面,不由得啧啧咋舌,惊叹不已。

据《清圣祖·本纪》记载,康熙四年,也就是玄烨继位的第五年,七月,以太皇太后懿旨,聘辅臣索尼孙女、内大臣噶布喇之女赫舍里氏为皇后,行纳彩礼。九月,册立辅臣索尼之孙女赫舍里氏为皇后。

孝庄一改皇太极和顺治时的旧做法,没有从娘家博尔济吉特氏中为玄烨选拔皇后,而是审时度势,拉拢索尼,立他的孙女做皇后。这样,年仅十二岁的玄烨成了新郎,迎娶了他的第一位妻子,十三岁的赫舍里氏成为一国之后。这对年幼的夫妻将度过一段什么样的新婚岁月呢?

第三节　夫妻朋友

　　赫舍里氏进宫后,谨遵家训,牢记祖父的教诲,步步谨慎,处处小心,严格按照皇后的标准要求自己,她住在坤宁宫,早晚两次去慈宁宫向太皇太后请安问好,礼数周全。见了玄烨也是行礼问安,轻声细语,不敢有丝毫造次的举动。孝庄看着少年老成的赫舍里氏,心里非常满意。多年来,她一直以帝王的标准约束玄烨,规范他的言行举止,可是总觉得他生性好动,过于急躁,这下好了,皇后端庄大方,温和有礼,说不定会影响玄烨,改变他的一些缺点。

　　玄烨自从娶了皇后,很快就把这件事情抛诸脑后了,生活恢复了往日的模样,每日进书房读书、练武,与侍卫们打斗、玩乐,不时关心一下朝廷局势,而皇后的坤宁宫,他却极少踏进去一步。

　　孝庄叮嘱了玄烨几次,让他去坤宁宫就寝,可是玄烨却不理会,好像这件事情与自己无关。孝庄看在眼里,急在心上,担心时间久了,皇后心生怨恨。怎么样才能让这对少年夫妻在一起呢?

　　一夜北风,秋去冬来,树木凋落,百花摧残。一早,玄烨和皇后都来到了慈宁宫,他们讪讪地打个招呼,走进了殿内。孝庄身披锦绣丝袍,坐在炕桌上与苏麻喇姑下棋,看见两人进来,忙抬头招呼,命宫女们准备茶点。

赫舍里氏刚要行礼叩安,孝庄一把扶住她说:"免了,免了,难得今天皇上也来了,咱们一起乐乐。苏麻喇姑,快把我的丝绒披风拿来,瞧瞧,皇后的手都凉了。"

玄烨站在棋局旁,定睛观看,随口说:"苏麻喇姑棋艺大增,我看皇祖母不一定能赢得了你。"

"万岁爷可说笑了,我这棋艺全是跟太皇太后学的,哪能比得过太皇太后? 您可别取笑我了。"苏麻喇姑手捧披风边走边说。

"青出于蓝而胜于蓝,"玄烨说,"这是古训,难道你不记得了?"

玄烨与苏麻喇姑有说有笑,旁边的赫舍里氏一言不发,显得有些拘谨,孝庄看了一会儿,故意说:"皇上,听说你近日研究西学,可有什么长进,不妨说出来给大伙听听。"

"西学?"玄烨略一沉吟,"西学内容繁杂,哪是一两句话就能说清的? 这么说吧,光是数学,里面就用上很多仪器,都是极其精致细密的东西。皇祖母,您还记得汤若望送给玄烨的小船吗? 听说西方海上行驶的全是那样的船。"

"海上行驶?"苏麻喇姑不解地问:"那么小的船,放到海上行驶有什么用? 还不一个浪花就淹没了?"

玄烨呵呵笑出声来:"那是模型,真船比它大很多呢,比咱们的木船要大得多,结实得多。西方运用科学生产出许多实用的东西,朕想,如果大清国也有专门研究科学的场所就好了。"

赫舍里氏突然开口了:"皇上既然有这样的雄心,一定会办成这样的大事。臣妾听说汤玛法用几粒药丸就能治疗疾病,真是令人佩服,如果臣妾有这样高超的手艺,不也可以济世救民了?"

玄烨没有想到文静乖巧的皇后会对西学感兴趣,心里着实又惊又喜,转回头说:"这也不难,了解了西方医学,就会成为一名好大夫,说不定还能赛过华佗。"

赫舍里氏以为玄烨嘲笑自己,脸色一红,低声说:"臣妾可不敢有那样的野心,能够略知一二也就罢了。"

玄烨认真地说:"你刚才还鼓励我呢,怎么这会儿就略知一二了?"

夫妻二人你一言我一语,话题越说越广,他们好像刚刚相识的朋友,大有相见恨晚之感。

孝庄满意地点着头,苏麻喇姑悄悄走到床边,收拾炕桌上的棋局。一个棋子掉到地上,发出清脆的响声,赫舍里氏猛一惊醒,她定定神,这才注意到她和玄烨单独交谈很久了。

兴趣正浓的玄烨哪肯放过皇后,继续对她宣讲西学的妙处,赫舍里氏却不再言语,紧张地注视着太皇太后,担心自己的这种过分举动引起她的不满。孝庄朝她微微一笑,鼓励她说:"皇后与皇上有共同的兴趣是好事,以后,你也跟他一起学习西学。"

玄烨忙抢着说:"好啊!这样我就有伴了。"

"瞧你,"孝庄指着玄烨说,"还是皇上呢!说话、做事猴急猴急的,皇后怎么就变成你的伴了?"

众人不由得一阵哈哈大笑。

玄烨与赫舍里氏在特殊的政治环境下结成夫妻,没有想到却首先成为朋友,真不知道这是福是祸,是喜是忧?

第四节　围猎定情

　　孙女做了皇后,索尼的心病没了,他老迈的身躯好似焕发了青春,重新走到了政治前台,索额图也得到提拔,他们一家地位显赫,荣宠有加,成为当时京城最大的家族,史称"清初第一家"。

　　苦心经营、一心向上爬的鳌拜和苏克萨哈自然不甘心,皇上大婚不久,苏克萨哈首先告病不朝了。天算一案,他遭到玄烨反击,虽然除掉了汤若望,也有些不大光彩,他的地位不但没有升高,反而受到影响而降低了。苦闷之余,他也效仿索尼,躲在家里不上朝了。

　　鳌拜虽然嚣张,却一直畏惧索尼,见他上朝理事,也只有暂收锋芒,循规蹈矩起来。

　　十月,索尼上奏说:"皇上已大婚,已经长大了,秋季围猎是祖宗定下来的制度,是满人长大成人的标志,请皇上到南苑校射行围,以安抚天下。"

　　玄烨高兴地说:"朕听说先祖们靠狩猎为生,满人是马背上的民族,为了鼓励后代不忘根本,每年都要举办大规模的狩猎活动。朕继位以来,年幼无知,今年终于可以校射行围了。"

　　索尼奏道:"陛下,等到您亲政的时候还要行亲耕之礼呢!这些都是必要的仪式。"

　　玄烨同意了索尼的建议,着令索额图安排围猎事宜。一时间,紫禁城里,人人谈论围猎之事,个个准备大显身手。

　　一些年老的太监、侍卫回味先帝围猎时的盛况,夸耀当年自己的威风八面,许多人还记起猎到了几只狼豺虎豹呢! 年轻人自然不服输,他们磨刀霍霍,弓箭齐备,渴望在围猎场上大展身手。

　　围猎的日子到了,玄烨骑着宝马,带着侍卫、百官和军队,浩浩荡荡赶赴南苑,索额图早就命人准备妥当了,只等皇上一声令下,行围活动就开始了。

　　这是一片皇家山林,植满了各式各样的树木,林间放养着成群的禽兽,专门伺候皇上前来狩猎。

　　只见兵卒们从三面围住山林,只留下一个出口,而后,他们三面行进,将整个山林中的禽兽都轰赶了出来。霎时,鸟飞鹤鸣,兔窜鹿奔,南苑山林里一阵沸腾。玄烨策马冲了进去,弯弓射击,一只白兔蹦跳几下,中箭倒地。这可是玄烨的第一件猎物,他兴奋地奔过去,挑起兔子,交给身后太监。

接着,他又猎获了几只动物,一路向山林深处冲去。林深叶茂,玄烨左转右转,发现找不到出去的路了。他焦急得四处寻找,就在这时,一匹青骢骏马朝他跑过来,马上坐着一位俊俏的少年,身后还跟着几个人,手里都拎着不同的猎物。跟随围猎的皇族子弟很多,这是谁?玄烨迟疑之际,少年走近了,啊!原来是皇后赫舍里氏!玄烨差点喊出声来,皇后却一脸镇静地说:"皇上,臣妾偷跟出来围猎,您不怪罪吧?"她指着身后人手里的猎物说:"要不然,这些都是臣妾猎获的,送给皇上了。"

玄烨看着英武的皇后,心里一阵喜悦,称赞说:"你也会骑马、射箭,真是厉害,朕佩服还来不及呢,哪会怪罪你?把猎物交给他们,咱们一起进去狩猎。"

"不了,"皇后推辞说,"臣妾出来的时间太长了,恐怕皇祖母会担心,这就回去。"说完,让随行人员把猎物扔下,指着东边继续说:"皇上,您从这里就能出去,魏东廷他们正在找您呢,我从北边走了。"她带着几个人向北离去,玄烨望着皇后的身影,突然一阵心慌,说不清是什么感觉,他张张嘴,想喊住皇后却始终什么也没有说出口。

玄烨拖着一堆猎物向东走,很快,就听到人声喊叫了,他大声喊:"魏东廷,朕在这里。"魏东廷和曹寅正在找玄烨呢!听见他喊叫,急忙策马冲过来,福全听到弟弟玄烨的喊声也跟过来了。几人看到玄烨手里的猎物,不约而同地惊叫道:"皇上,您这么快就猎获了这么多猎物!"

　　皇上猎获甚多的消息一下子传开了,人们围拢过来,称羡不已。玄烨明白,这是皇后的功绩,可是在众臣面前,如果说出皇后偷偷参与围猎,岂不是害了她?他只好讪笑着,命人把猎物收拾好。

　　几日围猎结束了,打扫猎场,收拾猎物和弓箭刀枪,索额图汇报了此次围猎的效果和收获,高兴地宣布,皇上猎获较多,仅次于巴图鲁鳌拜。众人听了,欢呼雀跃,庆祝皇上首猎成功。鳌拜站在人群中,望着志得意满的索额图,不屑地说:"仅次于我?哼,谁清楚其中的真假?不知道索尼又在玩什么花招!"

康熙围猎图

　　玄烨挥手制止众人的欢呼,大声说:"围猎锻炼身心,磨练意志,朕以为这是好事,希望八旗子弟不要忘了祖先艰辛,刻苦自励,勇于进取。"

"万岁！万岁！"人群中又是一阵欢呼。

鳌拜气呼呼地站在其中，满脸不快地想，不就是一次小小围猎吗？有什么好大惊小怪的，当年我横刀立马、驰骋沙场也没有这么兴师动众。

此时，玄烨在众人簇拥下起驾回宫了。回来后，他首先到慈宁宫见太皇太后，恰好，皇后也在这里，玄烨与她对望一眼，记起山林中相遇一事，彼此脸都红了。孝庄仔细问讯狩猎经过，知道玄烨猎获丰富，高兴地说："皇上果真是大人了，怪不得索尼如此精心安排这次狩猎呢！"

"是，"玄烨看了一眼皇后，"索尼虑事周全，确有先见之明。要不是他提议狩猎，朕还不知道自己有这个能耐呢！"

孝庄顿了顿说："听说苏克萨哈病了，这次狩猎没有参加吧？"

玄烨点头说："没有，苏克萨哈已经病了一个多月了，不知道是什么顽疾？"

"顽疾？"孝庄微微一笑，"难道和索尼一样，得了同一种病？"

第五节　明升暗降

苏克萨哈得的确实是心病,他与鳌拜较量许久,没想到老索尼坐收了渔翁之利,荣宠加身,无人可比,他能不生气吗? 索尼掌控朝局,又把他所代表的正白旗地位压下去了,鳌拜等人也更加不把他放在眼里,他能不生病吗?

辅臣之争尚未结束,孝庄看得清清楚楚,索尼死心塌地效忠皇上了。鳌拜呢,他是什么想法? 如果一味打压苏克萨哈,一旦索尼再次病重,谁来控制鳌拜呢?

鳌拜利用职务之便,不断安插亲信进宫,他为皇上推举了好多满人老师,可是这些老师比起玄烨的前几位老师,真是相去甚远。玄烨进步很快,这几个满族老师快把肚子里的知识倒空了,他们也开始惊慌,一旦皇帝认为自己无能了,自己还有什么颜面留在这里? 他们与鳌拜联系,希望鳌拜想想办法。鳌拜又为皇上推举了一位老师,名叫济世,是鳌拜多年的心腹智囊,孝庄不动声色地接纳了,只在暗地里观察着。

这天,苏克萨哈府上传出噩耗,他的夫人去世了。孝庄得到消息,决定带着玄烨一同去吊唁。玄烨纳闷地问:"这么隆重恰当吗?"

孝庄坚决地说:"苏克萨哈是朝廷重臣,地位尊贵,他夫人去逝,我们前去没有不恰当的。况且苏克萨哈病了,一起去探望一下也是必要的。”

玄烨沉思一下,同意了太皇太后的提议,祖孙二人微服便装悄悄来到了苏克萨哈的府上。苏克萨哈听说太皇太后和皇上来了,连忙出来迎接,叩头谢恩。玄烨说:“苏克萨哈大人操劳国事,累病了,府上又出了这样的丧事,理应来探望。”

他们得体地吊唁完毕,太皇太后和皇上单独召见了苏克萨哈。玄烨说:“苏克萨哈大人,现在国事繁忙,索尼年老了,诸多事情力不从心,你一定要节哀顺变,尽快担起辅政重任。”玄烨一番话说得合情合理,苏克萨哈慌忙说道:“皇上如此看重微臣,臣定当鞠躬尽瘁,死而后已。”

“这么说就严重了,”玄烨话锋一转,“眼看着春天就要来了,今年的开科大考,朕想多选拔几位有用的人才,苏克萨哈,你学识渊博,又有监考经验,就负责今年的科考如何?”

玄烨让苏克萨哈做今年的主考官。苏克萨哈忙答应下来,他心里明白,主考虽然不能左右朝政,但是为国家和朝廷选拔未来人才,也是非常重要的工作。看来皇上还是很器重自己,这么一想,他多日阴郁的心情一下子开朗起来。

孝庄一直静静地听他们说话,见玄烨说话得体,分寸恰当,暗暗高兴,心想几年来的磨练没有白费,这个孩子越来越懂帝王之道了。

玄烨安排已毕,陪同孝庄离开苏克萨哈的府邸乘坐软轿赶回皇宫。此时,皇后早就备好了茶水,恭候太皇太后和皇上回宫呢! 她一边和孙嬷嬷闲聊,一边焦急地等待着。孙嬷嬷记性极好,玄烨自小以来的故事她一点一滴都记得很清楚,她特别跟皇后讲玄烨避痘出宫的经历,口里啧啧称奇:"真是神奇,皇上就是真龙天子降临,那么严重了,硬是撑过来了,才几岁的小孩子啊!吃了多少苦,受了多少罪!"

皇后说:"听说多亏魏东廷献了一剂良药,才救了皇上,到底是什么良药? 为什么不拿出来让大家都用呢? 这样不就减轻疫情泛滥了。"

"阿弥陀佛,"孙嬷嬷双手合十,嘴里不停地念着,"哪是什么良药? 说白了恐怕要杀头的!"

皇后见她含糊其词,也不好再追问,这时,孝庄和玄烨回来了。皇后起身迎接,看到他们脸色喜盈盈的,猜想可能事情进展顺利,就大着胆子问了一句:"苏克萨哈夫人的丧事安排妥当了? 苏克萨哈病好了吗?"

玄烨一边脱下蟒袍,一边取过暖手炉,坐在床边,沉静地问:"一切都安排好了,皇后还记挂这样的事?"隐约是责备皇后关心的事情太多了。清廷规矩,后宫不能参政。

康熙像

皇后退到一边,不再言语。

孝庄说:"皇后关心也没有错,应该多增长见识,日后她还要掌管后宫,辅佐皇上,责任也很重大。我这老太婆年岁大了,说不定哪天就不行了,这家国天下还不得交给你们俩?"

玄烨心里一沉,接着调整自己的情绪,笑着说道:"皇祖母说笑了,孙儿哪能离开您? 对了,皇祖母,您看这样处置苏克萨哈一事,合适吗?"

"合适,"孝庄太后满意地说,"你做得很好,治好了苏克萨哈的心病,明年春天,就看他如何主考取士了。"

"其实,这也不过是明升暗降,苏克萨哈身为辅臣,不处理政务而去监督考试,他很快就会明白其中利害,恐怕到时候又要闹病了。"玄烨不无幽默地说道。

"怎么会呢?"皇后忍不住插嘴说:"皇上可以安排他做别的工作,再说,皇上亲政了,辅臣们还有什么病可闹?"

"亲政?"孝庄和玄烨同时嘀咕了一声,他们心里对这件事情既渴望又畏惧,究竟这一天何时来临,又会充满什么样的危险呢?

第六节 留中不发

孝庄没有想到,自己苦心经营多年,目的不过是玄烨顺利亲政,这样一件天大的事,竟然从进宫不久、年仅十三岁的皇后口中说了出来。素来沉稳的孝庄不免一时恍惚,没了言词。玄烨瞧着皇后,却另有一番感慨,他想,别看自己的这位皇后年幼,却十分不简单,不仅能文善武,还懂得治国之道,将来有一天,恐怕不会输给皇祖母。

皇后自知说话唐突了,连忙回过头去指挥宫女们端茶递水,宫内气氛又活跃起来。苏麻喇姑带着几个宫女进来了,手捧精致的礼品,原来这是南方藩王进献的贡品,春节就要到了,他们照例献上精美的礼物,恭祝太皇太后万事吉祥。

玄烨顺手拿过苏麻喇姑手里的礼盒,打开看时,却是一只纯金打制的小鸟,形态逼真,翅羽丰满,活灵活现,逗人喜爱。玄烨看着金鸟说:"都说三位藩王是了不起的人物,但单看进献的贡品可知都是粗俗之辈。"

"是吗?"苏麻喇姑不解地问,"万岁爷,您是怎么看出来的?"

"这还用问吗?"玄烨指着金鸟说,"南方地大物博,富有天然珍宝,他们不懂得开采利用,而只会用通俗的黄金,消耗财力,浪费人力,有什么值得夸赞炫耀的? 况且养鸟逗猫,都是玩物丧志之举,身为藩王怎么能不务正业呢? 你没看到吗,朕从来不亲近宠物,就是担心玩物丧志,失去远大的理想和志向,不能好好地治理国家天下,给百姓带来灾祸。"

苏麻喇姑听玄烨说着,脸上慢慢露出惊奇的神色。她与玄烨天天相处,几乎是寸步不离,却没有注意玄烨还有这么坚定的信念和坚韧的秉性,她冲动地说:"万岁爷,您真是太厉害了。"

皇后也眼含敬佩之色,低声说:"厉害!"

孝庄最了解玄烨了,摸着他的发辫鼓励说:"皇上做得太好了,玩物丧志,这是古已有之的教训啊! 对了,也该为新年做准备了。"说着,她命令苏麻喇姑去找太监总管,让他们尽早准备今年的春节。

几人又说笑一会儿,玄烨跟皇后起身告辞,一起去了皇后的坤宁宫。玄烨关心地问:"新年就要到了,这是你第一次离家过年吧!"

皇后点头说:"多谢皇上挂念,以后这里也是臣妾的家了,臣妾会习惯的。"

玄烨在宫内来回踱步,开玩笑说:"朕就惨了,恐怕一生都要在这里过年了。"

诚如玄烨所说,他的一生从出生到去世一直在皇宫中度过,仅有的几次南巡北征,时间也都不长。

新年一如既往地悄然而逝,不管你愿意还是拒绝,时间公平地让每个人都长大了一岁。这一岁,对玄烨来说,实在是太重要了,它预示着一个新的开始,意味着皇上已经跨入了成人的行列,这样一来,有一件事将成为朝廷上议论最多的话题。

新年刚过,索尼就上了一道奏折,他说,皇上已经十三岁了,纳娶了皇后,已经是成人了,而且皇上聪慧英明,决断勇敢,年少志高,旷世奇才,足以掌管万里疆土,统领亿万百姓,成为一代英主明君,所以请求皇上亲政。

奏折递到孝庄手里,她又是惊又是喜,喜的是索尼忠心为主,拥护玄烨亲政;惊的是索尼突然提出此议,其他辅臣有何意见?玄烨只有十三岁,能顺利亲政吗?

果然,索尼请求皇上亲政的消息不胫而走,鳌拜首先站出来质疑:"先帝十四岁亲政,按照惯例皇上也要等到十四岁才能亲政,索尼大人不与其他辅臣商量,独自上了这道奏折,私心昭然若揭,不足以服众。"

苏克萨哈也不以为然:"索尼大人是以辅臣的身份还是以太国丈的身份行事?他以为一场行围就说明皇上长大成人了吗?"

孝庄手握奏折,如同拿着一块烫手的山芋。同意了吧!引起朝廷轩然,弄不好还会招致一场大乱,得不偿失。不同意呢?不但驳了索尼的面子,更重要的是为以后亲政埋下祸端。想一想,真是左右为难。

康熙玉玺

玄烨听说索尼请旨,要求自己亲政,他考虑再三,来到慈宁宫见太皇太后,说了自己的意见:"索尼一片赤诚之心,不可怠

慢,亲政时机不成熟,不要贸然行事,以孙儿看来,这道奏折可以留中不发,时机一到,明发不迟。"

留中不发就是扣下不发,不直接表态的意思。孝庄听了,赞许地说:"皇上说的太对了,就来个留中不发。"

结果,索尼第一次请皇上亲政,并没有获得成功,这道奏折被留中不发,留在宫内一待就是一年。一年当中,接连发生了许多事情,让玄烨更加成熟起来,他亲政的道路也再次变得扑朔迷离。

第六章

圈地乱国政　奸佞露峥嵘

　　鳌拜跑马圈地，引起百姓怨恨，苏克萨哈借机弹劾鳌拜，两人的斗争激烈化。玄烨接到三臣奏章，却无法果断处置鳌拜，他是胆怯还是有其他原因？鳌拜得知索尼病危，金殿示威，威胁幼主，越来越嚣张跋扈，玄烨能否忍受这样的屈辱？

第一节　跑马圈地

真是一石惊起千层浪！索尼的亲政奏折引起了一阵骚动，辅臣之间怨言迭起，孝庄只好留中不发，扣下了奏折。索尼自知年老体弱，本来想趁着身体健康促成皇上亲政，却没有想到事与愿违，上完奏折他再次病倒了。

春季开科取士，苏克萨哈忙着举办考试去了，索尼再次病倒不朝，这时，朝廷政务完全掌控在鳌拜手里。鳌拜的权势越来越大，而与他同属一旗的遏必隆性格过于柔弱，也不足为患，这样一来，他根本不把苏克萨哈放在眼里。他借口二十年前的圈地中，多尔衮偏向了正白旗，而他们镶黄旗吃了大亏，欲趁着康熙年幼、索尼病重之机，将正白旗强换去的好地重新换回来，就势又扩大自己的庄园。这一圈一换更是使得人心惶惶，不得安宁。

说起圈地，还得从多尔衮辅政说起。清廷入关后，前明皇室和官宦人家大都南逃了，丢下了大片大片的肥田沃土，于是，八旗子弟开始征占这些土地。各旗利用手中的兵权肆无忌惮抢占了不少土地，划归各自旗下。多尔衮辅政期间，提高了正白旗的地位，使正白旗位于上三旗之列，而且，他凭借摄政的便利，将黄白两旗之间的土地来了个大调换，进而造成了长达数年之久的圈地风波。冀东地区，土地肥沃，资源丰饶，本该属于黄旗，而保定、河间、涿州等较贫瘠的土地属于正白旗下。多尔衮为了全面提高正白旗的地位,将这两处土地进行了对换,把冀东地区肥沃土地圈划给了正白旗,而把保定等地圈划给了镶黄旗,使镶黄旗的利益受到了很大损失。

黄白旗之间本来就因为嗣位之争存在着深刻的矛盾,通过圈地,矛盾更深了。多尔衮去世后,顺治也想重新圈地,可是各旗百姓早已在各自属地安定生活多年,如今更换土地,引起了很大波动,造成农业废弛,田地荒芜,难民无数。顺治临终时,鉴于圈地造成的弊端,曾经下旨,今后不许再进行圈地了。玄烨继位后,尊奉先帝遗诏,禁止各旗之间圈占民田,互换田地,制造祸乱。

辅臣辅政几年,朝廷制度变动了不少,如今,鳌拜一手遮天,重新提出了圈地的说法。他认为,圈地应按八旗排列顺序,毫无疑问,八旗当中,黄旗地位高于白旗,那么冀东的土地按顺序应归黄旗所有,也就是要和正白旗换地,而且,如果土地不足,"别圈民地补之"。这就是历史上有名的圈地风波。

经过鳌拜的一番安排,镶黄旗开始了强占良田沃土的运动,他们驱赶生活在冀东土地上的所有百姓,好似强盗入室一般,巧取豪夺,无恶不作。改圈运动,迅速波及八旗,纠纷顿起,谁也不愿意吃亏。顿时,千里沃野变成了无人管理的荒地。这样一来,老百姓的日子可就无法过了,地不能种了,家也不能待了,只好携儿带女逃出家门,在京城附近乞讨度日。

鳌拜将圈地任务交给了他的弟弟穆里玛,穆里玛贪婪暴虐,恃强凌弱,为了向鳌拜邀功,他不惜采取多种手段夺取土地,其中跑马圈地遭到了百姓唾骂,进而遗臭万方。

穆里玛志得意满地带着手下人来到了农村田间,依靠武力和权势,很快占领了大部分肥沃的良田。一天,他带人来到田野,看到搬迁的人群,突发兴致,对手下人说:"像你们这么磨磨蹭蹭,什么时候才能换完?什么时候才能回京向中堂述职?"他担心时间久了,鳌拜会怪罪他办事不利。

手下人说:"老百姓们不愿换地,好不容易才劝动他们。"

"老百姓?"穆里玛嗤之以鼻,"你们怕老百姓还是怕我?听我的命令,快速把他们赶走。现在就是这样,谁抢得多了谁赚便宜,懂吗?你们赶紧下去,将能够圈占的土地全部圈占过来。"

就是这样,穆里玛还觉得圈占速度不快,圈占的土地也不够多,为此,他又想出一个恶毒的办法。一早,他命人牵来两匹千里马,对手下人说:"这是两匹千里宝马,今天,就让这两匹马在前面跑,你们在后面跟着,凡是马跑到的地方就是我们的土地了。哈哈。"他为自己的聪明得意地狂笑不止。其实,圈地之初,八旗正是利用了这个方法,他们把两匹马拴在一根绳上,中间插上各旗的旗帜,凡是马匹跑到的地方,就归属哪个旗所有。所以才有了"圈地"一说。今天,穆里玛又故伎重施,用老办法圈占良田。

千里宝马一路狂奔,身后紧跟着累得气喘吁吁的马群和下人,所到之处,不管是村庄还是良田,不管是民居还是皇庄,无一例外,成为穆里玛的手中财产,成了鳌拜的私人家产!

热河皇庄,顾名思义,是皇帝私人的庄园,穆里玛胆大包天,跑马圈地,竟然将皇庄也圈占了去。这还得了!皇庄旗民哪里能听从他的指挥迁徙,于是引发了一场官民之间的械斗。皇庄旗民手舞锄头、镰刀,和跑马圈地的穆里玛一伙打了起来,无奈,百姓人少势微,又没有坚硬的武器,被官兵杀得大败,伤亡不少。这件事情很快传遍北国大地,朝野上下无不惊诧愕然,人心惶惶,如临大敌,唯恐再次天下大乱。

鳌拜接到穆里玛的快报,言说换地虽然遇到了点小麻烦,但是还算顺利,已经全部解决了,所圈土地也大大超出了原先估计的范围,收获丰富。鳌拜当然清楚事情的真相,却高调地赏赐了来人,夸赞说:"穆里玛终于办成了一件大事,好,让他好好干!"众目睽睽之下,身为当朝辅臣,不但不制止穆里玛的行为,反而纵容鼓励他,当真其心可诛。鳌拜的举动引起了越来越多人的不满,秋天,一本弹劾他的奏折悄悄递到了玄烨的手里。

第二节　三臣上奏

　　户部尚书苏纳海、直隶总督朱昌祚、保定巡抚大臣王登联联名上书，弹劾鳌拜圈地乱国，引起世人震惊和愤怒，如此下去，必将造成国家大乱，请求皇上严禁圈地，严厉处罚鳌拜。

　　玄烨接到奏折，在御书房批阅一番，纳闷地自言自语："朕即位以来，多次下旨禁止圈地，这也是辅臣们议定的，怎么还会有这样严重的事情发生？"

　　服侍在身边的苏麻喇姑谨慎地说："万岁爷，鳌拜素来嚣张狂妄，您忘了吴良辅和更换帝师的事了？他什么事做不出来！"

　　玄烨沉思着，几年来，四位辅臣的表现他是了如指掌，这个鳌拜，可不是个省油的灯，武功高强，又懂得谋略，做事从不让人，除了索尼和太皇太后，恐怕他谁都看不上眼。眼看着自己亲政在即，这样的事情该如何处置呢？

　　苏麻喇姑接着说："偏偏这个鳌拜是宫内领侍卫大臣，几年来，紫禁城里全是他的人了；还有，这京城重地也属于他管呢！万岁爷，他现在可不比从前了，您要三思而行，要不就把这件事情呈报给太皇太后？"

　　她建议让太皇太后出面处理此事。玄烨摇摇头说："不用慌张，皇祖母说了，索尼已经上了亲政的奏折，朕亲政也是早晚的事,应该趁机多历练历练。明日早朝,朕就去听听,看看诸臣有什么反应。"

听到索尼,苏麻喇姑紧张地说:"万岁爷,索尼大人是不是病得很严重?要不要派人去探望一下?今天皇后一天都没怎么吃饭呢!"

有这样的事?玄烨站起身来,他忙着学习亲政事务,几天都没有见到皇后了,难道她听说了索尼的病情?玄烨想了想,传来太监总管,命他连夜去探望索尼病情。

接着,玄烨顾不上吃饭,径直往皇后的坤宁宫去了。他见到皇后,看她神色黯然,安慰说:"皇后可是为了索尼的病担心吗?朕已经派人去探望了。"

康熙像

皇后忙说："臣妾担心祖父的病,这次恐怕非比以往,他毕竟年纪大了,一旦有个三长两短……"说着,她鼻子一酸,哽咽着抽泣起来。

玄烨心里也很着急,索尼一片忠心,震慑群臣,一旦他去世了,朝政会有什么变动呢? 尤其是鳌拜,会不会借机生事? 棘手的圈地案又将怎么处理? 少年玄烨面临着一系列复杂又重大的政治问题,该采取什么措施来应对呢?

年少的夫妻相对无语,默默呆坐着。过了许久,宫女进来禀告,太监总管回来了。玄烨赶紧宣他进来,问道："你去瞧得怎么样? 索尼说什么了?"

太监总管赶紧回答："万岁爷,索尼大人病得不轻呢! 太医们说了,恐怕很难有转机了。索尼大人说临死前要觐见万岁爷一面,万岁爷……"他还想说什么,就听皇后在一边轻轻啜泣起来,吓得不敢言语了。

皇后哽咽着请求说："皇上,请允许臣妾回家见祖父最后一面。"

玄烨立刻应允,并且说："朕随你一同回去见索尼。"

太监总管忙说："万岁爷,您不可以去探望索尼大人。"

"为什么?"皇后奇怪地问。

"万岁爷一去,索尼大人就必死无疑了。"

一语提醒了玄烨。原来,清廷制度严谨,对于君臣之道有一条特殊的规定,臣子病重,主子御驾探病,那是殊荣,不死也得死! 以此说明臣子的忠心,衬托君主的威严。玄烨从小接受作为圣君的一切训练,听多了这类事,当然懂的。想了想无可奈何,他只好又坐下来。皇后聪明,虽然不明白其中道理,见玄烨为难，也不再说什么，吩咐宫女们收拾行李，急忙准备回家。玄烨坐在一旁，心想：索尼年纪虽老，只要有他在，鳌拜便张狂不起来。如果我去了，反而不好，只有委托皇后了。他抬头望着皇后说："你回家探病，责任重大，一定要转达朕的心意，希望索尼大人能够度过险情，告诉他，朕离不开他！"说着，他的眼里也充满了泪水。

第二天一早，皇后回家探病去了。玄烨早早地用过早膳，正准备去乾清宫，忽然，苏克萨哈递牌子求见。玄烨正为圈地一事发愁，听说苏克萨哈单独求见，想了想，宣他进宫来了。苏克萨哈进来后，跪倒就说："万岁，臣为圈地一事而来，请求万岁严惩鳌拜，以安天下。"

一句话，说得玄烨吃惊不小，他定定心神，问道："苏克萨哈，朕命你负责今年的开科取士，你怎么跑到这里弹劾起辅臣来了？"

苏克萨哈脸色憔悴，看起来非常劳累的样子，他声音沙哑地说："臣不敢违抗万岁旨意，一心一意做好今年的主考工作，只是圈地一事牵涉太大，影响极其恶劣，身为辅臣，哪能见到这样的情况置之不理呢？"

他说得合情合理，分寸恰当，玄烨倒不好说什么了，想了一会儿，突然冷冷地说了几句："你所奏的事情，朕自然会慢慢思考。你与鳌拜同为辅政大臣，都是先帝临终之时的托孤重臣，应该同心同德，共辅社稷，不要相互参劾，互生妒心。"

第三节　帝王心术

　　听了玄烨这番话,众人一阵愕然,明明皇上对圈地一事深恶痛绝,正想着法子处理呢!苏克萨哈弹劾鳌拜不正中下怀吗?怎么反而不冷不热地把他打发了?

　　这其中的缘由也许只有玄烨自己清楚,他从五岁就读《帝王心鉴》,加上祖母的言传身教,深深懂得帝王之术,特别是帝王的尊严,不仅是天意神授,是德行仁信,更重要的是韬略智谋,他认为越是猜不透的东西便越神秘,越神秘的东西便越是尊贵,所以身为帝王应该有让臣下难以掌握的智谋,考虑深远,善于变化。这可以说是千古不变的一条定律。今天,他处理苏克萨哈就是用了这个方法,看到众人惊诧的表情,他有了把握,看来这个办法确实可行。

　　玄烨打发苏克萨哈,还有一个很重要的原因。原来,上奏折的三位大臣之一王登联,正是苏克萨哈的门生,是他一手提拔的,如此来看,苏克萨哈弹劾鳌拜是不是与三臣相互串通一气呢?他会不会是借机除掉鳌拜,进而达到独揽朝政的目的呢?这些问题不搞清楚,圈地一案也就很难公正处理。

　　苏克萨哈显然不愿意就这么退下,继续叩头说:"万岁圣明,康熙元年曾下诏停止圈地,三年又重申禁令。但鳌拜的镶黄旗至今仍在圈地,连热河的皇庄也有一部分土地都被他圈占了。万岁,圈地令原是陈规陋习,世祖去世时即欲废除。如今入关定鼎,华夏一家,理应采取休养生息策略,发展桑农,富国强民。鳌拜不顾朝局,强行圈换土地,造成良民械斗,饥殍遍野,像他这样的辅政大臣,留之何用?请万岁务必圣断!"

玄烨见苏克萨哈着急,心里越来越疑惑,强令自己镇静下来,望着苏克萨哈问道:"苏克萨哈,看你如此焦急,想必你家的庄园也被他圈去了?"

皇庄都被圈了,苏克萨哈的庄子被圈很正常。苏克萨哈没有想到玄烨如此平静地问自己这样的问题,赶紧答道:"万岁,臣的庄园算得了什么?可怜成千上万的百姓没有了家业,四处飘零啊!"

难得他有这样的赤诚爱民之心,玄烨这样想,却没有如此说,而是轻轻地说:"苏克萨哈,今年的科考责任也很重大,你一定要为朕选拔几个人才,时间不早了,上朝吧!"说着,撇下苏克萨哈,赶往乾清宫。

乾清宫里,早早地站满了大臣,他们看到皇上来了,急忙跪倒叩头。玄烨一看,最前面的是康亲王杰书,后面跪着遏必隆,再往后就是按照级别排列的文臣武将了。呵呵,玄烨心里一阵轻笑,朕还没有亲政呢!这倒好,四辅臣缺了三个,剩下一个随风倒,也好,先问问他,看看他对圈地一事的看法。玄烨坐稳了,让众臣平身,而后望着遏必隆说:"遏必隆,最近圈地一事闹得沸沸扬扬,听说不少人被迫流浪,无家可归,就连朕的热河庄子也被人抢走了,你听说了吗?"

遏必隆看看左右,知道今日自己该唱主角了,壮着胆子说:

"万岁,圈地一事并没有传说得那么严重,不过是错占了几户民居,引起一点纠纷,已经私下处理了,万岁不必过分担忧。臣听说有些人借机弹劾辅臣,居心叵测,请皇上一定要严厉惩罚他们。"

这下可好,他的意见与苏克萨哈正好相反!一方痛诉圈地乱国,要求严惩圈地奸臣;一方却说他人蓄意诬告,借机生事,请求惩治这些祸乱朝政的人。究竟是怎么回事?该如何决断?年少的玄烨快速地思索着,努力寻找问题的答案。

杰书上前小心问道:"皇上,苏纳海、朱昌祚、王登联三人的奏折您看了吗?"

"看了,"玄烨说道,"朕留中了。康亲王,你对这事有什么看法?"

杰书擦拭了一下额头汗珠,战战兢兢刚要开口,就听殿外一阵喧哗。玄烨等人顺着声音向外望去,原来是鳌拜和苏克萨哈同时上朝来了。

两人来到殿外,正遇上兵部侍郎。兵部侍郎手拿一封加急文卷,正要进殿奏报,看见鳌拜和苏克萨哈来了,急忙躬身请安:"给两位中堂大人请安。"

"你手里拿的是什么?"两人同时问道。

"回大人,是三藩的奏章。"

鳌拜和苏克萨哈同时伸出手,意欲接过兵部侍郎手里的文卷。这可叫兵部侍郎为难了,不知道该把文卷交到谁的手里。

鳌拜不由分说,抢先一步夺过了文卷,冲着兵部侍郎大喝一声:"退下吧!没你的事了。"

苏克萨哈眼睁睁看鳌拜如此傲慢无礼,心里更加气恼,头也没回，先行进殿去了。

玄烨也在里面大声喝问："是谁那么无礼吵闹？有事进殿禀奏。"

话音刚落，苏克萨哈和鳌拜一前一后进来了。

第四节　二辅臣生死相争

苏克萨哈阴沉着脸走在前面,他被玄烨刚刚冷漠离奇的态度搞糊涂了,难道这次状告鳌拜又错了?还不能除掉他?正是在苏克萨哈的支持下,三臣才联名上书的。圈换土地,严重损伤了正白旗的利益,沉重地打击了正白旗的地位,苏克萨哈难咽下这口气!巡抚王登联眼见圈地混乱,百姓遭殃,也不愿坐视不管了,他秘密来到苏克萨哈府邸,向苏克萨哈请教策略。苏克萨哈向他建议联合苏纳海、朱昌祚一起弹劾鳌拜,于是,就有了三臣上奏,请求禁止圈地这一案子。为了确保成功,今日一早,他提前面见皇上,希望透过他的直谏,加重告状筹码,一举扳倒鳌拜。

如今,皇上态度不明,鳌拜气势汹汹,听说索尼病得不行了,苏克萨哈心里真如猫抓一般,特别难受,不知道等待他的将是什么结局。他低垂着头颅进殿,看起来精神不佳,步履迟缓。

身后的鳌拜却精神抖擞,他身穿崭新的朝服,头顶上的双眼孔雀花翎特别耀眼,他三两步赶到了苏克萨哈前面,对着玄烨施礼说道:"臣请皇上金安。"说着,不等玄烨说话就大摇大摆地站到了一旁。

苏克萨哈循规蹈矩地跪倒磕头,趴在地上半天也没有起来,与鳌拜形成了强烈对比。玄烨和满朝文武看着两人迥异的表现,神情莫不为之一变,大殿内静悄悄的,半日内也没有人言语。

玄烨率先打破沉默,他突然轻轻一笑,说道:"苏克萨哈,你起来议事。鳌拜,苏纳海、朱昌祚、王登联三位大臣上的奏折,想必你已经看过了?"

鳌拜早有准备,不慌不忙地说:"看过了,他们三人身为封疆大吏,职显位高,却私下议论朝廷辅政大臣,祸乱朝政,不遵祖训,罪大恶极,按律当斩!请皇上一定严厉惩处他们,万万不可纵容姑息!"

玄烨虽然知道鳌拜不会轻易认错,却没料到他这么强横,一来就要求处斩三位大臣,联想起刚刚苏克萨哈请旨处置鳌拜的事情,玄烨心里一阵发毛,看来,他们之间犹如水火,都打算置对方于死地,无法兼容下去了,首辅索尼又濒临危急,眼看快不行了,无法控制当下局面,这样的话,身为皇帝,该如何处置眼前局势?

他强按下心头惊慌,而后试探地说:"禁止圈地令已经昭告天下多次,大清入关二十多年了,各地百姓安居乐业,不宜迁徙变动。苏纳海三人的奏折即使有不妥之处,朕看他们也是一片赤诚之心,为国为民,如果说处斩,实在是太重了。"

一席话本意是安抚各方,鳌拜却毫不退让,挺直了脖子大声说道:"入关以来,满汉杂居,失去了我列祖列宗的纯朴本质,如今,正可以借机驱赶汉民,恢复我大清威仪。这样做,有什么不妥?三臣罔议辅臣,挑起事端,罪不可赦。"

看他一副盛气凌人的样子,苏克萨哈早就气得浑身发抖了,怒气冲冲地指责他说:"鳌拜,圈占土地与满汉有什么关系?皇上多次提醒我们,汉人也是大清子民,汉臣也是朝廷栋梁,你既要恢复祖宗法制,那么热河械斗是怎么回事? 跑马圈地又是谁干的?"

顿时,殿内气氛更加紧张,像绷紧了弦的弓,一触即发。

鳌拜傲慢地转向苏克萨哈,一脸不屑地说:"苏纳海三臣欺君罔上,反倒成了国家栋梁,镶黄旗子弟出生入死,护主入关又是什么? 倘若入关之初就推行分旗而治,分守疆界,也就没有今天的麻烦! 哪还会有苏克萨哈这等小人在这里加害于我!"他搬出旧时功绩,以此压制在场诸人。他是三朝元老,曾经跟随皇太极征战四方,平定天下,战功赫赫,功不可没,恐怕在大殿上无人能比得过他的战绩。而且八旗夺天下后,也曾经有过八旗共治的提议,他这一说,等于是否定现在的皇位制度,重新提出八旗分治天下的主张。

玄烨一听,话题越扯越远,牵动了皇位体制,连忙制止说:"现在议论圈地之事,其他事情不可妄议。"

正在兴头的鳌拜哪管那么多,他探知索尼病危,早不把玄烨和众臣放在眼里,继续叫嚷着:"苏纳海三人犯了欺君之罪,就应当处斩,皇上,你这般犹豫不决,如何震慑群臣,警示后人? 请快快下旨!"

面对嚣张的鳌拜,玄烨又是生气又是胆怯,他毕竟只有十二三岁,首次处理这种棘手的朝政自然力不从心,只好强压怒火,向殿下问道:"康亲王,你怎么看待这件事? 遏必隆,你呢?"

杰书吓得脸色苍白,腿脚都挪不动了,张了张嘴,却什么也没有说出来。遏必隆也是一头大汗,声音颤抖地说:"臣以为鳌拜大人所言极是。"

"唉——"苏克萨哈长叹一声,他知道局势已经偏向了鳌拜一方。

　　鳌拜得意地看看苏克萨哈:"怎么,苏克萨哈大人是心疼你的学生王……"

　　没等他说完,玄烨突然厉声说:"鳌拜,朕决定先将苏纳海三人关押下狱,明天再议,退朝吧!"说着,头也不回,带着侍卫匆匆离去了。

第五节　鳌拜金殿示威

玄烨退朝后,匆忙去慈宁宫见太皇太后,希望听听她的意见。孝庄清楚圈地内幕后,对玄烨说:"鳌拜越来越不像话了,可是索尼病危,亲政在即,如果强行办了他,会不会引起朝政变动?"

玄烨忙说:"孙儿也是这么想的,眼看着新年就要来了,过完年,玄烨就十四岁了,亲政顺理成章,到时候他们还有什么话说?"

孝庄点点头,提醒玄烨说:"凡事勿急,静观其变。"看来,如何解救苏纳海三人,确实非常难办。

玄烨一夜没怎么睡好,第二天,早早来到乾清宫,只见御阶下跪满了群臣。鳌拜和苏克萨哈不分前后,跪在最前面。看起来,苏克萨哈更加苍老无神,鳌拜却精神抖擞,斗志昂扬。鳌拜首先开口说:"皇上,昨天臣等所见相同,决议处决苏纳海三人,就请皇上速速下旨吧!"

玄烨嘴唇紧闭,心想,真是着急啊,一时都不愿意等了,好你个鳌拜,朕就是不下旨,不同意,看你能如何。想到这里,他倔强地仰着脸,沉默不语,两只手紧握龙椅,暗暗用劲,汗水都渗出来了。

鳌拜见玄烨不答腔,众臣悄然无语,自行站立起来,思忖道,如果不处决苏纳海三人，这场争斗就会无休止地进行下去，苏克萨哈和皇上串通一气，早晚还不把我拿下？一不做二不休，趁机除掉苏纳海三人，剪除苏克萨哈的翅羽，等到索尼一死，我鳌拜还怕谁？哼，苏克萨哈整日想着提高自己的声望，不惜采用一切手段，好在索尼死了以后猎取首辅之位，有我鳌拜在，没有那么便宜的事！

康熙像

苏克萨哈见皇上和鳌拜僵持着，心里也是万分紧张，他这次冒险之举，究竟能不能取胜呢？如果扳倒鳌拜，索尼一死，朝廷中自己就是当之无愧的老大，不但报了圈地之仇，也了却了几年来索尼三人对自己的怠慢之怨；如果扳不倒他，皇上还能为自己主持公道吗？

朝堂上，除了鳌拜，众臣已经跪了很长时间了。玄烨身边的侍驾太监轻声提醒说："万岁爷，该让众臣平身了吧？"玄烨这才缓缓恢复过来，欠欠身子，伸起一只手说："众爱卿平身吧！"

苏克萨哈站立起来，坚决地进言说："万岁，苏纳海一案不能草率处理，还请万岁明察圣断。"看来，今天围绕三臣上奏禁止圈地一事，又要展开激烈的辩论了。

　　文武官员站满了朝堂,此时能够说上话的却没有几人,更何况很多人明哲保身,面对不明朗的局势,谁敢轻易发言?难为了小皇帝高坐龙椅。玄烨尽量不露声色,可是鳌拜却耐不住了,苏克萨哈话音未落,他声色俱厉地驳斥说:"什么叫草率处理?苏克萨哈,难道你不懂大清律令?欺君罔上是凌迟之罪,如今只把他三人处决有什么不可?皇上年幼,尚未亲政,你身为辅臣,怂恿皇上庇护罪臣,用心何在?"

　　苏克萨哈刚想辩驳,就见鳌拜走近玄烨,大声说:"皇上,昨天辅臣已经议定处决苏纳海三人了,你不下旨还等什么?"

　　这一声喝问惊动朝堂诸臣,很明显鳌拜这样对待皇上,失去了臣子应有的礼节,应当受到惩罚。可是,鳌拜已经下了决心,不除苏纳海三人,誓不甘心,哪里还顾得了君臣之礼!金殿内外,全是他安置的心腹侍卫,他的侄子讷莫带人巡视在外面。而且,他掌管了多年京城防务,此时,京城兵马也都听从他的调遣。康亲王杰书想到此,顾及皇上安危,急忙上前启奏:"万岁,鳌拜大人所言有理,您就下旨处决苏纳海三臣吧!"

　　连康亲王也站在鳌拜那一边了。玄烨蹙眉盯视杰书,露出鄙夷神色,心想,苏纳海三人有什么罪?非要把他们杀了才甘心!

　　鳌拜却满意地笑起来,冲着玄烨说:"还是康亲王明理,现在皇上没什么担心的了吧?"说完,他走到御用案几前,手拿笔墨,对众臣说:"如今皇上还没有亲政,诏书就由老臣代写吧!"就见他一阵龙飞凤舞,一篇诏书就这样写成了。他转身读了诏书的大意,称苏纳海三人不听从皇上旨令,欺君罔上,立即处斩。

　　玄烨被他的举动震吓了,大胆的鳌拜竟然敢如此矫制圣旨,真是反了！鳌拜却丝毫不在乎玄烨的愤怒，手举诏书，朝殿外喊道："来人，这是处置苏纳海三人的圣旨，赶紧送到刑部去，不得有误！"刑部官员手捧圣旨，恭恭敬敬地离去了。

谁能想到，圈地一案竟以这样的方式宣告结束了！除了震惊的玄烨，苏克萨哈、杰书、遏必隆等人更是木然如傻了一般。鳌拜金殿示威，无视皇上，真是千古罕见！

就这样，为民请命的苏纳海、朱昌祚、王登联三人成了刀下冤魂，成了一场政治斗争的牺牲品。

十二月，阴风朔朔，惨云淡日，午门外刑场上，苏纳海、朱昌祚、王登联身戴枷锁，跪倒在地，周围围满了前来观看的老百姓，一个个交头接耳，议论纷纷，都说这样的忠臣惨遭诛杀，老天不公。

苏克萨哈来到刑场，为三人敬酒作别，失声哭泣。王登联俯首说道："恩师，您也要保重啊！如今我们都走了，鳌拜专权，不会放过您的。"苏克萨哈仰面长叹："皇上年幼，鳌拜专权，忠臣被诛，记起先帝托孤恩宠，我有什么颜面做这个辅臣啊？"

行刑时刻到了，监斩官扔下令牌，命令行刑，刀起血崩，三人头颅落地，人群中有人惊呼大叫，苏克萨哈也晕倒在场。

玄烨听说苏纳海三人已经被诛杀，心情极度沮丧，独自坐在宫里几日都不出门，血腥的斗争让他再一次看到权力之争的残酷无情。少年玄烨无法解救自己的忠臣，痛心不已。这一冤案让他终生难忘，《清圣祖实录》卷二二四记载，四十年后，他回忆起这场冤狱，曾经难过地说："鳌拜、遏必隆为圈地换地杀尚书苏纳海、总督朱昌祚、巡抚王登联，冤抑殊甚，此等事皆朕所不忍行者，朱昌祚等不但不当杀，并不当治罪也。"

第六节　临终遗言

来年,索尼病逝了。临终前,玄烨微服亲到他府上探望。病榻上,索尼有气无力地闭着眼睛,两行泪珠挂在脸旁,一双枯瘦如柴的手微微颤抖着,听说皇上来了,喉咙里咕噜几声,似乎有话要说。索额图急忙走近,扶住他的胳膊问:"父亲,万岁来看您了,您有什么话要说吗?"太医刚刚说了,索尼病情严重,恐怕难熬过今天了,所以玄烨听到消息,顾不了许多,匆忙赶了过来。索额图知道玄烨见父亲的目的,也希望父亲临终时,能够留下只字词组,他趴到父亲脸上,再次问道:"父亲,有话您就说吧! 万岁来了。"

玄烨在床榻旁的一张椅子上坐下,盯着索尼说:"老中堂,朕出来转转,顺便过来瞧瞧你。"

索尼半睁开眼睛,并不急着说话,而是用手指指床头的一个黑色木盒子,示意索额图把他拿过来。索额图取过盒子,递到索尼手边,索尼颤抖着手试图打开盒子,却没有成功。他目视玄烨,好似告诉他里面藏着许多重要东西。

索额图和玄烨对视一眼,迅速做出了决定,他对父亲说:"父亲,您是不是要万岁打开盒子?"

索尼闭着眼睛微微点头不止。

　　玄烨忙说:"朕明白了。"说完,他让随行的曹寅打开盒子,赫然呈现众人面前的是一黄一白两卷文稿!黄色的一看就是奏折,身为辅臣,上奏用的折子有统一规格,所以大家一看就知道。白色的是什么呢?索额图先反应过来,他知道这是父亲的遗嘱,想到此,不禁泪水盈眶,哽咽着说:"父亲,您不会有事的。"

　　他一哭,大家也明白了,跟着默默掉泪。

　　过了片刻,玄烨镇静下来,命令曹寅说:"你把索尼大人的奏折和遗嘱都念念。"他要从索尼的奏折和遗嘱当中寻求力量,也可以说寻求保护,他这一走,会对他人有什么交代和提醒呢?

　　曹寅首先念了奏折,原来这是一封密奏,是索尼早就写好多时的,他写道:"臣以老悖之年,忝在辅政之列,不能匡圣君臻于隆汉,死且有愧!今大限将至,无常迫命,衔恨无涯,有不得不言于上者,请密陈之:辅臣鳌拜,臣久察其心,颇有狼顾之意,唯罪未昭彰,难以剪除。臣恐于犬年之后,彼有异志,岂非臣养病于前而遗害于后哉?熊赐履、范承谟皆忠良之臣,上宜命其速筹善策,剪此凶顽;臣子索额图,虽愚鲁无文,但其忠心可鉴,知其子莫如其父,吾已至嘱再三,务其竟尽身命报效于圣上,庶可乎赎臣罪于一二。呜呼!人之将死,其言也善,祈黄羊之心,臣知之亦!"

　　临终之时,肺腑之言,玄烨听着不由得心头澎湃,索尼洞悉朝局,虽然卧病在床,却一刻也没有放松警惕啊!他看出了鳌拜的野心,也为玄烨制定了剪除鳌拜的策略,玄烨边听边感慨地想,当初皇祖母决议立赫舍里氏为皇后,为的就是换取索尼的一片赤诚心胸,如今,目的达到了,索尼也要去世了,他的这篇奏折能否继续发挥作用呢?

奏折念完,玄烨果断地说:"一并将遗嘱也读了。"

索尼在奏折里向玄烨推荐了自己的儿子索额图,而他的遗嘱正是写给索额图的。"吾儿索额图:吾平素之训诲,谅已铭记。今将长行,再留数语示之:'吾死之后,汝当代吾尽忠,善保冲主;不得惜身营私,坏吾素志。至嘱至嘱!若背吾此训,阴府之下,不得与吾相见!'"看来,索尼从自身辅政的经历上得到经验和教训,看出玄烨智聪性明,仁达天下,必将成为英主明君,所以特意嘱咐儿子一定要尽职尽责,保护玄烨,不愿意儿子像自己一样,一度彷徨妥协,造成一些不必要的麻烦。

遗嘱念完,索额图伏在地上,已经泣不成声。索尼干枯的脸上,露出一丝轻微的笑意,他最后看了一眼皇上,如释重负地闭上眼睛,昏沉沉地晕睡过去。

玄烨掏出丝制手帕,轻拭了一下眼睛,扶起索额图说:"老中堂赤诚之心撼动日月,你不要太难过了,好好服侍你父亲,过几天朕再来看他。"

索额图止住泪水,感激地说:"不劳万岁挂心了,臣一定谨记父亲教诲,忠心护主,不敢有任何含糊。"

玄烨辞别索额图,来到门外,这时,魏东廷已经带领侍卫在此等候多时了,他们看见皇上出来了,急忙迎过去,一行人悄无声息地转回皇宫。

第二天,索尼府就传出噩耗,索尼病逝归天了。当朝首辅逝世,震惊朝野,文臣武将,大小官员,纷纷扼腕叹息。玄烨失了左右手,心中清楚,下面的路,就该由自己独立去走了。

第七章

十四亲政事　家国一肩挑

玄烨亲政，决定削弱辅臣势力。苏克萨哈斗不过鳌拜，受命提出辞职，要求为先帝守陵，以此要挟鳌拜。鳌拜胆大妄为，金殿上蔑视群臣，胁迫玄烨，私下秘密部署人马，打算明目张胆挟持天子，号令天下。危机面前，玄烨一忍再忍，一让再让，难道他就这样接受屈辱的要挟、唯佞臣之命是听、永无出头之日吗？他会成为汉献帝第二吗？

第一节 熊赐履上疏

玄烨即位第七年(康熙六年,也就是 1667 年)六月,弘文院侍读熊赐履上《万言疏》,尖锐批评朝廷时政,特别是四大辅臣推行的种种政策,明确提出:治乱本源之地,"亦在乎朝廷而已"。要求少年皇帝玄烨加强儒学修养,以程朱理学为清廷"敷政出治之本"。这正是玄烨提倡清议,鼓励朝臣大胆直谏的结果。

说起熊赐履,家族颇有渊源,他字青岳,又字敬修,号素九,别号愚斋,祖籍南昌,出生在孝感市闵集乡。明洪武年间,有一个叫熊邦显的人,认为熊是楚地姓氏,江汉郎鄂之间是他的祖宗故土,于是搬迁占据了孝感,这就是熊氏迁到楚地最早的祖先。孝感,原来叫孝昌,所以有的学者也称呼熊赐履为"孝昌先生"。

几经变迁,孝感一带,熊氏成了地方大户。熊赐履的父亲熊祚延,明朝生员,时值明末农民战争爆发,他曾经组织团练出资抵御防守。崇祯十六年,农民军势力越演越烈,熊祚延无力抵抗,英年早逝。

父亲遇难时,熊赐履只有八岁,他母亲李氏名如柏,精通史略,性格刚毅,坚强地带着儿子生存下来。《湖广通志》载:"熊祚延妻李氏,孝感人。少娴书史,即知以礼律身。及笄归熊,以孝敬闻。值流寇起,土豪生乱,熊阖门遇害。氏抱幼子,匿荆棘中,母族拥以去。豪亦素闻其贤,不复追。长子适诣蒙师,均免于难,即大学士赐履也。氏痛不欲生,念夫亡子幼,忍死存孤,木棉长董,手自经营,尝并日以食。而课子最严,日就外傅,夜共一灯,懈即挞而数之。母织子读,声常达旦。"

经过母亲严谨教育,顺治十五年(1658年),二十四岁的熊赐履考中进士,顺治十六年,官授翰林院检讨。熊赐履满腹学识,德才兼备,很快成为汉臣中的佼佼者,玄烨即位后,他作为侍读陪驾左右。名为侍读,实际上他的才学远远超过玄烨的几位老师,玄烨也清楚这一点,所以常常向他请教,把他当作老师看待。无奈四臣辅政,打压汉臣,他也就一直没有得到重用。不过熊赐履的才能引起朝臣关注,特别是索尼临终的奏折,明确地向玄烨推举了熊赐履,希望玄烨能够重用他与鳌拜对抗。

玄烨学问日深,了解了清议的重要性,立刻授意朝臣大胆议政,有一部分人,特别是久受压制的汉臣察觉出朝局动向,明白皇上亲政在即,这是一次很好的机会,开始积极行动。熊赐履与玄烨半师之缘,十分了解玄烨的想法,也十分痛恨辅臣乱政,排斥汉臣,他深思熟虑后,写就了这篇震惊朝野的《万言疏》,上呈给了玄烨。

接到上疏,玄烨兴奋之余,连日将它公布朝野,向所有大臣展示了这份分量极重的《万言疏》,顿时,朝臣们交头接耳,议论不止。很明显,《万言疏》直指辅臣,痛诉他们辅政不当,祸患朝政,已经严重危害了社稷百姓,必须立即加以改正。

如何改正呢?索尼已经死了,苏克萨哈与鳌拜新仇旧怨不断,他们能怎么做?玄烨看到朝臣们惶惑的表情,沉稳地说:"朝政纷乱，危害疆土社稷，如今索尼去了，临终奏折你们也都清楚，你们看，该如何办？"他提醒众人，索尼临终时上奏请皇上亲政，现在既然辅臣辅政不当，应该还政于帝了。

康亲王杰书立即上前奏道："万岁，先帝十四岁亲政，这已经有先例了。如今万岁已满十四岁，睿智英明，仁达万方，理应亲政天下，安抚民心，稳定社稷，臣等定当竭心尽力拥戴万岁，不敢有丝毫懈怠侮慢之举。"

玄烨一听，正合心意，却不露声色地问："苏克萨哈，你意下如何？"

苏克萨哈听了《万言疏》的内容，猜到这是皇上为亲政有意安排的，心里虽有不快，可是皇上这一问，他能反驳吗？只好俯身说道："臣自知罪责深重，辅政几年，毫无建树，还遗留下诸多弊政，臣无地自容，还不如追随索尼老大人而去呢！"说着，声音哽咽起来，几年来，桩桩事情涌上心头，他能不伤心吗？停顿片刻，他接着说："索尼老大人临终请皇上亲政，这也是臣的意见，臣不忘当初誓言，愿意誓死效忠皇上，请万岁亲政于天下，治国爱民，确保江山万世昌盛。"苏克萨哈一番表白，朝臣们无不动容，殿堂上一片寂静默然。玄烨也觉得眼中潮湿，强忍泪水，缓缓说道："苏克萨哈，你的忠心朕知道了，至于几年来辅政出现的问题，朕自会慢慢解决，你起来吧。"

玄烨转头朝向鳌拜，这是他最担心的一个人。今天，出其不意地公布《万言疏》，很大原因就是针对鳌拜，想让他在措手不及之时，被迫同意皇上亲政。果然，鳌拜听闻《万言疏》，一时也愣在了那里，诧异地想，熊赐履真够大胆的，敢这么指责辅臣，真是活得不耐烦了！等到杰书请求皇上亲政，他明白了，这是皇上为亲政做铺垫呢！他万万没有想到，索尼刚刚去世不足一个月，皇上就忍耐不住提出亲政了，这可如何是好？素来嚣张的鳌拜急速地思索着对策。

佩文齐御用十二组玺

玄烨看出鳌拜心虚，底气增加了不少，高声问道："鳌拜，你呢？"

听到皇上问话，鳌拜没了平时的傲气，低垂着头，迈动细碎的脚步站出来说："皇上，熊赐履妄议辅臣，罪大恶极，不可饶恕。"他还想顾左右而言他呢！

"这个朕知道，"玄烨说，"朕已经下旨责备他了。朕想问你，索尼临终奏折上也说了，亲政之事你同意吗？"

"嗯——"鳌拜略一沉思，此时，杰书和苏克萨哈已经表了态，加上索尼临终奏折，就是说他们三人都同意了，即使自己和遏必隆反对，也是三比二的局面，自己也不占优势。况且，《万言疏》字字句句犹在耳畔，朝臣们众目睽睽，苏克萨哈痛陈辅政失策，这种情势下，不同意皇上亲政，还不是和天下人作对吗？鳌拜想明白了，极不情愿地说："皇上十四岁了，效法先帝也该亲政了，臣没有意见，不过，熊赐履不可轻饶。"

他的话一说完，玄烨顿觉心里一松，成功的感觉让他喜不自禁，立即问："好，遏必隆，你有什么意见吗？"

遏必隆哪敢有什么意见,鳌拜同意了,他还能说什么,附和着说:"臣也请皇上亲政,统治万里江山,开创一代盛世。"

辅臣和亲王一致同意皇上亲政,其他朝臣纷纷跪倒,口呼"万岁",祝贺皇上亲政,唯愿天下太平。

第二节　御门听政

康熙六年(1667年)七月,玄烨在太和殿举行亲政大典,自此开始乾清门听政的历史。《清圣祖·本纪》记载,康熙六年七月,康熙帝亲政,于太和殿受贺,加恩中外,大赦。始御乾清门听政。命武职官一体引见。

这天,碧空如洗,骄阳当头,太和殿内外,布置得庄严肃穆,玄烨在侍卫、太监保护下来到殿内,文武百官跪满大殿,叩头称颂,恭祝皇上亲政天下。少年玄烨身穿崭新龙袍,精神抖擞,气宇轩昂,一派君临天下气势,威震群臣。他沉稳地接受朝贺,而后命令大臣们平身站立,开口而言:"今日开始,朕即正式听政,希望诸臣尽心尽力,同心同德,与朕共同治理天下社稷!"

群臣垂首答应。康亲王杰书上前奏道:"万岁亲政,大赦天下,恩惠中外,请万岁颁下诏书,发布大赦令。"

这是必经的程序,玄烨按照事先议定的,发布大赦令,诏令赦免天下罪人,除非恶贯满盈、非杀不可的人才不准获此赦免。

鳌拜站在下面,看到玄烨行为举止稳重得体,言谈话语贴切适当,也只好默默地看着。大赦令毕,又进行了一些相关程序,亲政仪式算是结束了,自此,玄烨开始了御门听政的历史。

玄烨非常勤奋,对待政事极其认真,每天都要在皇宫乾清门前听政,由他亲自主持御前朝廷会议。由于一开始时,会议地点大都选在乾清门前,所以史称"御门听政"。后来随着玄烨年龄增长,事务增多,听政的地点经常变化,有时在中南海瀛台勤政殿,有时在畅春园,有时在避暑山庄澹泊敬诚殿,等等。不管在什么地方,会议从不耽搁。参加会议的主要有六部九卿的官员、亲王宰辅等,六部自然指礼、吏、户、兵、刑、工各部,九卿包括尚书、左都御史、通政使、大理寺卿等。每次会议都有详细记录,记录在"起居注"里。玄烨从十四岁亲政开始,每天御门听政,寒来暑往,朝夕更替,一年四季,春秋无误,可见他多么勤奋有为!

听政时间定在早上八点左右,每天,玄烨早早起床,梳洗完毕,锻炼一会儿身体,简单地用过早膳,就来到乾清门前,这形成了一个制度,所以又称"早朝"。玄烨曾经这样说起自己听政的事情:"一岁之中,昧爽视朝,无有虚日。亲断万机,披览奏章。"

根据史料记载,玄烨一生当中,从亲政之日起,到他去世之前,除了生病、重大变故、三大节外,几乎天天都听政议事,是一位非常勤勉、从不虚度时光的皇帝。

第一天亲政,玄烨就遇到了一件大麻烦。皇上亲政,辅臣应该交回权力,以前由辅臣处理的政务完全归还皇上处置。现在,索尼已经去世了,位列辅臣第二的苏克萨哈成了辅臣之首,交换政权的事自然他说了算。苏克萨哈权衡利弊,觉得几次和鳌拜争权夺势都没有占到便宜,如今皇上亲政了,不如把权力归还皇上,还能卖个人情,于是,苏克萨哈率领群臣祝贺完毕,恭敬地上前奏道:"万岁既已亲政,辅臣们也应该归还权力,以前朝政都是辅臣批复,请皇上下旨,即刻改为皇上朱批。"

辅臣辅政期间,所有奏折都是辅臣批复,为了有所区别,他们用蓝色笔墨批示奏折。而皇上批复奏折是用红色朱砂,所以苏克萨哈有这样的说法。

苏克萨哈话音刚落,就听鳌拜粗声大气地喊道:"苏克萨哈,你也太着急了,皇上亲政只是个仪式,难道你就这样把国家大事置之不理了?皇上年幼,索尼刚刚去世,朝政纷杂,皇上一个十几岁的人能处理得了吗?身为先帝托孤重臣,你真是让人失望!"原来,那天朝议《万年疏》,玄烨突然提出亲政,鳌拜无奈地接受了。他回家后,越想越生气,觉得皇上亲政,剥夺了自己的权力,那么以后自己该身置何处呢?失去权力等于失去生命,不能眼睁睁看着自己受制于人。鳌拜苦思冥想,最后终于想出了一条计策,同意皇上亲政而不还政于皇上,让皇上做个傀儡。他料定苏克萨哈会与自己作对,早就做好了准备,听他提出还政于皇上的话,立即提出反对。

康熙圣旨

苏克萨哈也不示弱,反驳道:"皇上亲政了,你还想把持朝政吗? 这样的辅臣恐怕九泉之下也无颜面见先帝!"

"苏克萨哈,你不要太过分了! 我鳌拜辅佐皇上,与你何干!"说着,他怒气冲冲地瞪视苏克萨哈,恨不能一口把他吞下去。

"当初先帝托孤,索尼位列首辅,我排名第二,如今索尼去世,辅政之事当然我说了算。"苏克萨哈也提高了声音,大声说道。

"你?"鳌拜不屑地哼了一声,"正白旗败类,卖主求荣之辈,侥幸得到今天勋位,堂堂辅政大事能由你说了算?"他旧事重提,直接戳到了苏克萨哈的痛处,把苏克萨哈气得差点晕厥过去,脸色铁青,嘴唇哆嗦着说不出话来。

玄烨刚刚亲政,朝堂上二位辅臣就互相攻击谩骂起来,群臣吓呆地观望着,谁也不敢言语。玄烨看他两人争吵不休,完全不把自己放在眼里,不顾朝堂威严,生气地呵斥一声:"住口,你们太放肆了! 朕今日亲政,难道是听你们在这里互攻谩骂吗? 一点体面也不要了!"

鳌拜这才回头看一眼玄烨,毫不在乎地说:"苏克萨哈推托职责,慢视皇上,请皇上将他治罪!"

"慢视皇上?"玄烨笑了一声,"慢视皇上的又何止他一个人! 朕今日刚刚亲政,你们就在这里打了起来,是不是害怕权力丢了?"

苏克萨哈听到玄烨问话,急忙跪倒说:"臣万万不敢有此私心,臣请皇上收回辅臣的权力,归政于皇上,请皇上明断!"

鳌拜怒容满脸地直视玄烨说:"皇上,苏克萨哈不是推托责任是什么？皇上说了，今日刚刚亲政，他就抓着归不归还政权不放，难道不是慢视皇上吗？"

"好了，"玄烨制止两人，想了想说，"今天就到这里吧！退朝。"他站立起身，由随驾太监搀扶着，转身离去了。

大殿内，朝臣也陆续离去，鳌拜与苏克萨哈对视一眼，擦出仇恨的火花，彼此互不服气，暗藏杀机，气呼呼离开殿堂，一个向东，一个向西，不分前后地朝外面走去。

第三节 风云暗涌

玄烨回宫后,想起大殿上鳌拜与苏克萨哈的争吵,心里气愤难平,第一天听政,他们就这么吵闹,自己这个皇帝可怎么当?本来把亲政当成渴望已久的事情,没想到亲政了依然一团糟,他不免有些焦躁。

苏麻喇姑奉太皇太后懿旨前来看望玄烨,知道了朝堂上发生的事情,安慰他说:"万岁爷,凡事不可着急,您忍耐一时,必定换来长久安宁。熊赐履上疏促成了亲政,这就是您的一大成功呢!"

提起熊赐履,玄烨说道:"熊赐履被朕削了半年俸禄,实在是迫不得已,不知道他现在怎么样了?"

"他能理解,"苏麻喇姑说,"太皇太后派人去看他了,他还说呢,多亏万岁爷适时削了他的俸禄,要不然被鳌拜盯上可就完了。"

"他明白就好,看来他确实是个聪明人,不愧索尼临终推荐。"

"说得是啊!老祖宗还说呢,虽然亲政了,什么时候收回权力还难说,事事都不要大意。"

玄烨点点头,他喊来曹寅,吩咐说:"叫熊赐履进宫见朕。"

他这边接见熊赐履，探寻亲政收权的事宜。辅臣家中，又是另一番天地。鳌拜回府后，他弟弟穆里玛和济世等人都等着他呢！听说亲政大典上鳌拜顶住了苏克萨哈要求还政于帝的事，他们都竖起大拇指称赞鳌拜勇敢果断。穆里玛说："这么多年了，兄长辛勤辅政，治理天下，容易吗？这下倒好，一来就要夺权，没那么便宜！"

济世也说："中堂声望赫赫，威震百官，正是统帅群臣、施展抱负的好时机。皇上年幼无知，近日来连书房也懒得走动了，更谈不上学习，我看，咱们这个皇上也不过是个顽劣少年而已，没什么可顾虑的。中堂不可以轻易交回大权。"

其他人随声附和，支持鳌拜把持大权，不要还政于玄烨。鳌拜阴沉着脸，听完众人议论，什么也没有说，转身进屋了。

再说苏克萨哈，他回府后一脸沉郁，满腹心事。想起朝堂上鳌拜的蔑视和无礼，皇上的无奈和群臣的观望态度，心里一阵难受，坐在椅子上闷闷地想着心事。自从苏纳海三人被害，他的意志就消沉了，一直以来争权夺利的心也淡了，可是他对于鳌拜却耿耿于怀，恨不能将鳌拜碎尸万段方解心头之恨。一直以来，鳌拜完全不把自己当回事，也不把少年天子放在眼里。索尼去世后，鳌拜再也没有畏忌的人，眼见着鳌拜的势力越来越大，苏克萨哈感觉到自己的处境越来越艰难了。一方面，皇上亲政了，身为辅臣应该交回大权；另一方面，鳌拜明目张胆地扩张势力，不肯轻易交回权力，如此一来，朝政又一次陷入一个巨大的纷争当中。苏克萨哈处在这场争斗的中心漩涡，不管怎么做都是危机重重、险象环生，即便想退身却步，也没有很好的办法了。

正在他叹息苦闷的时候，家仆进来说，康亲王求见。

杰书来了！苏克萨哈心里一动，他来有什么事吗？杰书是皇族代表，力主皇上亲政，今天在朝堂上也有意支持还政于帝，他来这里要做什么？

就在苏克萨哈犹豫的工夫，杰书已经走进来了，他笑呵呵地与苏克萨哈打招呼，然后坦然地坐下来了，端起茶碗喝水。苏克萨哈看他悠然自得的样子，故意叹气说："康亲王，你好自在啊！是不是皇上亲政了却你一大心事？"

杰书边喝茶边说："苏克萨哈大人就是聪明，怪不得皇上经常夸你呢！说你如果历练几年，一定会很了不起。"

苏克萨哈吃惊地问："皇上当真如此说？"

"那还有假？皇上说你忠心耿耿，力主亲政还政，这些事他都记得呢！"

苏克萨哈激动地站起身，面向皇宫方向抱拳作揖，恭敬地说："皇上圣明，我一定不惜一切代价帮助皇上夺回大权，剪除鳌拜老贼！"

杰书此来，正是玄烨授命。玄烨接见熊赐履后，熊赐履分析局势，指出要想收回权力只有从苏克萨哈入手。几年来，苏克萨哈备受鳌拜等人排挤打压，皇上也很少单独奖赏重用过他，如果现在重用他，委他重任，请他出力帮助皇上夺回大权，他一定会尽力效命。

玄烨思索多时，觉得这个主意不错，即刻命人叫来杰书，交代他如何如何，这才有了杰书拜访苏克萨哈府的一幕。

杰书听苏克萨哈说出"鳌拜老贼"的话，假装惊讶地说："苏克萨哈大人，现在鳌拜可是如日中天，连皇上都怕他三分，您可千万别这样称呼他，万一传出去，我们可都完了。"

　　苏克萨哈咬牙切齿地说："康亲王,你也太懦弱了,堂堂亲王难道情愿受制于鳌拜? 江山是你们爱新觉罗氏的,不是他鳌拜的,你们怕他,我不怕他,纵然粉身碎骨,我也一定要履行皇上即位时四辅臣共立的誓言,铲除皇上身边的奸佞之臣,还政于帝,要不然,他日九泉之下我有什么颜面去见先帝,去见索尼老大人?"

　　杰书见他情真意切,知道他真心对付鳌拜,突然站立起身,从袖子里掏出圣旨说："苏克萨哈接旨。"

　　苏克萨哈吃了一惊,慌忙跪倒,暗想果然不出所料,杰书是皇上派遣来试探自己的,幸好除鳌拜的心已定,就看皇上怎么安排了。

　　杰书宣读圣旨,告诉苏克萨哈大胆做事,一定要想办法打压鳌拜,逼迫他还政于帝,不可再行无礼傲慢之举。只要能够促成还政,苏克萨哈就立了大功一件,将来会受到更高奖赏和提拔。

　　仿佛黑夜之中亮起了一盏明灯,苏克萨哈心里畅快了不少,他叩头接旨,立誓说："我苏克萨哈不除鳌拜,绝不偷生!"没想到一语成谶,没多久,他竟然真的成了鳌拜的刀下鬼。

第四节　请旨守陵

苏克萨哈深思熟虑,终于想出了一个挟制鳌拜的办法。这天,天空雾蒙蒙的,初升的太阳被严严实实地遮住了,甬道旁的树木花卉影影绰绰,几只早起的小鸟畏惧地啼叫了几声,又钻回树丛躲了起来,也许它们以为白天还没有到来。玄烨照常早早地来到乾清门听政,一路上,他疾步快行,慌得几个随驾太监一溜小跑,生怕跟不上他。皇宫内缺少了往日忙碌的身影,增添了几分沉寂和陌生。

玄烨越走越快,似乎前面有天大的事情在等着他,再也顾不上什么帝王礼仪了。终于赶到了乾清门,参加早朝的六部九卿官员陆续赶来了,一个个身穿朝服高戴冠帽,神色凝重动作谨慎,也是心事重重的样子。玄烨扫了一眼,看到苏克萨哈站在群臣最前面,放心地舒了口气,坐在龙椅上,接受百官朝拜。

朝拜完毕,苏克萨哈首先出列,递上一份特殊的奏折。这就是他几天来思虑出的计策。他上奏称:"皇上已经亲政,臣辅政几年来,毫无建树,愧对臣民,为了弥补臣的过失,也为了让臣心底坦然,臣请求皇上允许臣辞去官职,为先帝守陵,心愿足矣。"

他打算辞去辅臣一职,为顺治皇帝守陵尽忠。这一招,看似软弱,实则很有力道,这么做,一是表明他带头还政于皇帝,二是以此告诫鳌拜等人，我都辞职守陵了，你们还能蹲在那里做辅臣吗？软中带硬，硬中又不失斡旋之地。一旦鳌拜等人也辞职了，那么皇上可以再次启用苏克萨哈。

玄烨早就清楚苏克萨哈的计策，而且与熊赐履等人密议后，认为可行，所以今天急着临朝听政，看看这一招能否奏效。

面对苏克萨哈的突然提议，鳌拜吃惊不已。几天的时间，苏克萨哈竟然想出这等鬼主意！怎么，以此威胁我，让我无颜在朝堂上立足？真是恶毒的计策啊！在他沉思的工夫，玄烨开始与苏克萨哈对话。

玄烨假装生气地说："苏克萨哈，你受先帝重托辅佐朕，如今你为什么半途而废，撇下朕不管了？朕有什么失德不对之处，你尽管讲。"留出空档让苏克萨哈指控鳌拜，以此一并撤销三位辅臣。

苏克萨哈刚要说话，就见鳌拜跨前一步，提前说道："皇上说的对，苏克萨哈惯用伎俩，趁乱生事，皇上亲政不久，就想出要挟逃脱的诡计，实在可恶！皇上，苏克萨哈居心叵测，身为辅臣，欺凌主上，竟然做出这等勾当，请皇上一定要严惩。"他倒会迎合情势，趁机说了这么一通。

玄烨立即制止鳌拜："鳌拜大人言重了，苏克萨哈大人一片赤诚之心，纵有不妥之处，却没有欺主的意思，对不对？苏克萨哈大人。"

苏克萨哈赶紧说："万岁圣明，微臣确实只想辞官守陵，没有别的意思，请万岁恩准放行，我也就了却一件心事，也对先帝有个交代了。"

"既然这样——"玄烨话没说完，鳌拜一个箭步冲上来，站在苏克萨哈和玄烨中间，大声说道："皇上，苏克萨哈违背辅政誓约，做出这等欺上瞒下的事，罪责深重，不可不究，请皇上明断是非，追查他的罪行再做决断！"他心中清楚，一旦皇上同意苏克萨哈所奏，放他去守寝陵，那么朝议肯定会直指自己和遏必隆，到时候一片呼声要求他们交权，他们还不得乖乖交出来。当初多尔衮摄政时，自己也曾经被贬守陵，顺治亲政才得以重新启用。今天的局势如同昨日，苏克萨哈与皇上串通一气，等把自己和遏必隆逼走了，他们还不照常君臣同乐？所以，必须遏制这件事情，不能让苏克萨哈得逞。

鳌拜急切地叫嚷着，坚决要求皇上对苏克萨哈先行审问定罪，再做其他处置。

玄烨早就料到鳌拜会阻拦，按照事先安排说道："也好，辅臣守陵必将有个说法，这样吧！康亲王，你就负责调查核实这件事情，不得有误。这件事情就议到这里。"说完，他又和大臣们讨论其他事情。

原来这也是整个计策中的一环，他让杰书问讯苏克萨哈，借机引出鳌拜专权等事宜，进而让杰书弹劾鳌拜，一举铲除鳌拜党羽。

杰书欣然领命，准备按照计划行事，却不料鳌拜岂肯坐以待毙？他退朝回府，那边鳌拜等人就跟过来了。鳌拜软硬兼施，逼迫杰书听从自己的命令，议定苏克萨哈死罪。杰书不愿就范，说道："这是皇上的旨意，我怎敢擅做主张？苏克萨哈究竟犯了什么罪，也只能皇上最后定夺。"

鳌拜冷笑说："康亲王，如今可不比从前了，没错，皇上是亲政了，可是朝政谁掌控你比谁都清楚。索尼一走，满朝文武还有

康亲王杰书墓

几个元老旧臣？这些人提着脑袋替先帝打下了江山，怎么？想翻脸不认人，没那么容易吧！"说着，双手握紧拳头，捏得十个指节嘎啦直响。

杰书吃惊不小，强做镇静继续说："鳌拜大人，皇上只是让我问问，我怎么敢擅自论断辅臣罪过？"

"哼，"鳌拜说，"你明白就好，辅臣辅政辛苦劳累，几年来不说奖赏还要问罪，岂有此理！苏克萨哈一事我自有主张，你不用多管了，明日朝议自有分晓。你好自为之吧！"说完，带着随从扬长而去，连个辞别的话也没有，剩下杰书呆呆地坐在那里。

杰书正不知如何是好，这时走出一个人来。此人叫明珠，虽是八旗子弟，而且与皇室有亲，近几年家道却败落了。他父亲尼雅哈终生不得志，世袭骑都尉，明珠长大后，聪明机智，喜好学习,很快就表现出不凡的气质。父亲把他推荐给康亲王杰书,希望寻觅个一官半职。杰书觉得这个年轻人很有才华,也决定好好培养他,可是辅臣当政,他虽然身为亲王,权力却不大,几经周折,推荐明珠做了云麾使,负责皇帝出巡车驾仪仗的小官,官职不大,却总算是有了份工作。

明珠做事细心,一向很讨杰书欢心。这次他恰好在杰书家里,听说了这件事情,走出来分析说:"王爷,以鳌拜的势力,他对内把持了皇宫,对外又管理着京城防务,几年来,培植了很多亲信官员,如果强行弹劾,危险性太大了。弄不好不但事与愿违,还会牵涉皇上安危。"

杰书叹气说:"说的也是,可是如今箭在弦上,不得不发。"

明珠却摇头说:"王爷,且不说苏克萨哈请旨守陵是真是假,但说这皇上让你问他就很奇怪,为什么不让鳌拜问他?为什么不让遏必隆问他?摆明着皇上要清除辅臣势力,培植自己的人才了。王爷,这件事做好了你会名垂青史,搞砸了可就死无葬身之地了。"

杰书忙问:"依你看该如何处理呢?"

明珠想了想,说:"我看如今还不是夺权的时候,皇上非得再忍忍了。事到如今,只能弃卒保帅,赔上个苏克萨哈了,一来为皇上除掉一个辅臣,二来也稳定了鳌拜。"

"这……"杰书看着明珠,"这也太残忍了,苏克萨哈一片忠心就这么冤死了?"鼓动苏克萨哈设计除鳌拜可是皇上的旨意,现在一看情势不妙,就要立刻翻脸,牺牲苏克萨哈?

明珠说:"不狠心不行,要不然,皇上这盘棋恐怕就要输了。王爷,你可千万小心,不要轻举妄动啊!"

　　两人谈论多时，杰书终于下了决心，打算明日进宫与孝庄、玄烨商量他的这个新想法，采取新的对策。他哪想到，第二天，事情发生了变化，与他们最初的计划背道而驰，他们完全失去了控制事态发展的能力。

第五节　金殿受惊

鳌拜从杰书府上回来后,穆里玛等人正在饮酒作乐,还请了一个戏班子在那里咿咿呀呀地唱个不休。鳌拜气恼地骂道:"都什么时候了,还在这里吃喝玩乐? 我看你死到临头也不知道怎么死的!"

穆里玛赶紧起身赔笑,迎候鳌拜落座,命人端茶送水,一阵殷勤服侍。济世见鳌拜脸色不好,猜测朝廷上出了大事,试探地问:"中堂,为了什么事如此恼怒?"

"还能有什么事?"鳌拜气呼呼地说:"苏克萨哈贼心不死,想出毒计害我,今天差点栽在他的手里。"他一边说,一边掏出奏折扔到济世面前。奏折是朝廷大员上奏议论国事的,按照历朝规矩,不管是谁都不能私自带回个人府邸处理。索尼病重后,孝庄恩准他带回府破了先例,如今,这个特例又转到鳌拜头上。他每天都将当天的奏折带回府,在家里处理国家大事,就算现在皇上亲政了,他依然故我。

济世接过奏折看了,皱着眉头说:"果然厉害,竟然想出这样的计策。"

"是啊!"鳌拜说,"多亏我当面顶住了,皇上让杰书查询此事呢! 这样一来,我就有了喘息的机会了。"

穆里玛伸头看了一眼奏折,奇怪地说:"苏克萨哈请旨守陵,这是好事啊!打发他走不就完了,哥哥还担心什么?"

"你懂个屁!"鳌拜冲他骂道:"他是想走吗?他是想把我拖死,还不明白吗?"

穆里玛一脸茫然,搞不清其中利害得失,心里说,你不是一直痛恨苏克萨哈吗?他今天让位走人,有什么不好?可是看看鳌拜阴沉的脸上满带杀气,他一声也不敢吭了。

济世沉思着问道:"中堂有什么打算?顶得住一时,能顶得住长久吗?皇上可是一天天长大啊!"

"哼,一不做二不休,不动点真格的他们是不知道厉害啊!我也想明白了,他们不是想借机害我吗?我要来个杀一儆百,灭灭他们的锐气!"

鳌拜的话刚说完,就听空中电闪雷鸣,顿时狂风大作,似乎要将好端端的一个北京城连根拔起。刹那间,倾盆大雨倾泻直下,雷声、雨声、风声混杂在一起,淹没了四周一切。鳌拜望着狂风暴雨怔怔地愣了一会儿,突然嘿嘿笑道:"七月的天变化快啊!说变就变了。"

一夜雷雨,震撼人心。第二天,乌云尽散,朝阳冉冉露出笑脸,京城的大街小巷里偶尔路过早起挑担的小贩,淋着尚未流尽的雨水吆喝叫卖。

巍巍紫禁城,庄严的乾清宫里,早朝开始了,玄烨稳坐龙椅,静静地等候众臣上奏。鳌拜第一个站了出来,他面带怒色说道:"皇上,昨天苏克萨哈上奏请旨,犯了大罪,皇上为什么还不将他问罪?"

"朕不是着令康亲王去问了吗?康亲王,你问得怎么样了?"

"慢着!"不等杰书说话,鳌拜阻止说,"此等大事,朝廷上已经讲得明明白白,皇上为什么还要康亲王去问? 臣等已经议定了,苏克萨哈貌视幼主,辜负先帝重托,临危思变,他这样做如同临阵逃脱,应当以谋反论罪,请皇上下旨将他拿下凌迟处死,全家问斩!"

"处死?"玄烨惊叫了一声,"苏克萨哈不过请旨守陵,有什么大错? 你们竟然要置他于死地! 我不过叫康亲王问他,也没有叫你们定他的罪。你们这么做太唐突了,朕不能同意!"

"皇上,"鳌拜近前一步,"苏克萨哈毫无君臣之心,自恃位高要挟君主、慢视同僚,不是谋反是什么? 如果不严惩他,必将引起朝臣不服,皇上无法统领群臣! 臣秉公论断,忠心为主,绝不会放过这等小人!"

"忠心?"玄烨冷冷地说,"到底谁忠谁奸朕还能分得清楚!"

昨夜,鳌拜已经做了安排,让穆里玛带领兵马把守在紫禁城周围,让讷莫安排他手下的侍卫轮流值班,控制皇宫内护卫任务。这样安排,就等于鳌拜暂时掌控了京城内部特别是皇宫重地的安全,他也就可以放心大胆地行事了。

鳌拜心中有底,铁了心要除掉苏克萨哈,见玄烨不松口,焦急地说:"皇上,不管你怎么说,苏克萨哈难逃罪责,摆在他面前的,只有死路一条!"说着,好似不经意地晃动了一下拳头,满脸骄横神色。

这一场景令许多人想起去年苏纳海三人遇害之事,鳌拜金殿示威,恐吓幼主,矫诏杀人,犹在眼前,如今,他故伎重施,想着再次恃强行事,擅杀苏克萨哈。

朝堂上静悄悄的,无人说话,空气中弥漫着冷飕飕的杀气,

康熙

直逼人心。玄烨挺挺脊背，重重地吸了口气，尽量控制住愤怒厉声喝问："鳌拜，金殿之上大呼小叫，你想干什么？"

鳌拜并不后退，反而气势汹汹向玄烨走去，双臂伸张着，似乎要抓什么，口中说着："难道皇上认为我无礼欺君吗？"随驾太监一看，急忙挡在玄烨身前，拦住了鳌拜。玄烨见逼近眼前的鳌拜目露凶光，不禁倒吸了一口凉气，心怦怦直跳。鳌拜想干什么？要在金殿之上动手吗？他后悔没有带来魏东廷，有他在，足以保障自己的安全。他不由得朝殿下望望，除了六部九卿的大员，宫门口的几个侍卫他一个也不认识。他心里更加发毛，冷汗都顺着脸颊流了下来。

此时，杰书见鳌拜无礼，想起昨天下午鳌拜到他府上的示威恐吓，还有明珠的提示，知道事情出现了新的变化，急忙上前奏道："万岁，苏克萨哈守陵一案让臣等再议议，鳌拜大人说的也有道理，不严惩他恐怕其他大臣也要效法，废弛了朝廷制度，难以振兴朝纲。"

他这一说，对峙的玄烨和鳌拜稍稍缓和了下来。鳌拜心想，杰书站到我这边来了，我胜算就大了，如果强行要挟皇上，也不见得会有好结果，这么想着，他后退几步，也不再摆出一副咄咄逼人的神情。玄烨见鳌拜后退，松了口气，但转念一想，杰书怎么回事？怎么突然站到鳌拜那边去了？可是不管怎么说，处置好眼前事情要紧。想到这里，他望着杰书说："康亲王，既然你也这么说，朕就命你再去问，一定要细心。"

早朝不欢而散，接下来一连七日，鳌拜都是强谏不止，坚决要求处死苏克萨哈。他每每在朝堂大闹，一面安排侍卫把持皇宫，一面挥拳动手强迫威胁皇上。结果，玄烨无法控制局势，被迫同意了鳌拜的意见，绞杀苏克萨哈和他的儿孙，没收了他的家产，又造成一大冤案。

可叹苏克萨哈身为首辅，在政治较量中败在了鳌拜手里，成为又一个冤死鬼。

又一次失败了！面对自己精心策划的计划失败落空，还白白丢掉了许多人性命，玄烨心情无比沉痛。几年来，在与辅臣的斗争中，玄烨听从太皇太后的意见，一忍再忍，一让再让，可以说退到了极限。本来他想利用亲政的机会夺回权力，罢黜辅臣，没有想到不但事与愿违，还又一次把自己推向了绝地。

第六节　百忍成金

这是玄烨亲自策划的第一场政治斗争,可是他却铩羽而归,全盘皆输,白白葬送了苏克萨哈一家的性命,玄烨心里简直难过极了,从早到晚,他滴水未进,呆坐在软榻上一言不发,暗自伤心落泪。

夜深了,玄烨依然没有挪动,皇后带着宫女悄悄走了过来,她轻声说道:"皇上,皇祖母让臣妾过来瞧你,还给你带来了你爱吃的粥,先吃点吧!"

玄烨脸色憔悴,眼睛里充满血丝,痛苦地摇头说:"你去睡吧!朕还有奏折要批。"

皇后想了想,亲手端过盛粥的小碗,捧到玄烨面前说:"皇上,皇祖母交代了,如果您不吃饭她就不睡觉了,您看,她年岁大了,还能让她熬夜吗?"

玄烨自幼深受孝庄教诲,打心眼里佩服敬爱她,祖孙俩一老一小却拥有着万里江山,管辖着亿万臣民,容易吗?为了玄烨能够顺顺当当地做这个皇帝,孝庄费了多少心思,受了多少煎熬,恐怕她自己也说不清楚。玄烨长大了,他心疼祖母,孝敬祖母,哪能让祖母陪自己熬夜?他接过碗,三口两口吃完粥,叹气说:"都怪朕无能,让祖母跟着担忧。"

　　皇上吃了饭，皇后心里踏实了，她安慰说："皇上不要过于自责，皇祖母让臣妾捎给你一幅字。"说着，她命身后的宫女拿出一张纸，呈送给玄烨。玄烨打开看时，只见上面赫然写着"百忍成金"四个字。

　　"百忍成金？"玄烨轻声念道，"这是谁写的？"

　　"皇祖母说了，这是她多年宫中生活的经验所得，让臣妾写的，送给皇上。"皇后说。

　　"嗯，"玄烨轻轻抚摸着几个字，夸赞说，"不错，字体端腴，笔法从容，朕还不知道皇后能写这样一手好字呢！惭愧！"

　　"字写得好坏倒是其次，臣妾不明白这四个字的深刻含意，皇上能否教导臣妾，让臣妾也明白点道理。"

　　玄烨手指字幅，激动地说："百忍成金，只有学会忍耐才能够成功。这是皇祖母最早教导朕的道理。自从朕即位以来，辅臣当权，朝政混乱，而朕年幼无知，皇祖母年岁大了，你说怎么办？皇祖母也很担心，所以屡屡忍让，不断加封奖赏辅臣，希望他们能够忠心为主，希望朕能够顺利地亲政。"

　　"原来是这样啊！"皇后轻叹道，"皇上深明其中含意，一定知道该怎么做了。皇祖母还担心你忘记了她的教诲呢！臣妾知道皇上英明，肯定能够处理好这些事情。"

　　玄烨一愣，随即笑了，说道："你和皇祖母设下圈套让朕钻啊！这下倒好，该你们劝谏的话全让朕自己说了。呵呵，皇后，你也很聪明啊！"

　　太皇太后和皇后深知苏克萨哈一事对玄烨打击沉重，她们商量后，想出赠送字幅的计策来劝慰他，果然起到了意想不到的效果。玄烨看到"百忍成金"四字，想起几年来的诸多事情，一下子明白了。他决定咽下这口恶气,再次忍让,静待时局发展,瞅准时机再出手。

　　想通了后,玄烨静静入睡了。第二天醒来,他觉得自己心身轻松,脱胎换骨,他不但深刻理解了"百忍成金"的含意,还想出了如何处置眼前局势的办法。一个十四岁的少年,成长于复杂残酷的政治环境之中,血腥的教训让他迅速成熟。亲政一个月来的点点滴滴,让他逐渐看清了政治的内涵,明白了该如何行动才能确保胜利。

第八章 布库少年 壮士雄心

　　玄烨撒手不理朝政,迷恋布库游戏,身边聚集了一批年少勇敢的人才,每日打斗玩乐,再也不理朝政。鳌拜眼见这少年心性,对玄烨放松警惕,一天,他受邀请与布库少年比武,会有什么精彩的场面出现呢?这其中是不是暗藏少年皇帝玄烨布下的擒虎之计呢?

第一节 定 计

玄烨回到慈宁宫,孝庄和苏麻喇姑正在端详一盆鲜花呢!看见他急急忙忙进来了,忙招手让他过去观看。玄烨近前,看了看说:"皇祖母,这是什么花? 孙儿怎么从来都没有见过?"

孝庄笑呵呵地说:"这是福全送来的,要说你二哥也挺聪明的,就是喜欢养花玩鸟,唉,堂堂一个亲王也不知道好学上进。"

玄烨笑了:"这也是二哥的本事,要是玄烨还不会做这些事呢! 这样也好,总不能光让皇祖母操心政事,不得安宁吧! 苏麻喇姑,你说对不对?"

"对!"苏麻喇姑爽快地回答,"万岁爷自幼就怕'玩物丧志',所以从不接近这些花草鸟虫,现在可出息成威风凛凛的帝王君主了。"

"威风凛凛可不敢说,"玄烨谦虚地说,"不过,玄烨想了件事,要跟皇祖母商量。"

"噢,"孝庄认真地看看玄烨,见他一脸严肃,知道事情重大,联想多日来朝廷上的大小事件,忙示意苏麻喇姑屏退宫内太监、侍女,只剩下了他们三人,然后才问:"皇上,什么事?"

玄烨扶祖母坐下,三个人聚集一起,玄烨说:"孙儿想明白了,强行对付鳌拜不是办法,弄不好会落得和苏克萨哈同样的下场,现在,鳌拜的势力遍及京城内外,要想铲除绝非一朝一夕的事情,孙儿想了,擒贼先擒王,必须制伏鳌拜才能控制他的势力。要想擒住鳌拜,孙儿决定先培植自己的人才,结识一批勇敢忠心之士,时机成熟,就可以擒获鳌拜了。"

"想法不错,"孝庄太后点头说,"可是你如何培植人才?鳌拜在皇宫内外遍布爪牙,就连你的老师都是他推荐的,你培植人才,能瞒得过他吗?要是招致他的怀疑,事情可就麻烦了!"

"是啊!"苏麻喇姑也说,"万岁爷还记得吴良辅吗?万岁爷这边下令廷杖他,那边就有人给鳌拜送信去了。如果他早到一步,恐怕吴良辅现在还在皇宫耀武扬威呢!"

玄烨摆摆手说:"孙儿已经有了周密计划。第一,麻痹鳌拜,让他失去警惕性。他不是杀了苏克萨哈一家吗?他肯定以为朕生气了,要与他作对了,朕偏偏不这么做,朕要重用他,好好提拔他,给他升官晋职,让他看到朕害怕了、屈从了、听他的了。这样他失去警惕,就有利于朕行动了。第二,朕不在朝廷中大肆培植人才,而是暗地结交少年俊杰,让他们侍驾左右,练习武功,增长本领,一来保护朕的安全,二来暗地形成一股势力,慢慢和朝廷元老陈旧思想对抗,总有一天,可以将鳌拜一举逮捕,夺回权力!"

"好,"孝庄满意地看着玄烨,"皇上考虑周全,但还有一点,做事一定要沉住气,这件事情万万不可操之过急,一旦暴露蛛丝马迹,事情反而难办了。"停顿一下,她叹息一声说:"要说这鳌拜,勇猛有余,智谋不足,这几年要不是我顾虑皇上年幼,一味纵容辅臣也不会出现这种情况,不过也好,总算只剩下他一个了,早晚他们也得有个去处。"玄烨明白祖母的意思,"他们"指的是辅臣们。辅臣辅臣，辅佐政务的大臣，如今皇上亲政了，他们必然失去大权，谁愿意俯首让出权力？

玄烨说："皇祖母虑事缜密，几年来，步步为营，小心周旋，才确保孙儿顺利亲政，孙儿谨记您的教诲，深受您的影响，不敢有丝毫狂妄之举。这次一定要成功，请皇祖母静候佳音。"

听到这话，孝庄拉着玄烨的手说："皇上，你幼小年纪继承大位，也受了不少煎熬啊！好了，你长大了，我也放心了，这件事情你大胆去做，不管出现什么情况，皇祖母给你撑着。"说着，眼眶里闪动着盈盈泪光。

苏麻喇姑赶忙掏出丝绢为太皇太后拭泪，安慰说："老祖宗，皇上大了，能够独立处理国事了，您要高兴才对啊！过不了一年半载，皇上的计划成功，还怕什么？"

玄烨也亲手为祖母拭泪，祖孙俩又商谈多时，确定了部分人选，玄烨辞别祖母，开始实施他的计划。祖孙俩定下大计，意欲铲除鳌拜，消灭辅臣在朝中的最后势力，夺回权力，重新整治大好河山。

第二天早朝，玄烨颁下诏书，晋封鳌拜和遏必隆为一等公。

鳌拜金殿攘臂喝主，强迫玄烨同意杀了辅臣苏克萨哈，除去了心头大患，不但没有受到责备和惩罚，反而晋官加爵，荣升一等公，得意非凡。追随他的遏必隆也跟着升了公爵，一时间，满朝文武唯鳌拜马首是瞻，把他看成朝廷至尊，不敢有任何得罪。鳌拜呢？得意之余，确信自己已经完全震慑住了玄烨，此后更加为所欲为，把持朝纲不放了。

玄烨亲政两个月来，苏克萨哈死了，鳌拜得势了，朝廷局势虽有动荡却很快趋于平静。随着鳌拜权势进一步加强，追随他

康熙像

的人越来越多,朝臣们议论纷纷,有的说,少年皇上亲政后就要夺回权力的猛浪劲头过了;有的说,鳌拜功勋卓著,权势倾天,皇上只有十几岁,哪是他的对手;也有人说,看着吧,皇上都没有办法,只好给鳌拜晋爵了,现在天下是鳌拜的,咱们还是赶紧站到鳌拜那边去吧!

面对众多议论,玄烨倒是沉着冷静。每日照常到乾清门听政,照常去书房读书,照常习武练箭——看起来,按部就班,规规矩矩,再也没有过激言行、夺权冲动了。每天早朝,他端坐在龙椅上,心不在焉地听大臣上报奏折、分析时政,总是说:"好了,朕知道了,你们看着办吧! 如果有什么疑虑,就请鳌拜中堂定夺。"

天天如此,日日不变,时间一久,大臣们就开始猜测,看来这少年皇上害怕了,被鳌拜震慑住了,连个正常的奏折也不敢批复了。

鳌拜呢? 看着玄烨一日日消沉,不问朝政,暗地里想,嘿嘿,知道厉害了? 哼! 除去苏克萨哈就是要给你点厉害瞧瞧,还好,知难而退了,要不然这场争斗还不知道何时了结呢! 而此时的遏必隆却心怀忐忑,他看着鳌拜擅杀辅臣,日益嚣张,联想当年多尔衮的下场,心里一阵阵发虚。一方面,他害怕灾难会突然降临,另一方面,他又不愿看着鳌拜挟持天子,玩弄幼主于股掌之中,真的让他左右为难,叫苦连天。身为当朝一等公,爵显位重,他却像卷进了一股来势汹汹、深不见底的暗流之中,无法控制自己的去向。于是他又采取了老办法,称病不朝,但求能躲避过去。朝堂上的局势,恰如暴风雨前的宁静,正孕育着更大的风波。

第二节　宫中布库

　　这天,玄烨秘密召集索额图、熊赐履和康亲王,告诉他们自己打算选拔部分侍卫进宫侍驾,这些人必须是武功高强又能信得过的人。索额图三人听了,各自猜测其中深意,不明白皇上怎么突然想起这样的事情。康亲王说:"皇上,习武练功虽然是我们旗人的习俗,可是如今入关二十多年了,皇上还是以学习文章、增进知识为重。"

　　玄烨说:"读书学习朕自然不敢荒废,但习武强身也很重要。你们没看到吗?鳌拜历经三朝,豪气不减当年,凭的是什么?朕幼年时,先帝就曾叫他弯弓射箭、练习拳脚给朕和裕亲王观看,为的就是培养我们对武术的热爱,督促我们习武强身。"

　　这番话意味深远,索额图三人听了,不由产生了新的想法。索额图心思极快,急忙说道:"万岁,鳌拜武艺虽精,却疏于文墨,如今万岁精通文武,他日必定胜过鳌拜千百倍。"

　　话越说越明了,熊赐履也说:"万岁第一次为自己选拔近侍关系重大,臣看就不要惊动他人了,由我们三个负责就可以了。"

　　听闻皇上要找近侍,康亲王杰书很快就想到了明珠。上次苏克萨哈一事,幸好明珠帮他出主意,才得以平安度过,也没有伤及自身,这份提点是无论如何也要报答的。今次正是个好机会，他连忙上前说："皇上，臣府上有个叫明珠的，如今是皇上的云麾使，他头脑机灵，也有些身手，如今皇上正是用人之际，我看他可堪重用。"

玄烨点点头："这个明珠也调进宫里来吧！"说完他顿了顿，开口道："这件事情确实非同一般，你们小心行事，事成之后必将有重赏。"

三人急忙说："臣遵旨。"

"还有，"玄烨嘱咐道，"此事不可张扬，选进宫的人交给魏东廷就可以了，由他选拔定夺。余下的事情我会慢慢和你们商量。明白吗？"

三人忙叩头答应，跪安退出。

第二天，明珠接到调令，升迁他为内务府总管，他早知是康亲王推荐，志得意满进宫见驾。玄烨接见明珠，笑着说："朕想问你，你知道自己为什么升任内务府总管了吗？"

明珠跪在地上，头也不敢抬，听皇上说话随和，才微微直起身子说："臣才学微贱，只知道效忠皇上和朝廷，哪里敢妄猜圣意。"

"好，说的好，只要你有这份忠心就好。"玄烨说，"你要明白，你这个内务府总管是朕亲自提拔的，与他人无关，记住了吗？你不但要做好内务府的工作，还要进宫侍驾，直接听从朕的命令，懂了吗？"

明珠叩头不止，他这才清楚皇上把自己调进宫是有大用处的。他一个小小的云麾使，蒙受圣恩眷顾，除了感激还有什么话可说呢！

明珠进宫后没几天，索额图、熊赐履和康亲王也陆续送了几个少年入宫,魏东廷详细查询他们的身世,与他们每个过招比武,选拔身体健壮的。没过多久,这帮少年已经达到了十几人,个个强壮威武,身手敏捷,都有几分胆量和武功。

自从他们进宫,宫里就热闹起来了。玄烨天天与少年们混在一起,从早到晚,除了骑射比赛就是布库游戏。布库是满族和蒙古族人喜欢的一种活动,几个人或者多个人聚集一起,摔角比武。

玄烨兴致很高,每日天没亮就起来了,匆匆用过早膳,御门听政以后就与少年们开始了各种活动,有时候他脱下龙袍与大家混战一处,打闹喊叫,不分君臣,经过一段时间磨合,众位少年团结如一家人,亲密无间,而且功夫长进不少,武艺突飞猛进。

一天早朝,大臣们絮絮叨叨念着奏折,玄烨手里摆弄着崭新的玉如意,突然打断大臣的话,开口问道:"鳌拜,朕近日喜欢上了布库游戏,与侍卫们过招,却很难取胜,朕知道你武功高强,是我们大清第一巴图鲁,你何不向朕传授一点技巧,让朕赢了今天的比赛呢?"

满朝文武见玄烨无心政事,大殿之上说出这样的话来,一个个露出失望神色,在心里叹息不已。

鳌拜盯着玄烨摆弄如意,近前说:"皇上,你跟他们打的是什么赌?是不是你手中的玉如意?"

"正是,"玄烨面露喜色,"鳌拜,还是你了解朕。朕要是输了,这珍贵的如意就归他人了。"

"这还了得!"鳌拜叫道,"他们也太大胆了,竟然敢与万岁打赌,真是活得不耐烦了!万岁,你不用学习布库技巧,只要下道旨,就可以把他们打发了。"

"唉,那可不行!"玄烨故意说,"朕是天子,岂能出尔反尔,已经答应他们了就要做到嘛! 再说了,朕自幼年就十分向往鳌拜大人的盖世武功,也希望能够学点本领,所以才与侍卫们日夜切磋的。"

群臣听他们讨论布库游戏,毫不理睬朝政大事的意思,也都呆呆地站立一旁,不再言语。鳌拜见玄烨夸奖自己,又无心政事,正合了他的心意,得意洋洋地说:"既然皇上这么迫切,臣就斗胆献上几招。"

"好!"玄烨说,"散朝后,你随朕去后面演习演习。"

他们热心布库,这个早朝还能有什么正经国事! 不一会儿,早朝散了,鳌拜抬首挺胸地跟随玄烨来到后宫御花园。这里是玄烨和少年们练功习武的地方。鳌拜并不客气,来到园地中心,脱了朝服,递到跟随而来的讷莫手里,身穿短衣短裤,扎好架势,气运丹田,猛一用力,抱起场地上一块三百多斤的练功石。他举着石头转动身体,向四周观看的人群点头示意,一副得意神色。玄烨看在眼里,心里先是一惊,随之镇静下来,带头鼓掌说:"好,鳌拜大人不愧拥有巴图鲁的称号,力大无比,武功卓绝。"

鳌拜转了一圈,把石头往上抛去,足足抛出去五尺多高,而后,石头迅速落下来,深深地砸进土中。这一下,周围人齐声喝彩喊叫。讷莫更是狂傲地手舞足蹈,得意万分。

魏东廷暗暗称奇,心中惊骇,他早就知道鳌拜武艺超群,无人可敌,今日见识了,果然不同凡响,照此下去,自己那点功夫什么时候才能赢过他? 不由得心里发虚,脸色也变得沉郁起来。玄烨看看魏东廷,怕他露出破绽,吩咐说:"你去叫来几个侍卫,告诉他们,有鳌拜大人在,朕的玉如意他们赢不去了。"

魏东廷忙说:"万岁爷,他们哪有那个胆,不过游戏之时的玩笑话。奴才明天就给万岁找几个少年来陪您练功。"

玄烨想了想,故意说:"嗯,找几个十几岁的,年龄不要太大,陪朕练练,增长点本领。"

鳌拜听他这么说,却笑起来,说道:"皇上,臣七岁时就投拜名师学艺了,十几年时间才练得真正功夫,这几十年来,臣丝毫不敢懈怠,日日勤练,才没有荒废这点本领。皇上,你这会儿才急于练习,恐怕晚了点,再说吃苦受累,你这娇弱的身子哪受得了!"

玄烨也笑了,他说:"朕不过是玩耍逗乐,哪里比得上鳌拜大人真刀真枪打过来的! 有你这等勇武大将,朕放心得很。朕娱乐娱乐,增添点情趣罢了。"

鳌拜信以为真,穿好衣服,辞别玄烨离宫回府。这边,玄烨立即召集魏东廷等人商量研讨,揣摩鳌拜的武功技法,寻觅他的破绽之处。魏东廷说:"鳌拜武功确实不凡,像我们这样练习,什么时候才能与他对抗?"

其他几人也露出胆怯神色,玄烨鼓励他们说:"不怕,朕已经观察清楚,鳌拜虽然厉害,毕竟一天天老迈。而你们年轻气盛,一日日成长,这样发展下去,他很快就不是你们的对手了。"魏东廷等人显然不明白反比例是什么意思,不过听说鳌拜不是自己的对手,心里略微踏实一些。这几年,玄烨没有疏忽西学,所以懂得了很多数学方面的语辞和知识。鳌拜乐得玄烨东学西学,玩乐游戏,不理朝政,授权自己,所以并不干涉他西学的事。

第三节 突飞猛进

玄烨虽如此安慰魏东廷等人,但他自己很清楚,身边的侍卫大多数过于年轻,这样练习下去,恐怕武功长进不快,但要是大肆拜师学艺,又会引起鳌拜注意,他若加以防范,则功亏一篑了。思前想后,烦扰多时,他忽然灵光一现,我可以重用先帝时的大内侍卫啊!人不要太多,一两个人足矣,这样既不会引起鳌拜的注意,又能够提升侍卫们的武艺,应该是万无一失的。

这个任务不难办,自从倭赫遇难,鳌拜选送了不少亲信进宫后,这些人掌握了侍卫大权,不断排挤先帝时的侍卫,先帝时的侍卫就备受冷落,成了皇宫里可有可无的人。其中有一个人名叫狼覃,他与倭赫、傅达理都是顺治的贴身近侍,顺治去世后,傅达理自杀殉葬,没过多久,倭赫也被害了。历经沧桑的狼覃意志消沉,每天除了饮酒还是饮酒,一副行尸走肉的模样。大家念他是先帝旧臣,也不与他计较,他也乐得躲避时事,醉生梦死而后快。

玄烨仔细思索,决定夜访狼覃,看看他可否重用。

这天夜里,他突然带着魏东廷和明珠来到了狼覃的家里。狼覃家在离紫禁城不远的僻静小巷里,他们进去一看,家里相当凌乱,除了一张睡觉的床铺,其他地方全堆满了乱七八糟的杂物。狼覃一人埋头饮酒，也不抬头看看来人是谁，胡乱喊着："进来喝酒，喝酒。"

魏东廷夺过他的酒杯，厉声说："万岁驾到，你还敢胡言乱语！"

狼覃睁开迷蒙的眼睛，打量进屋的三人，含糊说道："万岁，万岁归天已久，怎么会到我这里来？你是谁？敢来骗我！"

明珠抢前呵斥道："胡说什么！不怕凌迟处死吗？"

"凌迟？凌迟有什么可怕，倭赫不是被你们剐了吗？怎么，这回轮到我了？好，你们就绑我吧！"

魏东廷上前，刚想抓住他的胳膊，却见他一挥手把魏东廷弹出去好远。玄烨观察多时，慢慢说道："狼覃，朕知道你对先帝忠心不二，几年来，你也受了不少委屈，现在，朕想问你一件事，你愿意回答吗？"

狼覃睁大眼睛，这才发现站在面前的是小皇帝玄烨，他急忙站起，微微施礼说："皇上，臣失礼了。有什么话，请皇上明示。"

"傅达理殉葬，倭赫遇难，你为什么还活在世上？"玄烨目光灼灼地盯着狼覃说。

狼覃猛地打个冷颤，随即垂下头说："皇上让臣死，臣不敢不死。"

"这就好！"玄烨微笑说道，"狼覃，朕不叫你死，朕叫你立功，为倭赫报仇，你愿意吗？"

狼覃眼睛瞪大了，他张着嘴巴，似乎在问：此话怎讲？

玄烨继续说："宫中新来了批侍卫，年少无知，朕打算让你指导一下他们的武功，等他们功夫长进了，就是朕的贴身近侍，你也就是他们的老师，你愿意做吗？"

明珠望着吃惊的狼覃,补充说:"你也不用日日饮酒消愁了,把你的那些怨恨发泄到武功拳脚上吧!"

狼覃并不答话,过了会儿,突然跪倒在地,泣不成声地说:"臣活在世上,还能有用处,还能为皇上效力,臣死了也有脸去见先帝了。"

玄烨忙扶起狼覃,眼中也含着泪水,哽咽着说:"希望你尽心尽力,辅佐朕重振江山,也不辜负先帝的厚爱重托。"

事情说定了,几个人又聊了会儿,狼覃带好腰刀,亲自把玄烨送回皇宫。

第二天,狼覃开始教导少年侍卫,他几年来积攒的能量一下子爆发出来,可谓兢兢业业,一丝不苟。玄烨每日都跟随他们练习,就像他读书和听政一样认真、坚持。在他的带动下,十几个少年废寝忘食,昼夜练功,团结在狼覃身边,技艺大进。

魏东廷自幼习武,而且得到过名师辅导,武功根基最好。这次,他跟狼覃学武,细心揣摩宫廷格斗技巧,揣摩旗人摔角习性,更深地理解了鳌拜的武功路数,心里渐渐有了底,练武的积极性更高了。

为了躲避讷莫等人的耳目,他们练功非常隐秘,专挑僻静人少的地方练习,有时候,趁着夜深人静,当班值日的日子练习。一旦人多了,或者有外人,他们就嬉笑打闹,凑到一处玩耍,不再认真练习。大部分时间,玄烨都与他们一起练功。一次,恰好狼覃夜里值班巡夜,他命令少年侍卫们聚集起来,练习他白天教授的功夫,并且说:"一日不练手生,你们必须趁今夜熟悉这套拳脚,然后牢牢记住,只要有时间就可以自己练习了,一定要勤练苦练,才能掌握真本领,千万不要偷懒,还要注意不能被外人发现。"他叮嘱完毕,再次缓慢地演示了一遍拳法,问道:"还有不明白的吗? 如果没有就赶紧练习,熟悉牢记。"

十几人一字排开,各自演练拳脚,领会其中深意。狼罩围着他们转了一圈,突然惊讶地说:"皇上,这么晚了,您怎么也在这里? 这些事情叫奴才们去做,你明日还要早朝,赶紧休息去吧!"

玄烨笑道:"不用,朕习惯晚睡早起,早躺在那里也睡不着,不如练几趟拳脚活动身体,还能防身抗敌,何乐不为?"说着,极其认真地模仿狼罩的演示做动作。

身边少年看到皇上态度认真,行动积极,也受到鼓舞,个个摩拳擦掌,非要练出点名堂来的样子。魏东廷对他们说:"我们练功不是为了娱乐,也不是为了个人,而是为了皇上的安全,大家记住了吗?"

众人一致回答:"记住了,为了皇上,我们会听从指挥。"

魏东廷说:"对,身为侍卫,保卫皇上安全是第一位的,不管出现什么情况,大家一定要牢记。"众位少年齐声称是。

玩耍也好,习武也罢,玄烨与这帮少年混熟了。他们眼见少年天子随和、勤奋、与大家同甘共苦、形影不离,既是君臣,又似朋友,对他越来越敬佩信服,言听计从。没多久,宫中侍卫少年们的武艺突飞猛进。

第九章 智擒鳌拜 初定乾坤

新年朝贺，鳌拜公然穿着与玄烨同样的服饰，狼子野心昭然若揭。玄烨积极准备，可是区区布库少年，对付清朝第一勇士鳌拜，到底能不能成功？为了确保成功，玄烨排兵布阵，结合可以利用的一切人才，铁丐吴六一临危受命，能否担当重任？

第一节 新年朝贺

世上没有不透风的墙,尽管玄烨等人谨慎行事,练习武功的消息还是传到了鳌拜的耳里。这天,鳌拜正躺在软榻上午休,班布尔善等不及通报,慌慌张张跑了进来。鳌拜不耐烦地翻了个身,背对班布尔善说:"什么事慌成这样? 难道是边关八百里急报来了? 还是又发现皇上什么事了?"

班布尔善脸色微红,急忙说:"大人,这次可是大事,您知道吗? 皇上重新启用狼覃了,让他教授少年侍卫们习武练功呢!"

鳌拜睁开眼睛,想了一下说:"这有什么,狼覃本来就是老侍卫了,教授新来的侍卫也是他的职责,有什么好大惊小怪的。让他们去玩吧! 我要睡觉。"

班布尔善急得差点喊叫出来,调整一下声音说:"大人,狼覃可是倭赫的好友啊! 而且,他多年来默默无闻,皇上怎么会突然启用他呢? 您就没想想其中原因?"

"原因?"鳌拜咕哝一声,随后问道,"你认为是什么原因?"

"大人,我看皇上有些怕了,所以想要习武强身。为了学点本领,还启用先帝时的近侍。不过,他做的一切都在我们掌控之中,看他会不会铤而走险呢?"

"嘿嘿,"鳌拜轻蔑地笑着说,"皇上正忙着与人打赌猜拳呢!

哪有闲工夫铤而走险？班布尔善，我说你急什么？"

班布尔善碰了一鼻子灰，悻悻地说："大人，皇上这么做，不是在培植自己的势力吗？如果不加控制，任其发展下去，可怎么得了？"

鳌拜睡不下去了，坐起来说："班布尔善，你总是杞人忧天，天能塌下来吗？真是的，难道皇上与几个侍卫玩布库游戏我也要干涉吗？就让他去玩吧，这有什么！"

鳌拜确信玄烨召集少年侍卫是为了玩耍娱乐，并非针对自己，所以不理睬班布尔善的担忧。班布尔善着急地说："唉，皇上毕竟是皇上，这次难料输赢了。"

"你叫嚷什么？"鳌拜生气地说，"什么输赢？只要我在，朝政就不会变，你放心吧！布库少年的事讷莫早就告诉我了，那有什么，还是让他安心娱乐吧！不要惊动圣驾。"

鳌拜一心想着皇上无心朝政，他就能多一天掌控大权，所以赞成皇上学习武功、迷恋布库，等等。他觉得只要皇上不收回大权，爱做什么都行，强烈的权力欲望已经让他看不清面前的真相了。

班布尔善讪讪而去，心里很不痛快，他隐隐察觉出这些少年侍卫的厉害，猜测他们必有阴谋。可是鳌拜不当回事，认为他们年少无知，就几个人能做什么？不管是皇宫重地还是京城内外，鳌拜都安排了得力人选，把持防务，十几个少年还能翻得了天？

鳌拜疏于防范，玄烨等人趁机突飞猛进地练习，一年多的时间过去了，他们已经掌握很多武功秘籍，练就了一身响当当的真功夫。

转眼间又一个新年来到了。这已经是玄烨即位第九个年头,也就是康熙八年了。玄烨已经十六岁,经过一年多的习武健身、刻苦学习,他更加强壮威武,做事也更有分寸。新年的鞭炮声还没有响完,大臣们就开始朝贺新禧了。这天,紫禁城内张灯结彩,气象一新,宫女、太监们穿梭忙碌,迎接新一年的到来。慈宁宫里,太皇太后和皇后一边说笑一边喝茶。孝庄说:"皇后进宫也有些年头了吧! 时机合适了,请皇上准你回家看看。"皇后忙说:"多谢皇祖母记挂,孙媳妇进宫三四年了。"孝庄太后叹息一声:"三四年了,也难为你了。皇上近日都忙什么呢? 怎么都见不着他的影子?"皇后正要说什么,苏麻喇姑匆匆进来说:"老祖宗,万岁爷来给您请安了。"

　　玄烨穿戴崭新的皇袍御服,喜气洋洋朝这边走来,他身后跟着几个太监,紧追慢赶地不离左右。他进宫给孝庄请安问好,像个小孩子一样依偎到祖母身边。孝庄高兴地说:"瞧,皇上还像个小孩子呢!"玄烨说:"皇祖母,孙儿永远都是您的小孩子。"坐在一旁的皇后也抿嘴乐了。

　　孝庄太后慈祥地抚摸着玄烨,端详了半天说道:"这件衣服做得合身,不错。皇上,穿得暖和点,外边冷着呢!"

　　玄烨安慰祖母说:"放心吧! 冻不着。孙儿身在后宫,身穿锦衣,哪里冷了? 孙儿倒是担心百姓们,这么冷的天,去年收成又一般,不知道他们怎么过这个年?"

　　"皇上挂念百姓,这是好事啊!"孝庄笑眯眯地说,"只要你心里有百姓苍生,就不愁治理不好这万里江山。"她想了想,接着问:"衣服是谁给你做的?"

　　玄烨回答道:"这件衣服是孙嬷嬷亲手缝制的,她近来闲下来,整日里想着为孙儿做衣服、缝鞋袜呢!"

"是吗?"孝庄点头说,"你大了,她也就闲起来了。对了,叫她抽空过来瞧瞧我,多日不见她了,还挺挂念呢!"

慈宁宫里,一派安详欢乐气氛,大家你一言我一语的,说着家常。过了一会儿,玄烨起身说:"皇祖母,孙儿该去接见朝臣了,今日他们进宫朝贺呢!"

"去吧!"孝庄太后说,"这是大事,不要耽搁了。还有——"她刚想叮嘱玄烨新年注意的朝廷大事,想了想,觉得玄烨亲政日久,不便过分干涉,改口说:"还有穿得暖和点,别冻伤了。"

玄烨笑着看看皇后,说了一句:"服侍好祖母。"转身出去了。

乾清宫内,六部九卿的大员早早赶来了,他们急着觐见皇上,朝贺新禧。谁都想在新春来临之际,博个好彩头。官员穿戴簇新,满脸喜气,互相道贺祝福,肃穆庄严的宫殿多了份和谐,少了往日的紧张与争斗。看起来,似乎天下升平、万民共乐之景象。

他们正在互相攀谈,玄烨在侍卫的保护下走进来了,众臣急忙跪倒叩头,说了一大堆吉祥平安的客套话。玄烨让他们站起来,逐个看看他们,突然问:"鳌拜怎么没有来?"

可不,这么多大臣独独缺少了鳌拜!杰书上奏:"皇上,新年朝贺,历来是祖传制度,鳌拜应该会来的。"

玄烨看一眼穿戴整齐、藏在杰书身后的遏必隆又问:"遏必隆,年前你一直病着,今日好了? 你知道鳌拜怎么没有来吗?"

遏必隆趋步上前回答:"老臣年老多病,辜负圣恩,有劳万岁记挂了。臣多时不理朝政,与鳌拜大人疏于走动,不知道他因为什么没有来。"

"嗯——"玄烨略一沉吟,心想,看来遏必隆够精明的,他与鳌拜越走越远,与朕也保持距离,这是明哲保身的计策,打算左右都不得罪。他接着说:"你病好了就可以理政了,这样最好,以后可要多加注意,不要再引病上身了。"

"引病上身?"遏必隆心里默默念着,很快就明白了皇上的意思,皇上这是叫他看清局势,不要投靠错了方向。于是他急忙说:"老臣记下皇上的教诲了。"

就在这时,宫外传来一阵沉重的脚步声,伴随着纷杂的人员跑动。朝臣紧张地向外望去,不明白新春之际,会有什么大事发生。

玄烨蹙眉喝问:"什么人在殿外喧闹? 有事进来奏报。"

话音未落,殿门口高高大大走进一人,不是别人,正是鳌拜!他昂首阔步进殿,无视群臣侧目,径直朝玄烨走去,离御座不远了,才微微躬身说:"臣给皇上请安了。"

玄烨盯着鳌拜,见他一身服饰竟然是黄色的,不由得吃了一惊,嘴巴张大没说什么。自从鳌拜进殿,不光玄烨吃惊,殿内所有人都吓得大睁双眼,仿佛看到了不可思议的奇异现象。他们惊讶难抑,为了什么? 原来,鳌拜身穿的黄色蟒袍,竟然与玄烨的一模一样,毫无差池! 君臣服饰有别,这是自古以来的制度,哪里有臣子与君主穿同样服饰的? 大多数朝代,皇帝都以黄色为御用颜色,皇帝的衣服、饰物、车驾等一律用黄色的,而其他臣僚却不可擅用黄色,大臣们的服饰按照级别大小,有红色、紫色、绿色等不一。赵匡胤黄袍加身,陈桥兵变,夺取了君主的天下,这可是人人都知道的典故,今天,鳌拜居然穿着黄色蟒袍,大摇大摆地进宫来了。细心的人发现,鳌拜与玄烨不仅服装相同,就连头上戴的帽子也相似,除了帽结,简直如出一辙。

鳌拜见玄烨不说话,回头看看朝臣面露异相,这才警觉起来,刚要再说什么,就听玄烨笑着说:"鳌拜来了,太好了,刚刚朕还问呢,怎么中堂没有来? 说着你就来了,真是说曹操,曹操到。"

不知道玄烨有意还是无意,故意说了这么一句俗语。曹操可是汉献帝时的奸臣,挟天子以令诸侯,难道玄烨把鳌拜看作曹操了? 鳌拜立刻说:"皇上,新年事务繁忙,国事、家事纠缠一起,让臣费心费力,近日竟至身体微恙,所以来迟了。"

"噢,"玄烨故意紧张地说,"中堂可千万注意,万千国事都等着你处理呢! 你要病了,朕可真不知道该怎么办了。"

朝臣见玄烨并不追究鳌拜的穿着,而是一如既往地对答言谈,殿内紧张的气氛缓和下来。

朝贺完毕,玄烨起身回宫,大臣们也陆续离去了。玄烨回到养心殿,脱下新装,愤怒地说:"鳌拜太嚣张了,竟然敢黄袍加身,谋反之心昭然于世,今不除他,更待何时?"

第二节　称病不朝

　　鳌拜没有想到自己的服装与玄烨相同,回府后,也是一阵担心,半躺在床榻久久沉思难安。班布尔善、济世、穆里玛等人围在他的四周,听说了朝贺的事情,济世劝解说:"大人不要多虑了,皇上不是没有追问吗? 说明他不懂其中道理,还有什么可担心的。"

　　"哼!"鳌拜长叹一声,"满朝文武都在场呢! 他们的眼睛可是瞪得像灯笼似的。这件事情说小可小,说大可大,真让人恼怒。"

　　穆里玛说:"皇上连问都没问,可见他并没有当回事,兄长别怕,现在谁不知道天下是您的,皇上还靠您管理天下呢! 穿件相同的衣服又怎么啦?"

　　班布尔善眨动贼贼的眼睛,摇头说:"中堂,依我看,这位小皇上越来越不可思议了。当初,他急着要求亲政还政,鼓动熊赐履上疏言事,可是费了不少心计。如今苏克萨哈死了,他反而毫无动静,既不提还政的事,也不理朝政,一心玩耍布库,您说,这是他的真心吗? 他自小熟读《帝王心术》,还会不懂朝服这样简单的事吗?"

　　鳌拜越听越担心,最后一骨碌爬起来说:"说的也是,今天看他谈笑自如,我反倒有些怕了,你说他葫芦里到底卖什么药?难道真想凭那几个毛头小子要我的脑袋?"

济世凑过来说:"大人不要大意,皇上背后可有太皇太后呢,她历经三朝,辅佐先帝,那可是很有本事。"

穆里玛制止他说:"一个老太婆,一个毛头小子,看把你们吓的,京城里哪个地方没有我们的人?他们能做什么?"

"住口!"鳌拜呵斥道,"除了惹事就是乱说,我早晚也会毁在你的手里!现在是你说话的时候吗?听听他人的意见。"

班布尔善想了想,献计说:"大人,今天皇上表面上不做声张,暗地里也不会这么心平气和。我看,应该采取行动遏止这股势力了,不能让他们为所欲为地做下去。"

"采取行动?"几人同时低声叫道,"怎么采取行动?对方可是皇上,弄不好会落个万劫不复的地步。"

"你们想偏了,"班布尔善笑着说,"行动不一定就是要有大动作。我们何不'以其人之道还治其人之身',皇上不是装聋作哑麻痹我们吗?我们也来麻痹麻痹他。今天大人对皇上说身体微恙,就接着称病不朝,看看朝局会如何变化,也来个以退为进如何?"

鳌拜听了,脸上露出喜悦神色,高兴地拍拍班布尔善的肩头说:"还是你聪明,这个计策好,索尼称病不朝,混上了太国丈的宝座,荣升一等公。我已经是一等公了,看看皇上会如何对待我!"

穆里玛却不理解,嘟哝着:"为何称病不朝,这样一来不是示弱了吗?要是皇上趁机夺回大权,我们怎么办?"

班布尔善解释说:"只要皇上有所动作,我们也不能干等着呀！刚才你不是说了吗？京城各地都有我们的人，难道我们要坐以待毙？"

"这个……"穆里玛眼珠转动，好像明白了似的点点头，害怕鳌拜骂他，也不敢言语了。

鳌拜定下计策，决定称病不朝，静观朝局变化，看看玄烨会怎么做，是趁机夺权还是真心依赖自己？如果他要夺权，那就别怪自己不客气了，看看这京城重地、朝廷内外到底是谁说了算！

自以为胜券在握的鳌拜第二天就不去上朝了，他躲在家里，安排手下人秘密行动，盯紧了朝廷内外，看看有什么反应。

玄烨听说鳌拜病了，心里疑惑，昨天还趾高气扬地上朝议事，今日说病就病了？其中有什么阴谋吗？他召见杰书和熊赐履，向他们询问计策。

杰书说："昨天鳌拜说身体微恙，今天就不能上朝了，说起来蹊跷。他是不是有意这么做？"

熊赐履沉着地说："鳌拜已经有所察觉，也有点心虚了，他称病不朝，是在暗地观察皇上的举动。"

玄烨来回踱步，坚决地说："鳌拜老奸巨猾，居然与朕玩花样！哼，朕岂能上了他的当！熊赐履，你看朕该如何行动呢？"

"皇上，您只管照旧行事，不要理睬他。他没有办法，很快就会露出马脚，到时候，您再全力以赴，定能成功。"

玄烨点点头，他心里快速地思索着，他要清楚目前的局势，更要清楚自己该如何去做。他对熊赐履说："朕以为可以不动声色地做些安排，为日后大计准备，你看如何？"

"皇上想的太对了，"熊赐履说，"鳌拜在京城里遍植爪牙，要想行动，必须事先控制这些人。"

基本上想明白了,玄烨长舒口气,笑呵呵地说:"鳌拜病了,朕也要有所表示,明日就去探视他。你们说怎么样?"

杰书神色紧张地说:"万岁,臣以为太危险了,鳌拜贼心难测,您去他的府上,万一有个闪失,就麻烦了。"

"不入虎穴,焉得虎子? 朕就是要去看看,这个鳌拜究竟想干什么!"

熊赐履说:"所谓'知己知彼,百战不殆',皇上去探病一来可以安抚鳌拜,二来可以探究虚实。"

"对,"玄烨沉稳地说,"朕要去给鳌拜吃颗定心丸。"

第三节　临危不乱

　　鳌拜称病，玄烨决定深入鳌拜府上，一探究竟。他安排狼覃带领侍卫保卫皇宫，命令索额图带人巡视鳌拜府邸四周，自己则带着魏东廷和曹寅微服来到了鳌拜府。

　　鳌拜称病后，一刻也没有闲下来。昨日，朝廷上传来话，皇上让他安心养病，至于朝务大事，效法索尼辅政时，奏折全部带到他的府上处理。昨夜，鳌拜捧着一大堆奏折，召集了心腹们议事。穆里玛说："皇上还是倚仗兄长的，看见了吧！奏折又给带回来了。"

　　班布尔善低垂着头，也不好说什么，他一时也猜不透皇上的意思了。济世站出来说："大人勿急，既然皇上不愿意处理政事，您代劳又何妨？我觉得这样更加重了大人在朝中的地位，你们看呢？"

　　"对啊！"穆里玛说，"我还担心皇上会收回大权，现在看来，皇上确实年幼无知，不足为患。兄长，您现在可比索尼厉害了。"

　　鳌拜看看班布尔善，探询道："依你看呢？这步棋该如何走下去？"

　　"这个……"班布尔善思索着，照此下去，鳌拜会落个什么下场呢？像索尼一样，升官晋爵？还是像苏克萨哈，死得不明不白？未来确实很难预料，况且皇上一日日成长，摆明着不会如此消沉下去，怎么办？他突然心一横，恶狠狠地说："大人，如果想永葆平安富贵，我倒是有一计策。"

"什么计策？"穆里玛着急地问。

班布尔善举起手，做了个砍杀的动作。众人看了，吓得一语不发，就连素日嚣张跋扈的穆里玛也瞪着一双眼睛，没了言语。弑君谋反？鳌拜的心都要跳出胸口了，虽然多年来一直为了权势争闹不休，先是除掉倭赫，安插亲信进宫；后来掀起明史案，换了帝师；与苏克萨哈明争暗斗，一步步将他彻底根除……往事一一呈现眼前，皇上即位八年多了，自己可算是抓住时机，迈上了荣华富贵的顶端，还有什么不满足？说实在的，这几年来，虽然嚣张跋扈，鳌拜却从来没有弑君的心，所以与皇上穿了同样的服饰，他都感觉慌张。今天，班布尔善提出这样的建议，他能不心跳如鼓吗？

室内静极了，只听自鸣钟"滴答滴答"地走动声。这座钟还是皇上赏赐的呢！鳌拜循着钟声望过去，钟面上似乎映现出玄烨年轻的脸庞，他心里又一哆嗦，手中的奏折都掉到地上了。

穆里玛弯腰捡起奏折，递到鳌拜手里说："兄长，班布尔善大人说的有道理，我虽然书读不多，却听说书的说了，伴君如伴虎，趁现在局势掌控在我们手里，赶紧行动吧！一旦皇上翅膀硬了，我们就在劫难逃了。几年来，咱们做的这些事情随便一件拿出来也够受的。"

他说的倒是实话，鳌拜所作所为，随便一件都能判个杀头之罪了。就说他金殿恐吓皇上，逼迫下诏杀了苏克萨哈，那还不是死罪吗？鳌拜心里会不清楚吗？

　　班布尔善说："这也是不得已而为之,谁知道这个小皇帝想干什么? 他要是真的授权,真的信任大人也就罢了。可是依我看,他不是这样的主子,背地里做了不少手脚,大人,防人之心不可无啊!"

　　鳌拜渐渐静下心神,手握奏折说："骑虎难下啊,我四臣本受先帝托孤,辅佐幼主,哪想得到,幼主难佐,我究竟该如何做呢?"他倒诉起苦来了。

　　济世看出鳌拜的心思,进一步说："大人,明主可辅,昏君可替,这是古已有之的道理。周文王讨伐商纣,赵匡胤陈桥兵变,都是千古佳话,您还犹豫什么?"

　　穆里玛胆子也大了,站起来说："就是,要个年幼无知的皇上做什么,不如趁机行事,夺取了这大好江山。"

　　"住口!"鳌拜喊道,"八旗入关,问鼎中原,我鳌拜立了功劳,我今天不是为了贪图极权,而是为了江山社稷永固,明白吗?"

　　班布尔善笑道："世人谁不知道大人功绩卓著,为大清江山立下汗马功劳。如今辅佐幼主,兢兢业业,恪尽职责,朝臣们也都清楚的。只是当今皇上年幼无知,好似扶不起的刘阿斗,如此下去,江山也难以长久,不如趁早……"

　　话越说越明,众人的胆子也越来越大,公然就在府内密谋起弑君篡位之计来了。鳌拜毕竟经历丰富,老练沉着,眼见处理政务成了弑君大会,心里会轻松吗? 他突然高声喝住众人,厉声说："别再说了,赶紧做事。"

　　这才止住众人的议论,书房内再次陷入沉寂,鳌拜打开一份奏折,仔细地看来看去,似乎已经忘却刚刚的非议,专心于手里的工作了。

　　一直到了深夜,鳌拜府邸才熄灭灯火,远远看去,整个府邸深邃幽暗,仿佛所有人都沉沉睡去了。鳌拜送走班布尔善等人后,独自半躺在软榻上,夜色深沉,他既没有点燃烛光,也没有让人在身边服侍,他独自摸索着拿下墙上的宝刀,放在手中不停抚摸着。这是他建功立业的见证,也是他多年来骄傲的资本,一把宝刀,陪伴他征战南北,杀敌无数,追随先帝打下了大好河山。说起来,先帝一再提拔重用他,也对得起他了。鳌拜抚摸着宝刀,耳畔清晰地响起班布尔善等人的话语:"趁现在局势掌控在我们手里,赶紧行动吧!一旦皇上翅膀硬了,我们就在劫难逃了。""明主可辅,昏君可替,这是古已有之的道理。""世人谁不知道大人功绩卓著,为大清江山立下汗马功劳。如今辅佐幼主,兢兢业业,恪尽职责,朝臣们也都清楚的。"这些话深深地刻印在鳌拜的心中,他欲罢不能,只觉备受煎熬,难以安眠。

　　彻夜未眠。一早起来,鳌拜早早来到后花园,练了几趟拳脚,又展开架势,舞了几路刀法,自我觉得满意,站在树底下发愣。对于班布尔善的建议,他依然心存幻想,不是吗?果如班布尔善所言,自己可就不只是当朝辅臣、一等公爵了,天下可就是自己的了。诚然,作为先帝时的忠臣良将,产生这种欲望也让他心有余悸,不要说付诸行动了,作为臣子,只要有这样的想法也是要株连九族的,他心里清楚得很。

　　鳌拜正在树下胡思乱想,大管家慌张跑进来,气喘吁吁地说:"老——老爷,不好了,不好了!"

　　"出了什么事?"鳌拜心里一惊,难道昨夜的事暴露了?

　　"老爷,你快回去躺着吧!皇上来了。"大管家也不管那么多了,急着为鳌拜出主意。

鳌拜顿时瞪大了双眼,鹰隼般的眼睛里散发着道道凶光,好像要把眼前的管家生吞下去。管家打个寒战,颤巍巍地说:"恐怕现在已经进来了。"

鳌拜来不及细想了,他手握宝刀,匆忙返回卧房,脱下马靴,钻进了被子底下。他想了想,反身拿起宝刀,把它藏在自己的床褥底下,拉拉床单把宝刀遮盖起来,这才踏实地吩咐说:"速去通告穆里玛和班布尔善,让他们即刻来见我,还有,派人迎接皇上,不得有误。"

今天早上,玄烨听政完毕,按照事先安排,早早地来到了鳌拜府。他想趁早行动,以免夜长梦多,引起鳌拜防备。他们微服来到鳌拜府,门口守卫哪里认识当今天子,呵斥他们说:"大人病了,什么人也不见,你们回去吧!"

魏东廷上前说:"你知道我们是谁吗? 告诉你,鳌拜大人有再大的胆子也不敢阻拦我们? 快进去通报一声。"

守卫打量眼前的几个少年,见他们衣饰整洁,举止大度,心里疑惑,大人什么时候结识这么年轻的公子哥了。他见魏东廷要横,不在乎地说:"你们是谁? 告诉你吧! 当今皇上也怕大人三分,你懂了吗? 大人昨天病了,连夜批复奏折,忙得很,你们不要敬酒不吃,吃罚酒,这府邸不是随便可以进出的!"

魏东廷刚要动手,玄烨拦住他说:"不要跟他们计较,办正经事要紧。"说着,他示意曹寅亮出大内侍卫腰牌。

曹寅掏出腰牌,在守卫面前晃动几下,冷静地说:"看清了吧! 我们是宫里的人,快带路进去。"

守卫认识腰牌,猜想鳌拜安插在皇宫里的侍卫回府办事,赶紧地进去通报,正遇上管家出来,就把玄烨他们要求拜见鳌拜的事说了。管家悄悄来到门口，一眼认出了魏东廷，心想，不好了，他怎么来了？还有那两个人都是做什么的？一大早找上门来，难道老爷装病的事情他们知道了？管家越想越不对，急忙先叫人喊来济世，济世昨夜留宿在府，正做着美梦呢！忽听管家说魏东廷来了，慌忙起身赶过来，他站在那里一看，惊讶得差点晕过去，来人不正是当今皇上吗？他让管家赶紧通报鳌拜，自己慌忙去寻找班布尔善和穆里玛。

魏东廷见下人磨蹭拖延，催促说："赶快，还有要事要做呢！你们这等磨蹭，岂不误了大事？"

这边，管家通报了鳌拜，看鳌拜安顿好了，才带着人赶往府门。他假装不认识皇上，只跟魏东廷打着哈哈说："魏大人，今日大人病了，正躺在床上休息。怎么，是不是奉了圣旨行事？又要给大人加官晋爵了。"

魏东廷不答话，与曹寅一边一个，护卫玄烨进了鳌拜府。

管家指引着，很快来到了鳌拜卧房，玄烨他们推门而入，快走几步，来到了鳌拜榻前。鳌拜假装蒙头睡觉，猛一睁眼，看见玄烨站在眼前，惊慌得挣扎着就要起来。玄烨忙扶住他说："爱卿别动，休养要紧。"

鳌拜转了转眼珠，假意说："臣老迈多病，不能上朝，还连累皇上来探病，真是罪过啊罪过。"

"不要自责了，"玄烨也假意安慰他说，"爱卿是国家栋梁，朕不能大张旗鼓地来看你，所以微服来了。爱卿安心养病，有什么需要的尽管去宫里取，朕会派太医来为你看病。"

鳌拜躺在床上，紧张地思索着，昨夜刚刚谈到要紧事，怎么今日他就来了？莫非有什么风声泄漏了？他见玄烨只带着魏东廷和曹寅,心里略微安慰下来。这边玄烨进了鳌拜府,也是心里直打鼓,见到鳌拜独自躺在床上,才算是略微放松了心神,与鳌拜应承着交谈起来。

他们君臣说话,魏东廷却不闲着,他机警地观看周围环境,担心鳌拜做了安排,使他们陷入绝地。还好,他们突然来访,鳌拜并无准备,四周静静的。

聊了几句,曹寅提醒说:“万岁,太皇太后让您陪她进香呢!不要耽误了时辰。”他担心时间久了,会发生意外,所以催促玄烨离开。

玄烨答应一声,走到鳌拜床前,正要说话,却看见鳌拜的床单底下露出闪闪刀光,他吃惊不小,立即站住不前了。他愣神的工夫,魏东廷也发现了异样,走近一瞧,床褥下露出寒光逼人的刀尖! 魏东廷不及细想,近前一步,迅速地拉出宝刀,厉声喝问:“鳌拜,你面君却暗藏凶器,想干什么? 你知罪吗?”

鳌拜躺在床上,动作稍微慢了一点,宝刀被魏东廷夺走了。他立即坐立起来,伸手就要夺刀,魏东廷早护着玄烨远离他的床榻,他哪里能够得着? 室内气氛顿时紧张得令人喘不过气来,双方焦灼地对峙着,一触即发。

“呵呵!”危急时刻,玄烨却突然笑起来,高声说道,“中堂,你先躺下休息。魏东廷,你也不要紧张,满人尚武,刀不离身是满人的习惯。中堂身为大清第一巴图鲁,怎么能够离开刀呢? 随身带刀正说明大人不改本性,一心为国为朝廷效力。大人,朕说的对吗?”

鳌拜已经缓缓躺下,他稳稳心神,声音沉闷地说:“皇上说的对,鳌拜时刻不忘先人创业艰辛,秉承我们旗人的习性,谨记先帝教诲,丝毫不敢懈怠荒废。"

"这就好,"玄烨看看魏东廷,继续说,"中堂忠心可嘉,朕还要奖赏,从今日起,鳌拜和遏必隆加封太师,希望你们同心协力,辅佐大清江山万古长青!"

鳌拜躺在床上受封,既不能起来谢恩,又不能不有所表示,倒是尴尬地不知道怎么办是好。魏东廷半开玩笑地说:"中堂,您这是因祸得福啊! 要不是我魏东廷恐怕您还没有这么好的时运呢!"

玄烨训斥他说:"魏东廷,不可造次,中堂身为国家重臣,理应受到奖赏,岂是你所能左右的? 还不赶快退下!"

鳌拜不知道该高兴还是该生气,他想了想,假装费力地从床上爬起来,滚落下床叩头谢恩。

"不必了,"玄烨伸手做了个搀扶的动作,却没有靠近鳌拜,"鳌拜,朕希望你早日康复,上朝议事。等你病愈之日,朕亲自为你晋封。好了,魏东廷,咱们来的时间也不短了,打扰大人休息,还是早回吧!"

至此,一场杀机暗伏的危机在谈笑间化为乌有,试想,如果玄烨不能随机应变,魏东廷和鳌拜争执起来,场面就很难控制了。毕竟身在他府,鳌拜急了,动用家丁也能轻松地将他们置于死地! 退一步,即便没有冲突,这场面也足以激起鳌拜的反叛之心,君臣之间平安相处就难了。

鳌拜跪在地上,呆呆地望着玄烨三人转身而去。

第四节　铁丐吴六一

　　玄烨三人走出鳌府，等候在外的索额图急忙前去迎接，他擦擦额头的汗珠说："总算出来了，真是把人急死了。"

　　玄烨脸色冷峻，一语不发地坐上轿子。魏东廷和曹寅示意索额图不要多话，护送着玄烨匆匆赶回皇宫。

　　鳌拜府内，玄烨走后，班布尔善、穆里玛、济世等人也陆续赶到了，他们聚集在鳌拜身侧，与他商量皇上突然来访的原因。班布尔善叹息着说："大人，如果昨夜听从我们的计策，做好安排，今天大事可就成了。"

　　穆里玛也说："是呀！就三个毛头小子，说话间就可了结他们，哼！"

　　鳌拜长长地舒口气，不以为然地说："你们不要说了，如今我可真是要病了。"说完，躺下去紧闭着眼睛不再说话了。

　　再说玄烨，回宫后即刻召见了熊赐履和索额图，与他们商量如何派兵布阵，控制京城局面。玄烨说："遏必隆左右不定，胆小怕事，留在京城，徒受鳌拜控制和利用，有弊无利。朕今天封他为太师，就让他出京办事，一来削弱鳌拜势力，二来也可以保护、利用他。"

　　熊赐履说："皇上考虑的很对，遏必隆虽然胆小，却没有弑君谋反的心,如果再和鳌拜纠缠到一起,他会无力自拔,深陷万劫不复的深渊了。皇上能够救他脱离险境,他肯定感激不尽。"

"嗯,"玄烨又说,"鳌拜一直叫嚣他控制了京城局面,你们看,该如何打破这种局面呢?"

索额图说:"这事不好办啊!办急了容易被鳌拜识破,而且哪里有得力的人手?"

玄烨也沉思起来,要想除鳌拜,单凭十几个侍卫确实太冒险了,毕竟京城内外追随他的人很多,这帮势力该如何消除于无形无声之中呢?一旦发生大规模争斗,胜负难料不说,肯定会殃及百姓,国家刚刚走上正途,难道又要让人们遭受灾难吗?这是玄烨不愿意看到的。他即位的时候,孝庄太后曾经问他有什么志向,只有八岁的他当即回答:"唯愿天下太平,百姓安乐,吾愿足矣。"他胸中怀有天下苍生,立志成就伟业壮举,岂能因为鳌拜而引发战乱灾难?

熊赐履也摇头说:"皇上少安勿躁,让臣等好好想想。"

过了没有多久,玄烨御门听政,即刻传旨让遏必隆去江苏督粮。遏必隆得到这个差使,果然感激涕零。多日来,他眼看鳌拜与玄烨暗地较劲,又急又怕,又不敢得罪任何一方,真如热锅上的蚂蚁,焦躁难安。今天,皇上叫他离京办事,他总算脱离险境了,能不高兴吗?

鳌拜听说遏必隆出京督粮,也不好反驳什么。玄烨打发走了遏必隆,开始重点搜寻可以信赖的京城官员,让他控制京城局面,关键时刻助自己完成大事。

经过多日观察,有一个人进入玄烨的视线。这个人叫吴六一,江南人士,担任九门提督。在北京城,九门提督只是个从三品,职位并不高,但这个职务,统辖着德胜门、安定门、正阳门、崇文门、宣武门、朝阳门、阜成门、东直门和西直门的防务,也就是相当于进出京城的咽喉要地,无论出京还有进京,离不了这几处城门。城门防务,安定日子看起来并不重要,一旦有个风吹草动,可是直接关系到京城安危。所以九门提督职务不高,却非常重要。

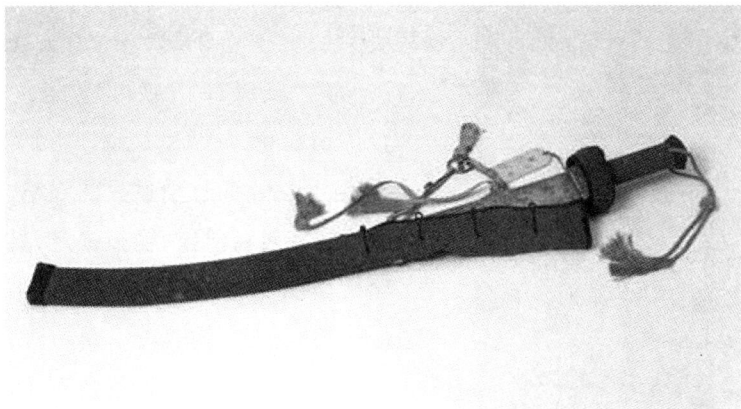

遏必隆腰刀,后为康熙所有

吴六一自号"铁丐",京城人称"怪人",为什么呢? 原来这个人恩怨分明,素来铁面无私,从不阿谀奉承。所以他虽然是汉臣,一般的王公大臣却都不敢招惹他。

说起铁丐吴六一的称号,还有一个非常动人的故事。

吴六一早年非常贫困,乞讨为生,有一年冬天,天降大雪,他躲在一座破庙里艰难度日。恰逢江南名士查伊璜游玩到此,发现雪地上一个石翁大小的古钟,好似有人挪动过,心中起疑,就命下人把钟掀开看看。结果四五个人费了很大劲也没挪动半点。过了一会儿,一个二十岁左右的乞丐走来了,他一手掀开古

查伊璜作品

钟，一手把讨来的干粮馒头塞到钟下面的破竹篮里。眨眼工夫，他放了五六次东西，就像一般人掀锅盖那么容易。查伊璜看呆了，刚刚四五个人动不了的古钟，怎么他如此轻松就能掀动？他好奇地上前探寻，因此结识了铁丐吴六一。正由于吴六一力大无比，行乞为生，所以有了"铁丐"雅号。

查伊璜收留了吴六一，才得知吴六一不但力气大，而且精通兵法谋略。当时明清尚在对峙阶段，输赢未定，吴六一分析南明局势，谈论起江南山隘河道形胜险阻、安营下寨，用兵布阵，头头是道。查伊璜觉得他是个人才，就资助他，推荐他到了洪承畴帐下，领兵打仗，成了一位将军。

后来，洪承畴审时度势，觉得明王朝腐败堕落，不值得辅佐，就转而投靠了清军，吴六一也随着做了清军的将领，他多次冲锋陷阵，屡屡立功，功绩不在一般的清军将领之下。大清入关后，顺治帝推崇满汉一家，打算重用汉臣，遭到满臣反对，吴六一虽然功绩卓著，无奈时势所逼，只好委屈将就，做了个普通官员。

顺治归天后,四臣辅政,提倡"率祖制、复旧章",大力打击汉人地主阶级,造成了很多冤假错案,也使朝廷汉臣再次陷入恐慌之中。前面讲过,当时最轰动的就是明史案了,牵连上百人死亡,数百人深受其害。这些受害人中就有吴六一的恩人——查伊璜。查伊璜是江南名人,曾经为《明史辑略》作序,当然无法脱得了关系。一句话,押入天牢,等候处决,打算这样将他与其他人一起正法。

吴六一重情重义,听说恩人入狱等死,岂肯袖手旁观?他立即千方百计前去营救,终于买通了部分官员,勉强救得查伊璜逃离死罪,不过仍然被关押天牢,永不得出狱,等于判了无期徒刑。吴六一心中不服,可是时局所限,他又能奈何!

这些年来,鳌拜专权,依然对汉臣百般为难,吴六一看在眼里,恼在心里。有一次,讷莫夜间在京城重地聚众玩乐,犯了禁令,被吴六一捉拿归案。讷莫自恃地位尊贵,又有鳌拜背后撑腰,气愤地叫嚷道:"你们想干什么? 难道还敢判罚我吗? 也不打听打听我是谁? 你们谁敢动我一根手指,我定叫你们这些汉人死无葬身之地!"

他叫嚷着,兵卒们都不敢上前了。吴六一听说讷莫要横,不服关押,还辱骂汉臣,怒火中烧,亲自来到讷莫眼前,盯视着他说:"犯了禁令,按律应当杖责二十大板。来人,把他拖下去重重地打!"

此话出口,吴六一手下士兵一拥而上,捆绑了讷莫,按下就要打。讷莫一看来真的了,急得大叫:"吴六一,你好大胆子,你不就是一个臭要饭的吗? 你不怕鳌拜大人吗? 他饶不了你!"

"鳌拜大人?"吴六一平静地说,"哼,我效忠的是朝廷不是鳌拜!"

二话不说，讷莫被拖出去挨了二十大板。此事传出去，轰动了京城，无不惊讶吴六一胆量过人，竟然打了鳌拜的侄子！吴六一本来就有"铁丐"的称号，一向独来独往，从不结交权贵，京城里很多贵人都害怕他，如今，他连鳌拜的人都打了，名声更加响亮。讷莫气不过，回去向鳌拜告状，哪想得到，鳌拜不但没有为难吴六一，反而训斥了讷莫，并且叮嘱手下人以后少得罪吴六一。讷莫不解地问："他不就是要饭的吗？有什么能耐！"

鳌拜白他一眼，生气地说："你也读读书长点本事，英雄不问出处这句话都不知道吗？要饭的？几个要饭的能混上'铁丐'的称号？"

别人不知道，鳌拜心里清楚，当年吴六一统帅大军，攻城略地，所向披靡，那是立下了大功劳的。按功行赏的话，不在鳌拜之下。只可惜他是汉人，而鳌拜则是沾了满籍的光。二十年过去了，一个默默无闻地守卫着京师，区区从三品头衔；而另一个却位列辅臣，荣升一等公，晋官加爵，荣贵无比，就连天子也不得不听从于他、依赖于他。真是天壤之别啊！多年来，吴六一安安稳稳地做着九门提督，很少参与党派纷争，反而更显出了他的独特品格和重要地位，鳌拜对他心怀畏忌，见他很少生事，也就乐得与他平安相处。讷莫犯禁被打，鳌拜不愿意多惹事，尤其不愿意招惹吴六一，所以训斥讷莫几句了事。

吴六一杖责讷莫的事情传到了玄烨的耳里，说者无心，听者有意，玄烨当即想到，这个吴六一特立独行，竟然敢与鳌拜作对，真是不一般。他掌握着九门要务，官职不高，却很重要，他可以联系京城内外，如果发生事变，手下驻军又能独当一面。想来想去，玄烨觉得这是最合适的人选，决定派人密访吴六一，探探他的虚实。

第五节　排兵布阵

究竟该派谁去暗访吴六一,他又会不会听命于自己,配合行动擒拿鳌拜呢? 几日来,玄烨苦思冥想,寻求解决问题的答案。这天早晨天不亮,他早早来到御花园,与侍卫们练习了一会儿武功,眼见众人技艺大进,有人举着石头练力气,有人拿着刀枪练技法,还有人捉对成双实战实练,开展腾挪,无不灵活到位。玄烨脸上露出满意的微笑,站在一边,看狼覃教导众人。转眼间,晨曦渐露,东方泛白,园子里的树木、花卉像是洒上了一层鲜艳的色彩,活灵活现,青翠欲滴。各种鸟儿开始鸣叫,只听树叶间仿佛响起动听的音乐,忽高忽低,忽而婉转忽而急切。风光无限好,玄烨静静地听了一会儿,望着高大的树木遐思万千。这时,太监们过来奏请皇上用早膳了。玄烨答应一声,依依不舍地离开众侍卫,走出御花园,回到前面的宫内用膳。

坐在桌旁,玄烨突然想起什么,问身边太监:"皇后用膳了吗?"

太监忙回:"万岁,皇后被太皇太后传去了,听说在那边用膳了。"

玄烨思索一下,说道:"把早膳送到慈宁宫吧! 朕也去那里用膳。"

太监不敢多问,忙传下令去,让御膳房把皇上的早餐端到慈宁宫去。

玄烨兴冲冲来到慈宁宫,见太皇太后与皇后正脸对脸地坐着吃饭呢!他微笑着走过来说:"皇祖母越来越偏心了,心里只有孙媳妇,却把孙儿丢在一旁不问了。"

孝庄和皇后都笑了,站在后面的苏麻喇姑打趣说:"万岁爷也吃醋了,您可知道,现在的皇后比您还娇贵呢!"

"是吗?"玄烨不解地问,"皇后身体不舒服?"

皇后忙说:"让皇上牵挂了,臣妾身体好得很。"说着,她早已站到桌子外面,静候皇上落座了。

玄烨转过去,坐在祖母身边,亲手为她夹了一口菜,嘴里说着:"皇祖母,您可要起个带头作用,身体健朗的,让皇后也跟您学学。"

孝庄乐呵呵地看着孙儿、孙媳妇,见他们恩爱有加,心里甜滋滋的。这对少年夫妻在一起,完全是她为了政治目的一手撮合的。当初为了稳住索尼,稳定朝局,孝庄摒弃多年习惯,没有从娘家人里选拔皇后,而是把皇后的尊贵地位许给了索尼家,让只有十三岁的赫舍里氏进宫直接做了皇后,这也是少有的特例。如今,这对小夫妻渐渐长大,庆幸的是他们越来越喜欢对方,由最初的友情进而发展成了今日的爱情,令孝庄备感欣慰。她的儿子顺治帝就不喜欢自己的两位皇后,致使两位皇后先后受到冷落,郁郁寡欢,而顺治又偏偏迷恋董鄂妃,造成后宫争风吃醋,互不安生,顺治帝也深受其乱,年轻早逝。不管怎么说,身为母亲,孝庄对于儿子的早逝痛彻心肺,她心里多多少少怨恨顺治帝的那些后宫嫔妃,认为她们是造成顺治早逝的原因之一。也许是这个原因,让她特别留意玄烨的婚姻。不得已娶了赫舍里氏后,她也有过担心,害怕玄烨与皇后感情不和,重蹈顺治覆辙。皇后进宫后,孝庄细心观察,发现赫舍里氏虽然年幼,却知书达理,温和宽容,通晓文武,性情开朗,难得的是她胸怀宽广,这一点足够让她掌管后宫了。孝庄十几岁进宫,几十年来历经风雨,最了解宫中女人的悲乐辛酸,也最了解宫中需要什么样的女人了,她清楚地察觉出,皇后正是她希望的女子,肯定会辅佐玄烨,成为很了不起的君主。男人成就事业不容易,女人辅助男人成就事业就更难了,孝庄深明其中道理,她要尽快地培养皇后,让她成为玄烨身边最得力的助手。基于这种种想法,孝庄经常与皇后一起喝茶聊天、下棋讲佛,祖孙俩倒也相处甚欢。渐渐地,皇后不知不觉成了后宫中名副其实的领袖,代替太皇太后发号施令,管理后宫,只有十五六岁的她已经历练了不少,很懂宫廷大事。

皇后见孝庄不说话,也凑过来说:"皇祖母,皇上挂念您的身体呢,您可要多吃呀!"她在孝庄的另一边坐了下来。玄烨和皇后分坐两旁,孝庄放下筷箸,拉着他们的手放在一起说:"孙儿,你们虽然年轻,却身系江山社稷,承担着太重的责任,祖母不忍心看你们受累受苦,可是又有什么办法呢? 身在帝王家,做事不由己。早晚有一天,这江山要你们自己来治理,你们还要好好学啊! 我想告诉你们,俗语说得好,'二人同心,其利断金',你们一定要牢牢记住,不论何时何地,两个人的力量都会比一个人的力量大!"

玄烨明白祖母的意思,拍拍皇后的手背说:"皇祖母放心吧! 孙儿谨记您的教诲,不会忘记。皇后,你也要表个态,不要让皇祖母失望。"

　　这对少年夫妻在太皇太后前立誓互相关爱,永不背弃。孝庄有些激动了,令人撤去饭菜,继续与他们交谈说话。玄烨想起多日来忧心的一件事,征询祖母意见:"皇祖母,孙儿打算排兵布阵,为做大事做准备了。前些日子支开了遏必隆,鳌拜也同意了,以后该如何做呢?孙儿想提拔部分有用的人,您可知道吴六一吗?京城内就他没有受到鳌拜控制,可是孙儿一时不敢行动,唯恐吴六一不会听从孙儿的调遣指挥,坏了大事。"

　　孝庄认真地听着,接着玄烨的话说:"吴六一是九门提督,先帝时的将领,战功赫赫,由于是汉人,遭到排挤,对不对?前些日子打了讷莫,引起京城震惊,是不是?吴六一为人做事别具一格,不入俗流,至交好友很少,多年不忘恩人情意,是这样吗?"

　　玄烨惊喜地大张着嘴巴,半天才喊道:"皇祖母,您真是神了,身居后宫,居然对朝臣时政如此了解,玄烨自愧不如。"

　　"自愧不如?"孝庄故意板下面孔说,"那可不行,祖母要你远远超过我,知道吗?'自愧不如'怎么治理国家?"

　　"孙儿记住了,"玄烨赶紧说,"请皇祖母教孙儿如何才能收服吴六一呢?"

　　孝庄看看皇后,意味深长地说:"皇后,你有什么计策吗?吴六一可是目中无人,满朝文武都不入他的眼,如今他恐怕只记得他的恩人查伊璜。"

　　"查伊璜——"皇后重复一遍,低头想了想,抬起头激动地说,"有了!皇上,吴六一对关押他的恩人耿耿于怀,心里莫大不服气,今日您可放了查伊璜,还给吴六一一个完整的恩人,他能不报答您的恩情吗?这样的话,他还不感激涕零地为皇上效力！"

听了皇后的建议，玄烨思索多时，觉得有理，拍拍脑门说："怪了，朕怎么就没有想到呢？查伊璜本来就没有错，放了他，还给吴六一人情，他肯定会感激朕，为朕做事。"

玄烨继续思索着，既然确认了吴六一，那么派谁去与他沟通这些事情呢？他再次与太皇太后、皇后商量，这次，皇后推荐了一个人，说他定能做好这项任务，成功说服吴六一。这人是谁呢？他就是新近提拔进宫的明珠。

明珠机警善变，上次玄烨提拔他做了内务府总管，升官后，他没有丝毫骄傲，除了做好本职工作外，他还时刻观察局势变化，牢记玄烨嘱托他的密令，关注朝廷上下变化，好随时向玄烨禀告。让他去接触吴六一，倒也合适。

玄烨点头说："明珠做事细心，善于变化，他去最好了。"

于是，玄烨密令明珠暗地行动，寻找时机深入了解吴六一，看看他是否值得信赖，能否重用。

明珠第一次接受这么重大的任务，心里既兴奋又紧张，他害怕把事办砸了，惹人笑话事小，要是泄漏半点机密，众多人的脑袋恐怕都要搬家了。他回家后，辗转反侧，久难成眠。

派明珠去说服吴六一后，玄烨又不动声色地提升了魏东廷、索额图几人的等级，由三等侍卫晋升为一等侍卫，职务高了，便于行使权力，调动兵丁。接着，他亲自召见鳌拜，与他商量着更换了一批朝廷要员，其中以黄机为吏部尚书，郝惟讷为户部尚书，龚鼎孳为礼部尚书，起用王弘祚为兵部尚书。这些人大多年纪较轻，在朝廷没有多大势力和影响，鳌拜想提拔新人，便于自己利用，也就同意了玄烨的意见。起用新人的同时，玄烨以京外事务重要,派一班人去办理不放心为由,不断督促鳌拜派遣他的心腹去外地做事,就像遏必隆一样,名义上得到重用提拔,实际上是调虎离山,削弱鳌拜势力。这一切做得自然顺畅,鳌拜知道皇上信任依赖自己,没有察觉出其中利害,也就被玄烨牵着鼻子走,渐渐进入了圈套。

下一步,就看明珠能否顺利说服吴六一了,如果吴六一诚心效忠皇上的话,他们击败鳌拜的胜算就更大了。

第六节　一举成功

　　玄烨从天牢中放出了查伊璜,让明珠亲自把他送到吴六一府中。吴六一见到恩人查伊璜,激动万分,他一再致谢明珠,表示不忘他的恩情。明珠适时地说:"我也是奉皇上的命令才放出查公,你要感谢还要感谢当今万岁。"

　　吴六一感慨地说:"当初我费了好大力气,只不过侥幸救得恩人免于一死,今天皇上说放就把人放了,唉。"

　　明珠进一步说:"皇上已经亲政,对于明史案也有所了解和后悔。其实咱们明人不说暗话,当初皇上年幼,不过是个几岁的稚童,明史案还不是辅臣当权所造成的。如今,皇上亲政,对于辅臣推行的'率祖制,复旧章'颇有反感,正在逐步翻案洗冤。据我看,过不了几年,又要恢复先帝提倡的满汉一家了。"

　　吴六一长叹一声,似乎有心事不便明说。明珠察言观色,试探地问:"吴大人,您还有什么不顺心的事吗? 现在您在朝廷上可是赫赫有名,鳌拜大人的侄子被你捉住打了,听说鳌拜大人连句话也不敢说。"

　　"呵——"吴六一自我解嘲似的一笑,无奈地说,"刚才您说皇上亲政如何如何,我吴某人却不敢认同。皇上名义上已经亲政了,可是朝政握在谁的手里,我想明珠大人清楚得很! 这叫奸臣当道,祸乱朝政,难道你不这样认为吗？我们浴血奋战,拼死拼活,为的就是今天这个局面吗？”

看起来,吴六一满腔愤怒,心怀不平,对于鳌拜把持朝政深感痛恨。明珠心里暗暗高兴,他叹气说:“是啊！皇上年幼,太皇太后年纪也大了,不依靠辅臣能依靠谁？局势说不定会怎么变化呢。我们这些做臣子的只好眼睁睁看着辅臣这么闹下去,谁也没有办法。皇上也只有等待造化了。”

吴六一听明珠东一言西一句,话语含糊,盯了他一眼,愤愤地说:“皇上怎么会是等闲之辈？先帝幼年即位,只好请多尔衮摄政,成年后还不是顺利地接管了皇权,而且铲除多尔衮势力,成功地统御国家。当今皇上明辨是非,能够在这个时候推翻冤案,放出被屈汉人,怎么会长久受制于人呢？再说了,说来说去,把持朝政的不就是鳌拜吗？他有什么能耐不还政于帝,照我看来,早就该把他办了！”

“好！”他话音刚落,明珠突然站起身,高声喝彩,“吴大人仗义执言,不愧‘铁丐’雅号,令人敬佩！”说着,从袖中掏出密旨,说道:“吴六一接旨。”

吴六一没有想到明珠身带密旨而来,慌忙跪倒磕头接旨。原来这是玄烨密授圣旨于他,旨意叫吴六一坚守九门提督一职,听候皇上直接调遣,没有皇上的亲笔密旨不要擅自妄动。吴六一接了圣旨,心中已经有所明白,他将圣旨小心放好,转回来对明珠说:“请大人回复皇上,吴六一誓死效忠皇上,绝不会有二心。哪天皇上要是有所行动,我定当奋力而为,京城之地我还能掌控得了。”

明珠圆满地完成重任,心满意足地回宫复旨,对玄烨讲了吴六一的赤胆忠心和他立下的誓言。玄烨高兴地说:"有了吴六一,成功就有近半把握了。"

玄烨紧锣密鼓地做着安排,不知不觉已经来到了初夏时节。五月里,太阳像是朝气蓬勃的少年,充满了活力,大地上万物峥嵘,恰是一年最繁荣旺盛的季节。鳌拜称病不朝两个月后,发现玄烨没什么举动,朝政依然如故地运转着,也渐渐放松了警惕,不时地上朝议事了。

看起来,朝廷内外秩序井然,相安无事,君臣各居,毫无异样,却不知玄烨已经布下铜网铁阵,就等捉拿贼臣鳌拜了。经过多次召见熊赐履、索额图、杰书等人,他们秘密商讨决定,五月戊申日,行大事,擒鳌拜。

前一天夜里,玄烨来到慈宁宫,拜见太皇太后,言明明日就要行大事擒拿鳌拜了,嘱托苏麻喇姑照顾好太皇太后和皇后。皇后坚定地说:"皇上尽管放心行事,臣妾不才,也还有些功夫,一定会保护好皇祖母的。"玄烨点点头,他知道皇后能文能武,骑射箭术都很精通,这几年虽然身在后宫,却没有荒废这点本领,握着她的手郑重地说:"多多注意。"孝庄反而平静下来,她鼓励玄烨说:"我已经密令关外八旗王爷进京了,估计近日就能进京,他们带着几万军队呢!你放心大胆地去做吧!"玄烨听了,心里更加敬佩祖母虑事周全,临危不惧的风范。

玄烨安顿好祖母和皇后,转身来到御花园,此时,二十几个少年整齐地站成一排,精神抖擞,士气高昂。索额图、曹寅站在最前面,看到魏东廷陪着玄烨来了,急忙跪倒行礼。玄烨逐个扶起众人,激动地说:"鳌拜专权,圈地乱国,把持朝纲,残害忠良,目无君主,预谋不轨,今日不除,国无安宁。今天,朕只问你们一句话,你们怕鳌拜还是怕朕?"

众少年异口同声回答:"我们效忠皇上,绝无二心。我们怕皇上,不怕鳌拜!"

"好!"玄烨接着说,"朕心意已决,铲除奸佞,恢复皇权。索额图、魏东廷,朕命你们带领众位豪杰,明日行事,不得有误!"

索额图和魏东廷跪倒领旨,立誓说:"不除鳌拜,誓不生还!"

众位侍卫也跟着立誓:"不除鳌拜,誓不生还!"

群情激昂,玄烨扫视一圈,接着说:"你们都是热血忠心的好男儿,朕的左右手,亲如手足的好兄弟,明日一战,如有生死,朕也立誓,一定善待你们的家小妻儿,绝不辜负你们的赤诚忠心!"

立誓完毕,玄烨又对他们分析了当前局势,鼓励他们说:"朕已经掌控京城内外局势,关外八旗王爷也率军前来了,一切都有利于我们行事。明日,只要大家团结一心,勇敢上前,不怕鳌拜不俘。"

　　魏东廷也简明扼要地说："鳌拜只有一人，而我们二三十人会擒不住他吗？大家奋勇上前，拉胳膊扯腿也能置他于死地。"

　　动员结束，玄烨带着众人来到毓庆宫。毓庆宫只有一条通道与外界相连，位置特殊，平时少有人出入此地，比较安静。能在这里动手的话，可以预先设下埋伏，阻断他人进入，非常方便。玄烨与索额图等人早做了商量与安排，决定就在毓庆宫擒拿鳌拜。他把侍卫带到毓庆宫，实地做了安排，然后才让众人分头休息，明天早早按照计划行事。

　　玄烨回到武英殿(乾清宫在这一年修葺，康熙暂搬到武英殿处理政务)，又连夜召见了明珠，重点让他协同吴六一，明早率兵进宫，以防不测。全部安排完毕，玄烨半躺软榻，依然心潮起伏，久久难安，明天背水一战，胜负尚难预料，他把每个环节仔细思索一遍，觉得确实没有漏洞了，才闭上眼睛慢慢睡去。

　　第二天一早，天光将亮，玄烨早早地传下令去，着令督粮回京的遏必隆进宫见驾，着令鳌拜一同进宫受封。

　　鳌拜早起后，听说皇上召见自己和遏必隆，并没有起疑心。昨天遏必隆回京了，听说督粮事件办得顺利，他想，皇上履行诺言，亲自给我们晋封加爵了。这个遏必隆，平日政绩不多，自从跟随了自己倒是官运亨通，每次奖赏都少不了他。也罢，他倒也懂事，虽然官位与自己平等，却毫无骄慢之心，小心谨慎地做事，这样就好，一来可以封住众臣之口，让世人不能指责自己擅权专位，二来如果出点差错也有个人与自己分担。鳌拜乱七八糟地想着，突然，班布尔善匆匆进来了，神色剧变地说："大人，听说宫内有异，您可千万小心。"

　　"有异？"鳌拜眉头一皱，"到底怎么回事？你说清楚。"

班布尔善眨眨眼睛，没有十足把握地说："我只知道宫内侍卫做了调整，不知道讷莫等人回来了吗？"

讷莫昨日奉旨出京，到现在还没有回来呢！

鳌拜烦恼地来回踱了几步，圆瞪双眼问道："皇上也召见了遏必隆。班布尔善，你去看看，遏必隆进宫了吗？"

早有随从前去探视了，不久回来汇报说遏必隆正乘坐小轿从府里赶往皇宫呢！

鳌拜盯着班布尔善问："遏必隆昨日回来没有什么异样吧？"

"这个，"班布尔善摇摇脑袋，"他还是一副老实持中的样子，回来后还没有见过什么人呢！"

鳌拜思虑一会儿，挥手说道："恐怕是你多虑了，皇上召见我和遏必隆是正常的事，多日来，朝局平静，就算皇上有异心，他拿什么对付我？"

"宫内少年侍卫……"

"又提那些毛头孩子！"鳌拜厉声制止说，"单凭几个少年能擒住我？你也太把我看得不济了。我统帅三军，征战沙场，杀敌无数，哪会被他们吓住了！"

班布尔善知道鳌拜向来自恃武功高强，力大超人，不把一般习武防身的人放在眼里，今日说出这样的话也在情理之内。可是他从早上起就眼皮狂跳，心中发麻，总是预感要出什么大事，所以忐忑不安。

就在这时，穆里玛和济世也来了，他们也察觉出了风吹草动，赶来提醒鳌拜早做准备。人多嘴杂，把鳌拜说得也动了心思。他沉思片刻，问道："讷莫回来了吗？"

昨天讷莫离京办事，今早也该回来了。穆里玛说："恐怕城门还没有开呢！他回来也进不来啊！"

鳌拜听到城门两字,突然打个冷颤,紧张地说:"近来九门提督吴六一都干什么了？上次他打了讷莫我也没有与他计较,不知道他会不会与我为敌？穆里玛,你赶紧带领兵丁前去九门提督府见吴六一,就说我请他有事,牵住他不要让他行动,知道吗？班布尔善,想必遏必隆已经进宫了,我这就进宫去会会那些小孩子,看看是不是如你所说？"

他狂傲自大,决心已定,众人不再阻拦,分头行动去了。为防万一,鳌拜穿上金丝护甲,藏好飞箭暗器,穿戴整齐,大摇大摆地走向皇宫重地。

鳌拜来到武英殿,却听太监传旨,皇上在文华殿接见遏必隆,要他去毓庆宫等候召见。他心里略一迟疑,怎么还分开召见？难道遏必隆有什么隐情？毓庆宫乃僻静之所,很少在那里召见朝臣,我到底去还是不去呢？

呆坐片刻,鳌拜觉得不能这样坐下去,信步走出宫殿。这时,又有太监过来说,皇上已经起驾去毓庆宫了,请他快快前往。

少了讷莫,宫内侍卫好像也都不认识他了,鳌拜看了几圈,也没找到熟悉的宫内人士,他想了想,只好随着太监赶往毓庆宫。

毓庆宫内,玄烨身穿朝服,威风凛凛端坐着,索额图、魏东廷、曹寅腰悬宝剑,站立两侧。鳌拜一脚踏进毓庆宫,顿觉气氛异常,抬头看见满脸怒色的玄烨,不由得打了个寒战,随即镇静下来,叩头行礼。玄烨见他跪倒了,大喝一声:"鳌拜,你可知罪？"

听闻此言,鳌拜知道事情不妙,迅疾站立起身,瞪视玄烨说:

"老臣不知身犯何罪？"

"大胆鳌拜，"玄烨沉着地说，"你欺君犯上，结党私营，圈地乱国，滥杀辅臣，还敢说自己无罪吗？来人，给我拿下！"

话音刚落，就见殿后闪出了狼覃等人，拔剑舞拳直逼鳌拜。

鳌拜看见他们涌出来了，反而仰天大笑："哈哈哈，就凭你们也要拿下我？真是痴心妄想，我自幼习武从军，身经百战，杀人无数，会受制于你们？"

正在这时，宫殿四周帷幕后面，又有十几个侍卫挺剑怒目跳了出来。前后二十多人慢慢向他围拢，将他团团围住。鳌拜戛然止住笑声，拉开架势，与众人周旋。狼覃率先跳过去，挥剑直劈鳌拜面门，鳌拜闪身躲开，挥掌与他战到一处。索额图叮嘱魏东廷说："你保护好万岁，我前去助阵。"说着，挥舞宝剑也跳了过来。紧接着，二十多人紧逼上来，挥刀舞剑与鳌拜战做一团。鳌拜也有些慌了，甩动衣袖，只见暗箭飞逝，左右接连击中几个人。狼覃大喝一声："老贼，敢用暗器伤人。"跳过去就是一阵猛砍，鳌拜不敢怠慢，夺过一名侍卫的宝剑，也是一阵乱砍。

魏东廷紧紧护卫玄烨，两人站在御椅后面，紧张地观望。经过一轮搏杀，几名侍卫倒下去了，鳌拜的衣服也被划破几处，衣冠狼藉，他大瞪着一双血红眼睛，突然跳起来，直扑玄烨。魏东廷挥剑拦住他，两人并不答话，只是闷头怒目而战。

狼覃见鳌拜直取玄烨，心下一惊，又见魏东廷挡住了鳌拜，害怕他敌不过，放下武器，一个鱼跃，从背后抱住了鳌拜。其他侍卫也冲过去，有的搂胳膊，有的拉腿脚，有的夺剑，把神勇无敌的鳌拜活活压倒在地上。鳌拜被众位侍卫活活擒住，再想挣扎哪里还能得脱？他费力挣脱，无奈人多势众，把他死死缚住。又怕他施计逃脱,对他拳打脚踢。直把他打得精疲力竭,气息微软,毫无反抗之力,瘫软在地上,一动也不能动了。索额图回身奏道:"万岁,鳌拜已经被捉了,他再也无力叛逃,请万岁降旨发落。"

玄烨见成功缚住了鳌拜,精神大振,即刻命人用铁链铁索牢牢捆绑鳌拜,不得有误。接着,他陈述鳌拜几大罪状,令人将他关押进天牢,等候处置。

宫内擒了鳌拜,宫外明珠、吴六一也赶来了,他们押着穆里玛,进宫面君请安。玄烨夸奖他们,然后传令杰书速去捉拿班布尔善。终于,鳌拜一帮人被一网打尽,全部归案落网。

第七节　宽容施恩

　　一场宫廷战争烟消云散，该抓的抓了，该拿的拿了。玄烨又安抚伤亡侍卫及其他人员，命人收拾毓庆宫内战斗残迹，转眼间，皇宫内又恢复昔日安宁祥和，看起来，就像什么事也没有发生一样。此时，文华殿内，遏必隆还在和熊赐履对弈聊天呢！遏必隆见这么久了皇上也不召见他，不免心焦不安。熊赐履估计鳌拜已经被擒了，才笑眯眯地对遏必隆说："刚刚上演了一场宫廷战斗，你有幸脱身其外，真是幸运啊！"

　　"战斗？"遏必隆瞪大了眼睛。

　　熊赐履还没有说话，就听太监进来宣旨，鳌拜预谋乱国，已经被擒，传遏必隆觐见。遏必隆乍闻此言，吓得嘴巴张了半天也没合拢。他胆战心惊地跟随熊赐履来到武英殿见驾。殿内，吴六一、杰书、索额图、明珠、狼覃等人都在呢！玄烨看看众人，激动地说："今日，朕秉承先祖福佑，剪除逆党奸臣，恢复朝廷秩序，你们都立了功劳，朕自然会论功行赏，重用各位。"他一个个提拔个人的官职后，看看呆立一侧的遏必隆说："遏必隆，你说朕该不该赏你？"

　　遏必隆急忙叩头说："老臣有罪，身为辅臣，奉旨不力，致使鳌拜把持朝纲，欺君犯上，臣请皇上治罪。"

玄烨听了，一声冷笑道："你还算明白，遏必隆，朕革去你的一等公、太师之职，你可服气？"

"老臣服气，老臣感激万岁宽宏大量，不杀之恩。"

玄烨说："好！遏必隆，朕不会杀你，还要让你会同杰书、吴六一审理鳌拜一案呢！"

康熙景陵

遏必隆赶紧接旨谢恩，心里却忍不住想，让我审理鳌拜？可见皇上虽幼，心思却十分缜密。不是吗？鳌拜是先帝遗命辅臣，如今犯案被捉，什么人敢审理他的案子？除了遏必隆还会有谁？

通过审理，大臣们议定了鳌拜三十大罪，按律应是族诛之罪。玄烨看了大臣们的意见，再三考虑，迟迟没有下旨降罪，却出人意料地提出去狱中见一见鳌拜。乱臣贼子，一旦被俘哪有机会面见君颜？可是玄烨思前想后，决定还是见见鳌拜再做判决。天牢重地，少年天子玄烨召见了鳌拜。

鳌拜没有想到玄烨会来见自己，惊诧之余，心怀愧疚，低垂着头颅一言不发。玄烨与他对峙多时,开口说:"鳌拜,你觉得朕会如何判罚你?"鳌拜只是低头不语。

玄烨见他不开口,轻声一笑:"鳌拜,你是不是输的不服气?"

鳌拜抬起苍老的面孔,低沉地说:"罪臣不敢有什么妄想了,只是想起当年追随太宗征战天下,曾经救了他一命,身上留下了多处疤痕,太宗当时说过,不管鳌拜身犯何罪,都会饶我不死。时事变迁,如今我鳌拜却死于非命了。"

还有这样的事?玄烨心里一愣,太宗就是皇太极,也就是玄烨的祖父,太宗真的对鳌拜有如此许诺吗?如果真的许诺了,如今杀了他,不就等于违背先祖圣命了?玄烨迟疑片刻,随即说道:"既然太宗有这样的许诺,朕不会违背先祖之命,朕会饶你不死!"

在场人都吓呆了,护驾的魏东廷首先进言说:"万岁爷,不要听他胡说,我们费了几年的时间才把他抓住,不杀他不等于放虎归山吗?"

玄烨笑道:"不杀他不等于放了他,怎么会是放虎归山呢?"

就连鳌拜也愣在了那里,他本意激怒玄烨,没有想到他却当场决定不杀自己,这是真的吗?世上哪有不对政敌下毒手的?哪有轻易饶恕政敌的道理?

玄烨却更坚定了,他当即传旨,召遏必隆、杰书、吴六一觐见,商讨处罚鳌拜事宜。玄烨见了他们,说了自己的想法,不杀鳌拜!他们听了,面面相觑,不明白皇上是什么意思。玄烨说:"鳌拜已经被捉了,追随他的势力自然会土崩瓦解,不复存在。鳌拜追随先帝入关,出生入死,曾经忠心耿耿,救了太宗性命,如果朕把他杀了,不是违背了先祖遗志吗?有失宽厚仁德治国之本。"

吴六一急忙说:"鳌拜一派胡言,太宗什么时候说过不杀他的话? 皇上不要轻信他!"

"罢了,"玄烨说,"不管是真是假,他的话倒是提醒了朕,你们想,先帝遗命四臣辅政,几年来,索尼病死了,苏克萨哈被鳌拜杀了,如今只剩下鳌拜和遏必隆,如果朕再把鳌拜杀了,与鳌拜杀死苏克萨哈有什么区别? 难道让朕也落个争权夺利、残害人命的名声吗? 不如将鳌拜永久关押天牢,任其自生自灭。"

遏必隆颤巍巍地说:"万岁宽宏仁慈,历朝历代罕见。自从大清入关,朝廷局势时常变化,引起人心惶惶,无法安心做事,长久以往,国家社稷将无法安然稳固啊! 今天饶鳌拜不死,定能笼络人心啊!"他说着,涕泪又流下来了,辅政几年,夹在权力争夺中心,他过着如履薄冰的日子,能不感慨吗?

究竟该如何处罚鳌拜呢? 杰书说:"不杀鳌拜,难以安定人心。他作恶多端,犯下重罪,如果不杀他,世人怎么会答应呢?"

经过激烈争论,最后定下了处罚鳌拜一帮人的判决。免去鳌拜死罪,关押天牢;将他的党羽全部处斩,杜绝后患。这样,既没有杀鳌拜,又将他的势力完全铲平,再也不用担心他会起死回生、再次控制朝纲,又警示世人,乱臣贼子罪孽深重,不可轻饶。

《清史稿·本纪》记载,五月庚申,王大臣议鳌拜狱上,列陈大罪三十,请族诛。诏曰:"鳌拜愚悖无知,诚合夷族。特念效力年久,迭立战功,贷其死,籍没拘禁。"其弟穆里玛、塞本得,从子讷莫,其党大学士班布尔善,尚书阿思哈、噶褚哈、济世,侍郎泰璧图,学士吴格塞皆诛死。余坐谴黜。

第十章 刻柱铭志 体恤民情

　　玄烨捉了鳌拜，却没有杀他，显示他宽广的胸怀。这时，政权收回，玄烨一心一意投入国家建设当中，他刻柱铭志，提出三大要务。少年天子亲自试验，培育水稻良种，鼓励百姓耕作；他任用贤才，治理河水；他尊崇儒学，设立南书房制度，重用汉臣，化解满汉之间的矛盾。他的一系列举措正在积极进行时，新的斗争出现了，这将又是怎样一场生生死死的考验呢？

第一节 三大要务

康熙八年(1669 年)五月,年仅十六岁的少年天子玄烨成功铲除了鳌拜一帮人,收回朝政大权,但玄烨对鳌拜宽大处理,免除他的死罪,只判他终身监禁;对遏必隆,先是革除太师,后来又归还公爵,还善待重用。鳌拜辅政八年,扶植党羽无数,势力遍及朝廷上下,可谓权力独揽,无人可及。但是玄烨周密策划,冷静机智,部署得当,不动声色,仅仅动用宫廷侍卫就将他一举擒获,成功拿下,充分显露了少年天子的胸怀谋略、胆大心细的政治家风范。历来政权争夺,都会引起朝政动乱,小则政局不稳,牵连许多朝臣;大则导致兵乱国难,百姓遭殃。可是,玄烨除鳌拜,既没有动用大规模军队,也没有经过血雨腥风的苦战恶斗,朝局几乎没有受到任何影响,社会上也没有发生什么骚动不安,真是令人感叹不已。《啸亭杂录》曾经记载人们的评论说:"声色不动而除巨恶,信难能也。"

玄烨清除鳌拜一行人后,皇权得到巩固,扭转了辅臣推行旧制、社会趋向倒退的局势,彻底摆脱了阻挠历史前进的保守力量的干政参政,进而促使大清王朝政权统一,促进了满汉融合,国家稳定。

十六岁的玄烨真正掌握了国家权力,他御门听政,开始了亲自处理政务的历史。勤奋能干的玄烨发挥自己的才能,很快就处理了鳌拜辅政多年积攒下来的问题。史书上称其"仅用半年时间就处理了鳌拜辅政八年累积的问题"。

首先,玄烨下令废除圈地。《清圣祖·本纪》记载,诏满兵有规占民间房地者,永行禁止,仍还诸民。

接着,他恢复苏克萨哈、苏纳海等人的官职,为他们平反昭雪。《清圣祖·本纪》称,诏复辅臣苏克萨哈官及世职,其从子白尔图立功边徼,被枉尤酷,复其世职,均令其子承袭;诏宗人有罪,遽绝属籍,心有不忍。自顺治十八年以来,宗人削籍者,宗人府详察以闻;诏复大学士苏纳海、总督朱昌祚、巡抚王登联原官,并予谥。

而且,他还正确处理鳌拜一行人部分人员,实行宽大政策,稳定了局势。陕西总督莫洛、陕西巡抚白清额等都曾是鳌拜旧党羽,受到牵连,被罢官受罚。可是,当地百姓联名上书,言称他们清廉为民,是难得的清官,要求皇上免除他们的罪责,让他们继续掌管本方水土。玄烨知道了事情的经过后,慎重思虑,认为他们为官一方,清正有名,实属不易,没有追究他们的罪行,下诏恢复他们的职位。这件事也显示玄烨宽怀为本的治国思想。

经过半年努力,朝政走上了正轨,可是年少的玄烨胸怀天下,综观局势,并不满足于眼前一切,他在一天早朝时对大臣们说:"朕即位以来,日夜以苍生百姓为念,但求善治天下。可是如今农灾不断,各地盗贼不止,加上贪官污吏盘剥掠夺,百姓们生活依然非常清苦,想起来,朕心难安。三部九卿、各级官吏,你们认为如何能够改善百姓疾苦,可以上书奏报,各抒己见。"

玄烨下诏提倡朝臣上书直谏,议论时政,共同探讨治理国家的良策。朝臣们受到鼓励,纷纷上书言事,一时间,朝廷活跃了,大臣们或明或暗,不断地提出新的建议、新的主张。当时,有的朝臣每天上奏折达到七次之多;有的朝臣密上奏折,连年不断。玄烨日理万机,从这些奏折中发现问题,实时解决处理,逐渐地,他看清了当前朝廷面临的几大要务。这天,他在书房练习书法。这也是玄烨必修课程之一,除了读书、西学、武功,他还坚持常年练字习书,从不耽误。曹寅侍立在旁,端详着玄烨写了会儿字,凑过来看看,不禁奇怪地念道:"漕运、河务、三藩。"

"曹寅,你明白这是什么意思吗?"玄烨问道。

"万岁,臣愚笨,不知道万岁为什么写这些字。"曹寅老实地回答。

"呵呵,"玄烨微笑着说,"朕也是刚刚悟透其中道理。你想想看,国家要想发展壮大,最重要的是什么?"

曹寅迷惑地想了想,突然兴奋地说:"万岁,你是说漕运、河务、三藩是国家最大的问题,极需要解决的问题?"

"嗯,如今朕掌握了政权,也该认真治理国家,造福百姓了。"玄烨抬起头,望着高远的天空,无限深沉地说。

"万岁深躬远虑,心系天下苍生,真是百姓之福,社稷之福。"曹寅由衷地赞叹道。

玄烨看看桌子上的字幅,继而分析说:"几年来,山东、安徽两地巡抚屡屡上报黄河缺口,淹没了不少良田沃土,导致百姓流离失所,灾难加重,朕以为,河务非常重要。再有,光京城每年就需要四百万石粮食,这些粮食大都通过漕运进京,可是黄河泛滥,淤泥堵塞运河,无法运粮进京,这一点也是至关重要的。至于三藩,他们久居南方,拥兵自重,早晚也是祸患。"他说着,重重地拍打了一下桌案,转身命令道:"曹寅,你帮朕找把刀子。"

"刀子?"曹寅迟疑着,不知道玄烨要干什么,见玄烨低头盯着字幅沉思,也不敢再问什么,只好命令外面的小太监去找一把刀子来。小太监慌忙跑了,过了不久,举着一把大刀过来了,胆怯地问道:"曹大人,是这样的刀子吗?"

曹寅也不知道玄烨要什么样的刀子,就把太监找来的大刀递给玄烨。玄烨依然深思三大要务,突然见曹寅递上一把大刀,倒是吃了一惊,问道:"曹寅,你想干什么?"

"回万岁,刚才您说要刀子……"

"唉,"玄烨苦笑一下,"朕又不练武功,要这样的大刀干什么? 我想起来了,"他边说边从腰间掏出一把精致小巧的蒙古刻刀,在手里掂量着说,"这还是蒙古亲王送给朕的呢! 朕用它就行了,你赶紧把大刀拿走。"

曹寅不解地问:"臣还是不明白,万岁用刀要做什么?"

玄烨兀自笑了,拉着曹寅来到宫外廷柱前,手握刻刀,一笔一划在柱子深深地刻画着。皇宫内,每座宫殿前,都树立着粗大的廊柱,选用上好的木材精制而成,历经百年,丝毫也没有变化。玄烨认真地刻画着,一会儿,柱子上出现了六个大字:河务、漕运、三藩。

这次轮到曹寅吃惊了,他惊讶地说:"万岁,您把三件事情刻在柱子上,是不是以此时时提醒、刻刻激励?"

"对极了,"玄烨刻完字,满意地看着说,"曹寅,你总算明白朕的意思了。朕要以此为志,时时督促自己刻苦努力,勤奋做事,不要忘记天下大事。"

书房的廊柱上,多了六个大字,玄烨每日必去书房,因此也每天都能看到这几个字,他以此激励自己、提醒自己,不忘记关系国家根本的大事,不要沉迷享乐,荒废国事,他刻苦向上的精神由此可见一斑。

曹寅见此,佩服地说:"万岁有这样勤政爱民的心,何愁天下不治?臣等有这样勤奋自律的君主,也一定会努力效法。"

玄烨刻柱铭志,自我激励,立刻传为朝廷上下的佳话,朝臣们也开始努力做事,一扫先前颓靡不振的作风习气。

第二节　永定河水

黄河久治久淹,千百年来,历朝历代想尽了办法,都没有取得很好的效果。治理黄河,成了朝廷最头疼的问题。玄烨深知其中困难,黄河绝非一朝一夕可以治理的,他一面派人时刻关注黄河,想办法治理河水,救济灾民;一面亲自来到京城附近的河段——无定河,决定在这里做试验,探讨治理河水的好方法。

时值六月酷夏,正是河水泛滥的时候,玄烨微服出宫,带着曹寅、魏东廷以及南怀仁等洋老师来到了河边,他们分钉木桩、学用仪盘和各种较先进的西方仪器、记录测量数据。

永定河水

玄烨亲自勘测,分析研究,劳累半天,魏东廷看着玄烨汗水直流,不放心地说:"万岁,这么繁琐的事情还是让臣下去做吧!"

玄烨挥手说:"现在做起来复杂,真正治理河水的时候就方便多了。"

南怀仁提出建议说:"黄河源远流长,中国有句俗语'追根溯源',皇上,为了能够治理好河水,就应该先了解它,黄河来自哪里,谁也搞不清楚,皇上,你何不派人去探寻它的根源,从根本上治理它呢?"

这句话说的有理,玄烨点头说:"黄河水究竟来自何方,确实众说纷纭,朕研读了许多治河的书籍,各有各的说法,为了更好地治理黄河,对它有个全面、正确的了解太重要了。"

他们边说边做,逐渐掌握记录了无定河段重要的资料,玄烨高兴地说:"只要勤于观察,勤于动手,相信河水一定可以成功治理。"他不厌其烦地检查每一木桩,细心地用仪盘测绘每一个地方,发现异样,立即记录。通过亲自临河试验,玄烨更了解了河水,也更确定了治理河水的信心。

回宫后,他拿出记录的数据,比对历代书籍上的资料,朝臣们上报的资料做统一研究分析,发现内容有误的地方,即刻标注出来,命人再去勘测,再做新的记录。他发现有的古书上说黄河水源于青海湖,有的说黄河水来自天上等不一,想起南怀仁的建议,觉得其中必有错误。他昼思夜想,简直到了废寝忘食的地步,这天天色已晚,玄烨漫步来到书房,站在刻着三大要务的廊柱前久久苦思。忽然,有细碎的脚步声传来,他身边的太监急忙护在他的面前,喝问:"什么人?"

廊柱下的灯笼发出摇曳的光线,书房前半明半暗,偶有虫鸣声低低传唱,更衬托出此地的安静肃穆。正是用晚膳时分,皇宫里大多数人都在吃饭呢!所以此刻反而静静的。

来人施礼见过玄烨,低声说:"皇上,是臣妾。"原来是皇后在宫女的陪伴下走过来了。玄烨走上前问道:"皇后,你不在宫中,怎么跑到这里来了?"

皇后抿嘴笑了:"皇祖母要你陪她用膳呢!却到处找不到你,臣妾猜想你一定在这里,所以赶过来了。"

"噢,"玄烨也轻声一笑,"你倒有把握,怎么就知道朕一定在这里呢?"

"皇上刻柱铭志,连皇祖母都夸你呢!臣妾怎能不知道?最近皇上为治理河水一事操劳,臣妾也时刻挂念。"

玄烨过来拉住皇后的手说:"亏你能记挂操心这些事。不过祖宗法制,不允许后宫参政,你还是少参与较好,不然会招惹是非。"

"不会的,"皇后恬静地说,"臣妾明白,臣妾挂念的是皇上,不是朝政。"

玄烨满意地握着皇后的手,想了想突然说:"你说皇祖母等着朕用膳,哎呀,是不是这么晚了,皇祖母还没用膳?"

皇后嗔怨道:"说的就是呢!皇上赶紧回去吧!"

来到慈宁宫,见了太皇太后,祖孙三人一起用膳、说话。孝庄说:"皇上,你操心国事,可一定要注意身体。你要知道,身为皇帝,关系天下安稳,你要有个风吹草动,天下可就得地动山摇了。"

"孙儿明白。"玄烨说。

"比如三餐,"孝庄想了想说,"天天如此,一餐也不能少。"

玄烨看看祖母,知道她话里有话,刚要说话,皇后接过来说道:"皇祖母真会打比方,皇祖母是说做事要循序渐进,不能急于求成,对不对?"

"还是你聪明,"孝庄夸奖地看着皇后,转向玄烨说,"皇上,你说呢?"

玄烨早就明白这是祖母和皇后在劝导自己呢,讪讪笑着说:"孙儿明白了,谢谢祖母教导。"

果然,玄烨接受孝庄的意见,静下心来处理朝政要务,他管理国家更加沉稳,水平一步步提高,渐渐地磨练成了一位伟大的政治家。

玄烨逐步实施自己的计划,在他成年后,终于完成了治水要务。他派遣侍卫探查黄河源头,探寻出黄河源自星宿海(历史上的说法),进而首次确定了黄河的真正源头。而且他重用能臣,终于成功地治理了河水。他将无定河改名永定河,祈愿天下河水永定,不再泛滥害人,显示了他以民为主,爱民心切的明君风范。

当时,治理河水引起大臣们争议,各持己见,互不相让。慎重起见,玄烨组织他们经过调查、辩论、验证等,整整讨论了一年的时间,才做出最终决策。

在治理河水期间,玄烨发扬民主作风,集思广益,注重实践,命令不同意见的大臣在乾清宫前展开辩论,各抒己见。辩论双方分别是河道总督靳辅和直隶巡抚于成龙,他们就河水退却后田地归属问题和如何使河水入海,展开了激烈争论。靳辅认为,河水退去后应该实行屯田,作为河务补贴,补偿给为治河做出贡献的人;于成龙则认为,屯田侵占百姓土地,导致民怨纷纷,不能实行。关于河水如何入海,靳辅认为应该加固河堤,提高大坝高度,使河水顺利入海;于成龙却说,应该开海口泄水,认为如果加高河堤,居住在堤坝下的百姓必将受到威胁,一旦河水决口,死伤无数。

玄烨听了他们的辩论,并不轻易做出判决,而是让家乡临近河水的官员上奏折议论这件事,听取大家的意见。众多官员上书,大部分认为于成龙的建议可取。最后玄烨采纳了于成龙的方案,并且罢免靳辅,而启用于成龙治河。

事情安排下去,玄烨并没有就此放心不理,他派人亲临治河现场,观看河工究竟以何种方案治河。结果,事情的发展出人意料,于成龙奉命治河后,发现自己的方案是纸上谈兵,不能付诸实施,而靳辅经过多年实践摸索出来的方案是正确的,只好采用靳辅的方法治河。玄烨了解了事情的经过后,立即纠正错误,表彰靳辅,恢复他的官职。

而且,治河成功后,有大臣曾经提议将治河经验撰写书籍,颁行天下,流传后世,可是玄烨没有同意这种意见。他说:"历朝历代治河的书籍非常多,可是翻阅无数,你就会发现,有些书籍空泛理论,有些书籍不合时宜,根本无法按照书上说的去做。这么多年朕终于悟出来了,河水变化无常,治河也应该随之变化,不能拘泥于一种方法。如果今天成功了,就把这种做法传给后人,让他们效法,是万万行不通的。"

这种缜密严谨的处理问题作风,令朝臣备受感染,也直接促进了政务的顺利解决。也许没有人想到,这正是玄烨自幼养成的好习惯,得益于他的勤奋好学,也得益于他勇于接受批评、孜孜进取的态度。

第三节　君臣同讲

　　玄烨亲理政务，刻柱铭志，很快就做出了很多成绩，但他也认识到了自身的不足。这两年来，苦于与鳌拜明争暗斗，耽误了不少时间学习。现在，鳌拜已经除去了，以前的帝师之争也不复存在，玄烨决定为自己挑选合适的老师。

　　想到能够随心所欲地选择老师了，玄烨心情既兴奋又轻松，他想来想去，召见了索额图和明珠。当初，玄烨宫外拜师，就多亏了这两个人，如今他们一个是大学士，一个是左都御史，都是朝廷中举足轻重的人物了。

　　索额图和明珠奉旨进宫，跪倒叩头见驾。玄烨让索额图和明珠平身，对他们讲了自己的打算。听了玄烨的意图，索额图和明珠却沉默起来。良久，索额图才开口："万岁，现在不同了，现在推举的老师就是帝师，地位尊贵，臣等怎敢乱言？"

　　"乱言？"玄烨说，"你们都是朕的心腹大臣，乱言也无妨！只要说的合理，朕会慎重考虑的。"

　　索额图做事谨慎，当初凭着满腔热血斗胆请皇上入府学习，今天，他官拜大学士，地位高了，反而有些拘谨。想了想才说："万岁，臣想推举一人，不知道合不合适？"

　　"瞧你吞吞吐吐的，"玄烨说，"有话直说。"

　　他还没有开口,跪在一旁的明珠倒抢先说道:"万岁,臣想索额图大人指的是熊赐履。"熊赐履身为侍读学士,德行才学无人不服,近年来屡屡上书言事,深得玄烨信任,是朝臣有目共睹的。尤其是参与铲除鳌拜一行人,他出谋划策,临危不乱,起了一定的作用。

　　"熊赐履?"玄烨重复一句,心里豁然一亮,"远在天涯,近在咫尺,朕怎么没有想到呢? 还忙着四处寻师,原来良师就在眼前。"

　　"万岁,"索额图见玄烨激动地要拜熊赐履为师,急忙进言说,"万岁,熊赐履虽然德才兼备,品行高雅,可是他一直是侍读,适合做帝师吗?"

　　玄烨略一思索,坦然说:"其实,多年来,朕一直把熊赐履当作老师看待,他也教授了朕不少学问知识,身份和出身是次要的,真才实学才是最重要的。"

　　明珠进言说:"万岁虚心好学,不耻下问,实在是我们学习的榜样。"

　　"呵呵,"玄烨笑了,"明珠,你倒越来越会说话了。说到学习,对了,你传下旨意,督促各个年龄尚幼的亲王贝勒都要加紧学习,读书、骑射,一样都不要落下,不可荒废学业。不能娇惯纵容,养成游手好闲的习性。索额图,朕看就把熊赐履召来,看看他有什么说词,你看如何?"

　　索额图忙说:"臣谨遵圣命。"

　　一会儿,熊赐履进宫了,他听了玄烨的意思,忙说:"皇上,多年来您好学不倦,文武兼备,功底深厚,如今亲政日久,臣哪里还敢妄称帝师?"

　　玄烨摇头说："熊赐履,你是当朝最富才学的臣子,深谙学习上进之道,怎么能说这样的话呢? 三人行,必有吾师,连圣人都这么说,朕年幼无知,怎么就不能拜师了?"

　　熊赐履了解玄烨求学的渴望心情,恭敬地说道："皇上求学心切,臣也十分感动,只是臣的学问早就灌输给了皇上,恐怕难有新的知识教授您了。"

　　看他如此谦虚,玄烨生气不得,着急不能,来回踱了几步,忽然想起件事情来。前几天,他去太学院奠基先圣孔子,看到诸多年幼亲王贝勒们都在读书学习,一时兴起,就在那里为他们讲了《周易》和《尚书》,鼓励他们好好读书,为国家出力做贡献。当时事中刘如汉听了玄烨的见解,佩服地说："万岁见解深刻,讲得透彻,比太院老师们讲的还好。臣斗胆提议,以后可以开设经筵制度。"

　　所谓经筵制度,就是沿袭前代办法,由经筵讲官给皇帝讲解经籍的制度。讲官们为皇上讲解经典史籍,讲授历代儒家经书著作,进而让皇上体会古代帝王治理国家的方法,更好地管理国家,成为一代明君。

　　玄烨听了刘如汉的建议,高兴地说："好,朕自幼酷爱史书,如果得到讲官系统教导,那是最好不过了。"于是他下令举行经筵大典,开始实行经筵制度。此后,无论秋冬,除非有特殊情况,他从没有停止过这项制度。

　　再说眼前,玄烨想拜师,熊赐履却不敢收徒,争议之间,玄烨想起了这件事,他对熊赐履说："朕下令举行经筵大典,就命你兼任讲官,讲授儒家经典,你看如何?"

　　这下,熊赐履不好再说什么了,叩头说："臣领旨谢恩。"

南书房

玄烨扶起熊赐履，微笑着说："你不要如此客气，讲解经典不是件容易事，何况是为皇帝讲经，对不对？"

熊赐履知道皇上开玩笑，也笑着说："臣倒有个建议，不知道该不该讲。"

"讲，"玄烨坚定地说，"你怎么跟索额图一样，说话躲躲闪闪的，有话直说。"

"臣以为，以皇上的才学和聪智，儒家经典已经都有所涉猎，而且很多都非常熟悉精通，如果再让讲官们散漫地讲解，不是白白浪费皇上的时间吗？臣有个想法，皇上何不与讲官互相讲解呢？反复讲解，互相学习，也是种提高学习质量的好方法。"

"互相讲解？"玄烨不解地问，"怎么样互相讲解？"

熊赐履说："每次讲官们讲完后，皇上您再重复讲解，与他们互相探讨，这样进步会更快。"

　　玄烨明白了,他心里一阵喜悦,看着熊赐履说:"这个办法好,朕每次都要多叫上几人,大家坐在一起,轮流讲解,反复学习,必定能够阐发出新的见解和理论,君臣共同进步,岂不快哉!"说到做到,玄烨开始了与大臣们共同讲解典籍的学习历程。

　　君臣同讲之后,玄烨越来越体会到儒家经典的重要性,体会到儒家思想对于治理国家的重要作用。康熙十年,他下诏采用儒学治国,并且逐渐收拢了许多文人名士。

　　南书房地处玄烨听政的乾清宫西南隅,是一排不太显眼的房舍。南书房里行走的大多数是汉人,都是经史、文学、书法、绘画以及自然科学方面出类拔萃的才人学者。这些人平日为玄烨讲究文义、陪伴侍读,后来逐渐参与政事,成为玄烨重要的智囊人才。这是玄烨加强皇权、巩固清朝统治的宫廷御用机要秘书机构,又是

方苞

他读书学习的书房,也是以他为首的清王朝选拔、重用汉族士人的"木天储才之要地"。

　　入值南书房的人才都是当时知名人物,例如王士祯为诗坛一代宗匠,朱彝尊与王士祯并称朱王,方苞是桐城文派创始人,沈荃书法湛深,戴梓是很高明的天文学家等。南书房能集中这些人才,体现了玄烨宽博的胸怀和谋略,也为他统御四方、开创盛世打下了基础。据史书称,玄烨选拔南书房行走人员的标准是:"拣择词臣才品兼优者充之""唯视学问之优,不尽为官职"。查慎行入选因其是著名诗人,"名闻禁中";高士奇出身寒微,曾

"鬻字为活",先被荐入内廷当了詹事府录事,后加内阁中书衔入值南书房;何焯因"通经史百家之学"被直隶巡抚李光地以"草泽遗才荐",入值南书房;方苞因戴名世《南山集》案下过刑部大狱,但因"圣祖(玄烨)夙知苞文学"而入选。可见玄烨用人之道,不拘一格,唯才是用。

南书房人才为玄烨出谋划策,成为朝廷重要的议事场所,地位举足轻重,进而逐渐对抗了入关以来满族亲贵阶级形成的势力,平衡了满汉矛盾。

第四节　亲耕与发明

　　玄烨一方面强化自身修养，刻苦自励，另一方面，他特别注重农事，为了鼓励农业生产，玄烨决定举行耕籍礼。

　　新年刚过，玄烨下诏亲耕籍田。早春的阳光并不温暖，好像刚刚睡醒的婴儿，蒙眬地观望着四周景色。京郊西边的土地上，早早来了一群侍卫大臣，他们都是赶来参与亲耕之礼的。

　　历代帝王对籍田十分重视，各种经典文献对于帝王亲耕都有详细的记载。《礼记》记载，周时已开始这种礼制，叫"耒礼"，是封建社会十分神圣和重大的国典。神农炎帝是华夏祖先之一，自从他发明耕种以来，社会取得了很大发展，他也被尊崇为华夏三皇五帝之列。所以历朝帝王都非常尊敬他，经常举行大典祭拜他。为了表示这种重视，皇帝经常亲自耕种田地，作为表率，并带领王公大臣参加。

　　玄烨来到田里，迎着略带寒意的微风，卷起裤脚，看看四周的大臣说："朕今日亲耕，一来显示农事之重，二来也为了敬天爱民，祈求苍天护佑吾邦臣民。"说完，他亲手扶起犁耙，与牵牛的老汉一起犁耕土地。

　　忙碌半天，耕了三四个来回，玄烨与老汉坐在地头休息，他问起老人田里收成情况，能否保证温饱问题，等等。老汉恭谨地一一作答。玄烨说："你可不要怕朕就光说好听的，有什么困难说出来大家一起解决。"

老汉是附近大兴县人，他见玄烨随和，也渐渐放松了心神，与少年天子畅快地交谈起来。玄烨认真地听他述说，仔细地发现其中隐藏的问题，突然打断老汉的话说："朕明白了，要想收成好，种子很重要。同一块田撒下不同的种子就会有不同的收成。对啊！春秋时期，五国争霸，越国的文种献计，进献给了吴国蒸熟的种子，结果导致吴国白白浪费了一年的好时光，颗粒无收，国力大减，越国趁机进攻，打败了吴国。这是历史的教训哪！"

玄烨转身对随行大臣们说："农事非常重要，种子又是关系农事的根本。朕自幼生长在深宫后院，难以接触农地生活，今日能够亲耕亲种，感触颇深。督促地方上的官员，一定要强化农事。"

大臣们也挽起衣袖，披上蓑衣，拿起犁耙与老农们一起耕种田地。早春的田野里，君民同耕共劳，场面恢宏，令世人感慨。

亲耕仪式结束，玄烨带领大臣官员们回宫去了。一路上，玄烨仔细思索亲耕所见所闻，对随行官员说："朕看亲耕田地非常有意义，从今以后，作为制度规定下来，朕每年春天都要亲自耕种，表率天下。"

回到皇宫后，玄烨又做出了一个重要决定，他命人在皇宫西苑开辟一块园地，取名丰泽园，亲自在那里耕种水稻，体验劳作之苦。玄烨非常认真，常常去园里观察水稻长势，时时引水浇灌，从不喊苦叫累，经过一番努力，他竟然培育出了一种新水稻品种。

六月里，玄烨与皇后一起来到了丰泽园。皇上亲耕，皇后也要亲自养蚕织布,以此表率天下妇女,这也是古已有之的制度。所以,玄烨亲耕不久,皇后也举行了亲自养蚕织布的仪式。皇后自幼生长在富贵之家,锦衣玉食,娇宠有加,并不懂得养蚕织布,但是皇后非常谦谨,认真学习,毫不含糊。

如今,这对少年皇帝夫妻又来到了丰泽园,观察水稻的长势。玄烨边走边指点,让皇后观看难得一见的农田风光。皇后看到青翠的田里水稻扬花抽穗,奇怪地问:"皇上,水稻还开花呀?"

"瞧你说的,"玄烨微笑着说,"开花才能结籽,水稻不开花怎么结稻米呢?"

皇后脸一红,也笑起来:"臣妾见识短浅,让皇上笑话。"

"笑话?"玄烨摇头说,"朕哪里是笑话你? 倒是担心一件事呢!"

皇后敏锐地眨动双眼,试探地说:"皇上担心百姓们收成不好,对不对?"

"是呀,朕在这里耕种'实验田',为的就是时刻贴近百姓,了解百姓们疾苦辛酸,时刻提醒自己农为国之本,疏忽不得。你想想看,大清入关二十多年了,八旗贵族们荒于骑射,更不懂得耕种道理,这样下去也不是个办法,所以朕想以此鼓励他们,让他们也积极参与到耕种当中来,进而减轻百姓负担。"

两人边说边走,忽然,皇后指着田里一株水稻喊道:"皇上快看,那里有一株长得特别高,真是鹤立鸡群啊!"玄烨顺着皇后的手望去,可不,不远处有一株水稻高高挺立着,分外引人注目。他心中惊讶,不明白是怎么回事,快步走了过去想探个究竟。这一看让他大吃一惊。这株水稻上挂着沉甸甸的稻谷,金灿灿的,饱满圆润,已经成熟了,正傲立稻田间呢！玄烨急忙喊过皇后,激动地说:"其他水稻正抽穗呢！这株偏偏已经成熟了,你看,颗粒饱满,挺拔高立,了不起,像个打了胜仗的将军。"

皇后第一次见到水稻成熟,心里也很激动,伸手抚摸这穗稻谷,爱怜地说:"皇上,臣妾算是开了眼界,日日进食米饭,今天却见了水稻是如何生长的,知道了大米是如何来的。"

玄烨望着这穗稻谷,自言自语地说:"这穗稻谷提前两三个月就成熟了,朕想把它作为种子种到田里,不知道明年会不会长出同样早熟的稻谷?"

"好啊！"皇后赞同说,"皇上本来就是在这里做试验的,说不定还能培育出优良的稻种呢！"

"对,"玄烨高兴地说,"培育新稻种可以推广民间,提高稻谷产量,改善百姓生活。"他为自己能够切身实际地为百姓做事感到荣耀,比处理了许多朝廷政务都更开心。玄烨选定这穗早熟的稻谷,亲自采下晒干,妥善保存。到了第二年,他又把稻谷亲自种到田里,精心培育,果然,到了六月下旬,试验的稻子也成熟了,比其他稻谷早熟了两个多月,而且谷粒饱满,颗颗晶莹透亮,气味香醇,非常惹人喜爱。

玄烨成功地培育了新的水稻品种,经过多年反复培育后,在江南地区推广种植,大幅度地提高了产量,而且可以一年两熟,解决了春夏青黄不接的问题,使老百姓们收到了实惠。

第五节 移天缩地

　　玄烨刻柱铭志,勤于政务,善用人才,关心农事,严格要求自己刻苦求学,兢兢业业,努力做一个好皇帝,他的努力没有白费,影响了身边的每一个人,也使得他受到众人爱戴与拥护。孝庄眼看玄烨成熟老练,具有了帝王应具备的优良品格,心里也无比喜悦。她的年纪大了,身体一日不如一日,待在宫中的时间久了,总想出去看看,她的想法被玄烨识破了,提议陪她去热河疗养。孝庄说:"皇上日理万机,哪有工夫照顾我? 不用你去了,让皇后陪我去就好。"

　　孝庄和皇后一起离开皇宫,去热河避暑去了,玄烨孤单单留在宫中,几日下来,就觉得有些冷清了。一日用午膳的时候,御膳房上了道菜,叫作移天缩地,玄烨奇怪地问:"这是什么菜? 怎么取这么个名字?"

　　御膳房马上传来了做菜的厨师,原来他是江南人,进宫多年了,从来没有回过家乡,他非常怀念老家的山山水水、人文建筑,于是模拟江南水乡风貌制作了这道菜肴,形如江南园林,精巧别致。

　　玄烨听了他的叙述说,不住地点头说:"想法奇妙,原来菜肴中也有这等学问,好,朕念你一片思乡情深,特准你假,你就回家看看吧!"

厨师感激地叩头谢恩,高高兴兴收拾行李回江南探亲。

这件事却给玄烨带来了新的启示,他想,南方水乡风貌在菜肴中都能得到体现,为什么不把南方园林建筑特色移植到北方呢?如果在京城修建一座江南风貌的园林,祖母就可以经常去游玩散心,免得她年岁大了寂寞孤独。

玄烨立刻把这个想法派人告诉了远在热河的孝庄。孝庄听了,明白他的孝心,也就同意了。

玄烨亲自选择地点,命人刻画地图,很快在京城西边,修建了一座形同苏杭园林的建筑。他亲自为园林题诗,命名为"畅春园"。

他不仅关心建筑,还利用所学的西学知识参与到修建当中。每次园林建筑工地,他都要亲往视察几次,图纸也要反复揣测。他用先进的测量工具测试图纸,精确推算其中正误,及时为师父们指正错误,可以说,每处园林都有他的心血。

修建方面,玄烨更注重实际应用的东西。朝臣上奏,由于黄河泛滥,京城西南永定河上的卢沟桥出现了损毁现象,需要修缮。玄烨即刻命人修理古桥,不得拖延耽误。

这天,朝臣上奏,言称卢沟桥修缮完毕。玄烨听后很高兴,他决定亲自前去视察观看。皇帝出行,必将惊动一方,朝臣们纷纷行动,准备为皇上做充分安排,担心出现什么不测,玄烨看着忙碌慌乱的大臣和宫内侍从人员,下诏说:"朕外出巡视,你们要记住,不能随便动用沿途百姓的财务,不能增加他们的负担。"为了避免出现惊扰一方的现象,他及时传诏制止众人忙乱的行为,提醒他们巡视是为了了解民间情况,不是去增加百姓负担。

这形成了一项严格的制度。后来,玄烨曾经多次外出巡视,其中很多次去江南。但是他要求凡巡幸一切需用之物,都要节俭办理,巡幸需用草豆、木炭、食物等,不能让地方官员摊派到民间,进而扰害百姓。而是由衙门按照时令价格统一采购供给。他巡幸时常常带着负责监察的科道官员,稽查强行买卖扰害百姓的官员和行为。而且,他要求地方文武大小官员不许与随从皇帝巡视的官员以亲戚朋友送礼,对于馈送收受的人员,竟然要"以军法处置",随行的大小官员及随往仆役,如果有横行生事,滋扰乡民的,一并从重治罪。另外,还到处张贴安民告示,声明发现地方官私自征收财物的,一定要从重治罪。要求凡经过地方,确保百姓各安生业,照常生活,不得迁移远避,反滋扰累。

第十一章

三藩进京 斗智斗勇

　　大清入关，封三藩镇守云南、广东和福建，经过多年发展，三藩形成了独霸一方、各自为政之势，严重威胁朝廷安危。玄烨打算削弱三藩势力，采取先礼后兵之计，因此，藩王进京，展开了新一轮争权夺势的斗争。能不能顺利削弱三藩，成为朝野上下最关注的问题。玄烨力排众议，与三藩斗智斗勇，结果如何，且听分解。

第一节　先礼后兵

　　玄烨勤奋治国，努力求进，他在康熙八年（1669 年）六月，曾经下诏令朝臣们上书言事，共同探讨治理国家的策略方法，其中，他还采用了密折制度。所谓密折制度，就是让朝臣们秘密上奏折，直接呈给皇上御览，也就是说，不论官职大小，都可以与皇上直接对话。这样，玄烨能够更广泛真切地了解社会动态，进而全面地做出判断，正确地处理政务。

　　密折制度实施以来，玄烨了解了许多前所未闻的事情，使年少的他迅速地掌握了朝廷内外诸多问题。新年即将来临了，朝廷上许多大事需要处理。这天，玄烨坐在养心殿里处理奏折，太监们毕恭毕敬地侍奉左右，突然，一份来自潮州的密折引起他的注意。

　　原来，潮州知府傅宏烈在奏折中痛陈三藩为患，建议朝廷尽早撤藩。一席话再次提醒了玄烨。他除掉鳌拜后，就把三大要务刻在宫中廊柱上，时刻不忘这三件事情的重要性。如今，河务、漕运都在按部就班地进行着，唯独这三藩至今迟迟没有良策，少年玄烨也不知道该如何处理三藩事务。现在有大臣提议撤藩，那么当真行得通吗？

　　说起三藩，首先得说说他们的来历。三藩分别是平西王吴三桂，镇守云南；平南王尚可喜，镇守广东；靖南王耿精忠，镇守福建。他们原来都是明朝的将领,在与清抗争过程中,投降了大清,跟随顺治帝入关后,在平定南方国土时又立了大功,被顺治帝封为异姓王爷。三藩手握重兵、独霸一方,成为势力强大的诸侯王,割据了华夏南部国土。

三藩之中势力最大的是平西王吴三桂,他坐镇云南,拥兵自重,私自煮盐铸钱,四处招兵买马,又用"西选官"的名义,把心腹之人派往云、贵、川、陕各省当官,广大的西南国土尽归他有。吴三桂不把朝廷放在眼里,更瞧不起少年天子玄烨,他独霸西南,对中原虎视眈眈,成为朝廷的一大心患。

吴三桂

看了傅鸿烈的奏折,玄烨心潮起伏。关于三藩,他早就了解了许多,特别是吴三桂,这两年来,竟然私自派遣官员到西南各省任职,意欲扩展地盘,叵测之心令人不得不防。玄烨手拿奏折,站立起身来回踱步,以他个人的意见,主张撤去三藩,可是众多朝臣上奏不止,认为三藩拥有重兵,盘踞地方多年,一旦撤藩不利,反而招致他们怨恨,弄不好会引起国家大乱。

究竟该怎么办?玄烨绞尽脑汁地盘算着,古往今来,藩王作乱的大有人在,直接危害到中央政权,然而三藩本是明军叛将,他们居于南方,不服朝廷管制,时间久了,必定成为朝廷祸患。

玄烨仿佛看到三藩举起反旗,直逼宫廷的一幕了。他不敢往下想了,转身喊道:"传熊赐履、索额图和明珠觐见。"

熊赐履、索额图和明珠在铲除鳌拜后,官位升高,他们在各自的职位上显示了过人的能力,一直深受玄烨信任和重用。三人很快来到了养心殿内,玄烨拿着奏折,对他们说:"三藩事务重大,朕想听听你们的意见。吴三桂派了不少官员掌管了西南各地,你们怎么看? 还有,去年遏必隆去南方督粮,几百万石粮食全部送给了吴三桂,他还嫌不够,追着朕要银子。现在,又要几百万两银子,你们说该怎么应付?"三藩以引清兵入关,平定南方各地立下了功绩,需要养活广大将士为理由,年年都向朝廷索取银粮无数。顺治十七年(1660 年)的时候,国家赋税收入白银875 万两,而云南省的开支就是 900 万两,还不足一个平西王消耗的。

三藩事务关系重大,这是朝廷上下人人都知道的事情,熊赐履三人也不敢贸然进言。前几天,玄烨也曾经提出撤销三藩的主张,可是他们认为时机尚未成熟,不能轻率行事,事情就这么搁下来。这次,皇上再次以此事向问,谁也不知道该如何回答是好。

过了一会儿,玄烨见他们不说话,举起奏折说:"这是请求撤藩的奏折,力陈三藩不撤的危害,你们应该好好看看。"说着,把奏折递到熊赐履的手里。

熊赐履打开奏折,与索额图、明珠两人一起详阅。

玄烨问:"你们认为如何? 朕看傅宏烈倒是个爽快勇敢的人。"

看了半天,明珠开口说:"万岁,臣有个想法,不知道可不可行?"

"讲。"

"三藩需用过大,过度消耗国家财力,他们拥兵坐大,时间久了,难保不起二心。可是多年来,他们靠朝廷养活,称霸一方,势力不可低估,如果强行撤藩,必将引起他们不满。臣以为,不如采取缓行温和的计策,慢慢把他们除掉。"

玄烨听了,心里一动,这倒是个办法。他慢慢地走了几步,回头问熊赐履:"熊大人,你可有什么好计策?"

"这个……"熊赐履进殿半天还一句话也没有说呢!他吞吞吐吐地说,"三藩可不比鳌拜,要想玩笑间将他们清除,恐怕办不到。"

是啊!玄烨长叹一声。窗外依然青葱的松树上挂着零星的雪花,几天来,天阴沉沉的,时而雪花飘舞,直冷透了人的身心。他固执地站立着,室内的炭火呼呼地燃烧着,烤热了每个人的脸庞。

君臣几人默默无语,过了一会儿,玄烨只好让他们走了。第二天,玄烨在书房听讲官讲史,讲到赵匡胤杯酒释兵权时,他突然灵机一动,想到,何不效法赵匡胤,先礼后兵,夺取三藩权势呢?反复思索,他觉得这是个好主意,晚间,他再次召见熊赐履等重臣,对他们说了自己的想法。明珠立即说:"万岁英明,臣也是这个意思,先礼后兵,不怕三藩不除。"

索额图也默默地赞成了,只有熊赐履顾虑地说:"三藩王爷都是历经百战的将军,也曾经熟读史书,恐怕他们不会轻易让出兵权。"

"不管怎样,朕决定趁新年之际,请三藩进京,朕也要认识认识他们。所谓知己知彼嘛,朕年年在这里掏银子养活他们,还不知道他们都是些什么样的神圣人物呢!"

第二节　第一次召见

就此做出决定，玄烨下诏，令三藩在新年之际进京朝贺，接受皇帝召见。年少的玄烨在铲除鳌拜一行人后，开始着手实行他的第二大计划，决定对三藩动手。

诏令传到三藩，果然引起他们的猜忌和不安，吴三桂召集谋士商讨对策，他担心地说："三藩共同进京，这是从来没有过的事情。皇上亲政了，听说还轻松地铲除了辅臣鳌拜，这意味着什么？皇上是不是要向我们动手了？"

一个谋士说："小皇帝能除鳌拜，可是要想对付我们三藩却没有那么容易！我们手里的兵马足够踏平中原大地的。"

另一个谋士说："世子居于京城，他探得什么风声了吗？"世子指的是吴三桂的儿子吴应熊。为了笼络三藩，顺治将公主下嫁给了吴应熊，所以他是额驸，留居京城。实际上，他相当于两方之间的人质，也是吴三桂打探朝廷信息的眼线。从这一点也可以看出，三藩与朝廷关系微妙，变化无常。这也是玄烨决心撤除三藩的原因，谁愿意自己的枕头旁边睡一只大老虎？太危险了！

吴三桂听了谋士的议论，派人联络平南王尚可喜和靖南王耿精忠，他们一致认为共同进京是皇上设下的圈套，去了恐怕凶

平西王府

多吉少。老奸巨猾的吴三桂说:"你们两人可以放心大胆地进京见驾,也趁机探听皇上的虚实,留下我镇守南疆,这样,估计皇上不敢轻举妄动,不敢对你们有什么失礼的地方。"

尚可喜和耿精忠心领神会,夸赞说:"王爷说的太对了,只要您不进京,他就对我们没有办法。"

三藩密谋决议,留下吴三桂镇守南疆驻地,而尚可喜和耿精忠则乘坐车辆,带着奴仆、家人,声势浩大地直奔京师重地来了。

他们进京面君,正是正月十五日元宵佳节。元宵佳节,赏灯玩耍的日子,北京城里,百姓们涌上街头,观赏灯烛烟火,好不热闹。除了鳌拜后,皇上下令永停圈地,实行更名田制度,大大有利于百姓们生产和生活了,虽然遭受了天灾人祸,收成不好,可是他们看到了希望和未来,还是高兴地放烟火燃鞭炮,庆祝新年来临,祈求国运亨通,个人也能升官发财,事业上能够有所成就。

尚可喜和耿精忠在此起彼落的鞭炮声中来到了皇宫,等候玄烨召见。玄烨御门听政已毕,在乾清门前接见他们。

自从年前下诏后,玄烨一直静心等待三藩进京,准备趁机夺取他们的兵权,削弱三藩势力。为此,他已经做了充分准备,先派吴六一去了广东做总督,督察南方兵事;提拔图海做了九门提督,负责京城安全;另外又任用明珠为兵部尚书,与他共同策划撤藩一事。朝廷内外,暗暗涌动一股潮流,那就是关于撤藩的问题。

玄烨本人把撤藩当成了头等大事,时时来到书房廊柱前观看亲自刻下的三件要务,在一个少年的心里,每解决一件事都是急切的,不能有丝毫耽搁的。他这里心急火燎,却不料新年未到,吴应熊就进宫上奏,说他父亲吴三桂病了,不能奉旨前来,让吴应熊代替吴三桂觐见皇上,聆听圣训。好似当头浇了一盆冷水,玄烨火热的心凉了下来。看来,吴三桂确实不好对付,他看透了自己的用心!玄烨强忍满腔怒火过了新年,心里思忖着,既然已经让他们来了,事情还得按部就班地做下去。也好,就来个先礼后兵,先探探他们的虚实再说。

乾清门前,玄烨和颜悦色地接见了尚可喜和耿精忠,对他们嘘寒问暖,关怀备至,却一句也不提三藩事务。索额图、熊赐履、杰书、遏必隆等王公大臣随侍左右,恭恭敬敬。尚可喜看起来有些老态龙钟,精力不佳;耿精忠却正值望三之年,精神抖擞,颇有气势。他们见皇上对自己谦虚有礼,毫无骄奢凌人之意,心里渐渐放松了,与玄烨畅谈交流起来。玄烨意在打探他们的虚实,了解他们的真实动向,所以平静了心神,与他们闲谈细聊。召见完毕,尚可喜和耿精忠各回在京城的府邸。玄烨不失时机地说:"京城寒冷,不比南方温暖,有什么需要的尽管去内务府取用。"

尚可喜和耿精忠致谢而出。路上,耿精忠不屑地说:"看来我们多虑了,皇上年幼,见了我们只敢说好话,他连三藩的事都不敢提,更不要说撤藩了。"

尚可喜却摇动白发苍苍的脑袋说："不对,我看皇上英姿勃发,非比寻常,你看见了吗？他身边的大臣侍立左右,哪个不是恭敬有加？能有这样臣属的君主肯定不会是泛泛之辈！"他毕竟老练,见识多了,从臣子的表现看出了君主的为人。

"没有那么严重,"耿精忠依然不在乎地说,"这样的场合,臣子除了安分地站立还能做什么？不要太多虑了。"

他们两人分头回府不提。再说玄烨,送走了尚可喜和耿精忠,马上召集大臣商讨下一步该怎么办。

他说："朕本来打算召集三藩同时进京,也好趁机行事,可是吴三桂老谋深算,称病不朝,只有尚可喜和耿精忠来了。朕看他们也是有备而来,不好对付。"

明珠说："万岁,您今天好言宽慰他们,臣看他们放松警惕了。现在只有假戏真做,不能贸然行事了。"

"也罢,"玄烨重重地击打了一下御案,回头命令道,"好好招待两位王爷,不要有任何失误。朕要看看他们有没有悔改自新的打算,如果他们一味执迷不悟,也就别怪朕不客气了。"

第三节　朱三太子案

召见三藩进京,由于吴三桂缺席未到,玄烨只好撤销原先的计划,对尚可喜、耿精忠、吴应熊以礼相待,巧妙应付。就在这期间,却又发生了一件大事。

这件事情说来话长,前明覆灭时,大清尚未入关。明朝最后一位皇帝崇祯吊死在煤山后,据说他尚在襁褓之中的儿子被乳母抱走了,流落在民间。大清入关后,与南明王朝进行了多年征战,终于成功地消灭了南明最后的势力。

玄烨即位后,辅臣辅政,推翻了顺治帝满汉一家的主张,重新点燃了满汉之间的矛盾之火,特别是明史案等一些重大损害民族感情的事件,更加引起汉人恐慌和不满。玄烨在清除鳌拜一行人后,为了缓和民族冲突,采取了很多措施,例如设立南书房等。可是,多年积怨甚深,玄烨刚刚掌握朝政,怎么能一下子抚平这些历史仇恨呢?

趁此之机,京城人士杨起隆冒充前明三太子,聚集百姓,意欲谋反朝廷。他正是利用当时存在的矛盾,借用朱三太子的名义,打算图谋不轨。他暗地勾结吴三桂,发展部众,形成了一股暗势力,威胁到朝廷的安危。

杨起隆自以为行事机密,哪里想到他的一举一动早就进入了玄烨的视野。起先,玄烨派图海秘密调查此事,逐渐有了眉目后,他决定趁三藩在京的时候,抓获杨起隆,震慑三藩,让他们看看朝廷的厉害。图海接任吴六一的职务,分管九门要务,手中握有兵权,他办事严谨迅疾,很快就查获了部分参与朱三太子案的人员。结果顺藤摸瓜,不但抓获了杨起隆,还查出此事牵连到吴三桂。图海不敢隐瞒,把实际情况全部汇报给了玄烨。

三藩进京,朱三太子聚众谋逆,这些事情联系起来,立即轰动了北京城。朝廷内外,说什么的都有。有人说:"朱三太子勾结三藩,趁机谋害皇上,祸乱天下。"也有人说:"不对,是三藩利用朱三太子。"还有人说:"恐怕这边闹事,那边三藩的部队就打过来了吧!"一时间,人心惶惶,不得安宁,京城内许多大户人家,竟然关门闭户,不敢轻易露面了,更有甚者,做起南迁的打算,打算跑到江南地带,寻求安稳庇护。

三藩在京府邸,也陷入紧张备战状态。尚可喜和耿精忠日日来到吴应熊府上,向他探寻朝廷动向,商讨对策。他们对杨起隆虽有耳闻,却不知道他与吴三桂到底有何勾结,怎么偏巧在这个时候被抓获了呢?他们不知道这是玄烨故意做给他们看的,以此杀鸡儆猴,还是投石问路,看看他们究竟会怎么做。

吴应熊头脑灵活,他一面派人与父亲吴三桂联系,一面搪塞上门的尚可喜、耿精忠两人,对这件事不发表看法。

耿精忠着急地问:"皇上到底想干什么?捉拿了杨起隆,是不是也不叫我们回去了?"

尚可喜颤动着双手,胆怯地说:"我们来之前就与平西王商量过了,皇上这次叫我们来本就不怀好意,如今又引出个朱三太子来,恐怕凶多吉少。世子,平西王到底什么意思? 难道他要把我们送进虎口?"

吴应熊一脸坦然,不疾不徐地说:"你们都太多虑了,皇上抓的是杨起隆,与我们有什么关系? 你们谁勾结过杨起隆吗?"

尚可喜与耿精忠面面相觑,他们心里清楚,吴三桂坐

尚可喜

拥西南,势力强大,不但明地里派遣官员统治西南诸镇,暗地里也结交了不少叛逆朝廷的武士死党,暗蓄势力,窥视朝廷。如今,吴应熊反客为主,指责他们,他们也不好说什么了。

"既然谁也不认识朱三太子,我看,"吴应熊想了想说,"咱们就安心过咱们的,怕什么? 我已经给父王去信了,他也说了,只要皇上不提撤藩的事,我们也装聋作哑,此次进京,只当成是朝拜,不做其他打算。"

看来,他们打算与玄烨周旋推托下去,赖着三藩之位不会轻易让出。谁都知道,坐镇一方,独立为王,那是何等的荣耀与威风! 一旦交出兵权,受制于人,轻则失去权力和荣耀,重则任人宰割,说不定就此走上了不归路。多年来,他们需索无数,慢视朝廷,如果被撤去藩位,哪里有他们的好日子!

尚可喜捋捋颔下胡须,有些无奈地说:"圣意难测,不知道皇

上怎么想啊！我看他虽然年少，言行举止很有分寸，心思也极其敏锐，你们想想，他不动声色就除去了权臣鳌拜，多么厉害！换作是我们，恐怕做事也没有这么干脆利落。不得不防啊！"

耿精忠

这句话倒让吴应熊和耿精忠沉默起来。不是吗？十多岁的少年于无声息之中除去权倾一方的辅臣，而且很快就平定了朝廷各方势力，想起来都有些不可思议。就是这样一位少年，他勇于召见手握重兵的三藩，出手擒拿朱三太子，究竟意欲为何，令人费解，又令人胆怯。

耿精忠世袭王位不久，对于朝廷局势缺乏掌握。进京几日来，玄烨非常热情地接见他们，也不提三藩的事，他想来想去，也不明白玄烨究竟想把他们怎么样。如今，京城突然出了大案，抓了意欲谋反的人，他这才察觉到危险，担心会不会是皇上设计逮捕他们。他听吴应熊和尚可喜各有说词，心里着急，愤愤地说："大不了写封信给平西王，带兵把我们接回去。"

吴应熊急忙制止他说："王爷说笑了，父王哪有那个本事？我们都是朝廷的人，皇上不会加害臣子。我看，还是听我的，安心度日，过一段日子皇上就会恩准你们回去的。"

　　他们在一起密谋商讨,玄烨那里也没停下行动的步伐。几日来,心腹侍卫们屡屡向他上奏,尚可喜和耿精忠聚集吴应熊府上,每次都是大半天。玄烨心里暗笑,看来,三藩也坐不住了,朱三太子一案能否引蛇出洞,让他们自乱阵脚,让朕趁机对他们采取措施呢?

第四节　法外施恩

吴应熊和他的父亲吴三桂看穿了其中的利弊得失，抱定只要皇上不提撤藩，他们就不采取任何行动的决心，带领其他两位藩王与玄烨对抗较劲，对他的各种举措置之不理。

朱三太子案爆发已经有段日子了，面对朝廷内外的惶恐局势，再不做出处理，只会引来更大的不安。玄烨心里焦急，他一再打探，却见三藩毫无动静，他明白了，三藩已经猜透了他的用心，看来，这一次又败在了他们手里。面对计划落空，玄烨愤怒之余，并不气馁，反而更激发了他勇往直前的勇气和决心。他再三盘算，审时度势，决定静下心来，采取不同措施，慢慢处理三藩事务。

这天，玄烨心平气和地召见图海，问讯朱三太子案的审理情况。图海把报上来的案情记录呈报上去说："万岁，这些刁民竟敢预谋不轨，皇上一定要重重处罚他们。"玄烨仔细看了看记录，眉头紧锁，半天无语。

图海进一步说："他们招供与三藩有染，万岁何不趁机问罪三藩？现在他们都在京城，如果万岁有意，臣可以带兵把他们捉了。"

玄烨摇手说："不行，三藩事务重大，不能轻举妄动。你能捉住尚可喜、耿精忠，可是你怎么捉得住远在云南的吴三桂？"

图海低头说："可是就这样把他们放回去，也太便宜他们了。"

玄烨看看图海，突然笑了："等着吧，到时候有你显露身手的机会。"

果然，两年后，三藩举旗造反，图海带兵冲锋陷阵，立下了赫赫战功。而眼前，却只能放慢速度，缓和地处理三藩事务了。

第二天，御门听政，玄烨郑重地批示了朱三太子案的处理结果。刑部上书说："杨起隆等人聚众谋逆，罪大恶极，祸乱一方，影响深远，按律应凌迟，满门抄斩。"

玄烨却摇头说："不教而诛，是为君者的错误。大清入关以来，与汉人多次发生矛盾，这难道都怪汉人吗？朕觉得是朝廷失误，朕的失误。杨起隆为什么能够假借朱三太子的名义聚集民众？很明显是钻了满汉矛盾的漏洞。"

乾清门内众位朝臣立即跪倒说："万岁仁厚爱人，令臣敬佩。可是这不能怪万岁，当初率祖制，复旧章的是鳌拜他们，万岁现在不是已经为受屈的汉人平冤昭雪了吗？"

"这还远远不够。"玄烨断然说，"摧毁一座城池容易，可是要想建造一座城池就难了，你们都是熟读经书、怀有韬略的人，想必一定清楚这个道理！先帝多次下令追悼前明亡臣旧将，朕觉得很有道理。"

熊赐履出列上奏："皇上仁爱施政，一定会感化叛逆的臣民，大清江山定能稳固发展，繁荣昌盛。"

玄烨笑笑说："熊大人，你如今也会奉承朕了。朕以为朱三太子一案只将带头作乱的人处死，把其余的随从人员遣散回乡也就罢了。听说他们有个什么祭堂子,解散这个组织,抚慰盲从的人员,让他们回家各安生业,不得再滋扰生事,好好过日子吧!"

轰动京城的朱三太子案就这样结束了。玄烨从轻处罚,控制了事态发展,进一步缓和了民族冲突。此时,住在京城的三藩本来担心此事会牵连到他们,可是看到玄烨如此轻松地处理了相关人员,对他们一点也不追究,这才宽下心来。

吴应熊设宴款待尚可喜和耿精忠,得意地说:"怎么样?你们听我的没错吧!只要我们沉住气,团结一心,我看,皇上也没有什么好办法。这么多年,我久居京城,一直谨小慎微,洞察事态发展,不会有错的。"

尚可喜和耿精忠急忙说:"世子千万留心朝廷动向,确保我们三藩无虞。"

他们吃喝交谈,共同商讨对付朝廷和皇上的策略方法。而皇宫里,年少的玄烨从轻处置了朱三太子案后,心里却久久难以平静,自从诏令三藩进京,已经快一个月了,几经交手,他看到三藩确实老练难对付,多亏自己随机应变,虽然没有完成预定的计划,毕竟没有将事态恶化。唉,他长长地叹口气,三藩离京在即,看来这次召见只能就此结束了。

第五节　傅宏烈进京

　　三藩即将离京,却从云南传来了一个惊人的消息。原来,潮州知府傅宏烈上奏请求撤藩这件事泄漏了出去,吴三桂得知后,非常生气,他照会尚可喜的儿子尚之信把他捉拿了,并且决定在广东将傅宏烈就地正法。消息传到北京,玄烨大为吃惊。吴三桂拿了朝廷命官就要开杀,这还了得? 傅宏烈上奏言事,这是皇上准许的,吴三桂这么做,也太不把皇上放在眼里了。他当即下旨命令不管傅宏烈身犯何罪,他身为朝廷命官,按律应当交由刑部和大理寺会审才能议处。

　　尚之信接到皇上旨意,思前想后,也不敢轻易处决傅宏烈,况且此时他父亲还在京城,万一惹出是非,可是关系重大。他接见了朝廷派来的官差,最后还是把傅宏烈交给了朝廷,让官差把他押解回京执行处决。

　　傅宏烈上密折弹劾三藩,没有想到事情泄了密,招来了杀身之祸。在官差押解下,他踏上了北进的路程。

　　说起傅宏烈,他勇于直谏议事,也是有一定道理的。他与铁丐吴六一是朋友,年前,吴六一调任广东总督后,没有想到很快就暴病身亡了。这件事情引起他的怀疑,很明显,朝廷派吴六一来广东是为了牵制三藩,密切关注三藩动向。吴六一是前朝旧

尚可喜墓

将,与三藩将领大多认识熟悉,他来后,果然引起三藩不安。尚之信是个有名的残忍好杀之人,他见父亲年岁大了,逐渐接管了平南王府,见朝廷派吴六一来监视他,自然不甘心、不服气,所以很快就与吴六一形成了对立,不久,吴六一就离奇死了。傅宏烈本来就对三藩坐镇一方,拥兵自重,骚扰百姓,私设税卡,铸钱浇盐,圈占土地,掠卖人口这些事怀有不满,如今好友死于非命,更激起他的愤恨之心。国家安定多年了,三藩仍然拥有几十万部队,而且每年向国家索取无数钱粮来养活这些人马,加重百姓负担,暗蓄一方势力,长久下去,只会令人心不安。傅宏烈经过苦思冥想,终于决定上密折,建议朝廷撤藩。他也知道此事一旦泄漏,自己性命就难保了。三藩势力之大,连皇上都不敢对他们轻易采取措施,何况他一个小小的知府,可是国家兴亡,匹夫有责,他顾不了那么多了,连夜书写奏折,秘密送往京城。

　　这就是玄烨从奏折堆中发现的那封密折,也是促使他召三藩进京,意欲趁机罢黜三藩兵权的密折。玄烨听说吴三桂等人要杀傅宏烈,当然不会答应。他想,满朝文武上百人,可是勇于建议撤藩的人有几个？还不如这个远在天涯的小小知府，竟然仗义言事，说出了诸多大臣不敢说的话，说出了皇上心里想说的话。

傅宏烈奉旨负罪进京，跋山涉水，千里迢迢，路上艰辛自不必说。图海听说了这件事，急忙派人去路上照应。图海本是吴六一手下的人，所以与傅宏烈也有交往。这日，傅宏烈乘船北行，正赶上大雪漫天，遮挡了前行的路线。他坐在船上望着雪花铺天盖地而下，天地间，一片白茫茫没了任何痕迹，真是干净。想起来，自己进京接受处决，也不过落个干净拉倒！正在他胡思乱想之时，船外面跑进一个人，穿着单薄破旧的棉衣，冻得浑身瑟瑟发抖。傅宏烈急忙给他让个座位，两人紧挨着坐在一起。两人就此相互认识，慢慢攀谈起来。这个人名叫周培公，家道败落了，多亏乳母辛勤养育，把他养大成人。他自幼读书，长大了更是涉猎广泛，文才武略都很精通。春季马上就来到了，又到了开科取士的日子，为了博取功名，周培公打算进京赶考，这才与傅宏烈上了同一条船上。

两人结伴进京，一路上，经史子书，文韬武略，天文地理，国事民情，几乎无所不及、无所不谈。赶到天津码头时，他们已经结成忘年之交了。直到此时，周培公才知道傅宏烈原来是朝廷钦犯，进京服刑。他听傅宏烈讲述了事情的前后过程，突然笑了起来："傅大人，以学生看，您这次进京有惊无险，说不定还能因祸得福呢！"

傅宏烈吃惊地问："这话从何说起？我撤藩的奏折明示天下，吴三桂等人把我恨透了，谁能救我？"

周培公说："听说皇上召三藩进京，你想想看，为了什么？难道只是为了召见奖赏他们？这么多年来，三藩消耗挥霍，浪费了国家多少财力、物力，有什么可奖赏的？三藩割据一方，虎视朝廷，已经成了皇上的心头之患，有什么可召见的？学生分析，皇上不过是效法赵匡胤，来个杯酒释兵权，意图不动刀枪兵马地撤除三藩。大人你主张撤藩，皇上正在想办法撤藩，你说他为什么要处罚你呢？"

"说的有理，"傅宏烈想想说，"不过，三藩势力太大，恐怕皇上也很难与他们抗衡，撤不撤藩还在两难之间。"

周培公不以为然地说："大人，且不说三藩危害朝廷安危，但说他每年索取的银两。朝廷每年赋税有多少？三藩每年向朝廷索取多少？我想你也是以此为由建议撤藩的吧！怎么就担心朝廷无力撤藩了呢？不撤藩等于把朝廷拖垮，哪有这样不会算计的主子？"

傅宏烈佩服地说："想不到你一介书生却通晓朝廷大事，真是'秀才家中坐，便知天下事'。如果大考得中，效力朝廷，定会成为难得的人才。"

周培公笑笑，没说什么，两人作别各奔东西，临行前，傅宏烈给他留了封推荐信，把他推荐给了九门提督图海。

傅宏烈进京受审，被关押进了大牢。玄烨非常关心傅宏烈案件的审理情况，这天，他命令图海带来了傅宏烈，决定看看这个敢冒天下之大不韪，建议撤藩的知府。傅宏烈官微职卑，平时哪里有机会得见天颜，没有想到临死前还能见到皇上，跪在地上说："臣死而无憾，只是三藩不撤，终究会危害朝廷社稷，请万岁慎重考虑。"

玄烨仔细打量着其貌不扬，却一身正气的傅宏烈，满意地说："朕明白你一片赤诚之心,三藩必须撤,一定撤,你大胆直言,敢与三藩抗争,朕不会让你死,还要重用你。你敢回去继续做官吗?"

傅宏烈大惊,这才明白皇上的意思,不但不杀他,还提拔他的官职,让他回到广东,继续监视三藩动向。他马上说:"臣已经是死过一次的人了,还怕死吗? 能为皇上和朝廷效力,能为国家和社稷造福,我肝脑涂地也在所不惜。"

"好,"玄烨高声说,"国家多出几个你这样的人才就好了。世人都明白三藩不撤必成祸乱,可是那些高官得做、厚禄丰薪的人偏偏不敢说这样的话!"

傅宏烈看皇上有些动怒,也不敢言语,站立一旁的图海忙岔开话题说:"万岁,傅大人在进京的路上结识了一位有志之士,他是进京赶考的,听傅大人说他资质聪慧,见识非凡。臣想,今年开科取士说不定会发现许多有用人才。"

"朕也是这样期盼的。"玄烨缓缓地说,这时的他仿佛一位经历丰富的成年人,透露出与他年龄不相符的成熟与沉着来了。

第六节　周培公献计

　　傅宏烈果然因祸得福，小小知府上书言论朝政大事，直指三藩要务，不但没有受到惩罚反而得到皇上亲自召见，而且特许被留在京城，有奏折、建议可由图海直接提交皇上。他这时方才相信周培公的深刻见解，于是他再次对图海提起周培公："这个人料事如神，精通文武，我给他留了封推荐信，他要是来找你，你可以与他好好聊聊。"

　　图海答应说："放心吧！我知道该怎么做。你安心在京修养，有什么事情我会实时通知你的。皇上召三藩进京，只来了尚可喜和耿精忠，我看，不几日他们就该回去了，皇上重新启用你的时候也快到了。"

　　傅宏烈就这样暂时留在了京城。他心里时刻在想，早知道这样，就应该与周培公一起进京，现在可好，茫茫人海，要想找到他可就难了，但愿他能早点拿着推荐信来找图海。正如他想象的，周培公与傅宏烈分别后，带着不多的盘缠继续赶路，来到京城找了处僻静的旅舍住了下来，一心攻读经书，只等今年的开科取士。

　　傅宏烈一案不声不响地没有了消息，急坏了本欲借此事向皇上示威的三藩。吴三桂的想法很明显，一定要严厉惩处傅宏烈,以此警告世人和皇上,哼!谁敢提议撤藩,傅宏烈就是下场。哪里想到,皇上诏令傅宏烈赴京受刑,过了些日子了,却什么消息也没有了。傅宏烈究竟怎么样了?是死是活?他一打听才知道傅宏烈不但没有死,还安安稳稳待在京城等着皇上重用呢!吴三桂气急败坏,立即告知在京的吴应熊说:"皇上撤藩之心很重,你在那里一定要小心,发现异常要千方百计赶回云南。"他也做了打算,皇上一旦提出撤藩,他这边马上带兵造反。

尚可喜和耿精忠也知道了傅宏烈进京的事,他们商量后,觉得京城非久留之地,向玄烨提出了回去的打算。究竟该不该放他们回去呢?玄烨心里激烈地思索着,他们两人掌管两藩,不放他们回去,就等于撤除了两藩,那么三藩事务就剩下吴三桂了。可是这样一来,吴三桂会怎么做?他会趁机煽动三藩将士,带领他们起兵造反,情势就危机了。如果放他们回去,自己这次召三藩进京的计划就宣告全盘皆输,败给了三藩。年少的玄烨虽然经历了许多朝廷变故,为了顺利接管政权,也曾经多次与辅臣们虚与委蛇,可是这次,自己一手策划实施的计划就要泡汤,他还是心情烦闷,甚至有些恼恨。

这日,玄烨微服来到傅宏烈的住处,打算与他再次探讨三藩事务。傅宏烈被安排在皇宫西侧不远处一座僻静的院落里,玄烨推门而入,却见傅宏烈正与一名书生模样的人交谈。此人面目清秀,身材瘦弱,一望便知是落魄的穷秀才,但是他的一双明亮的眼睛却透着精、气、神,透着不服输的气势。傅宏烈赶紧叩见玄烨,并且把眼前的年轻人介绍给了他。原来这人正是周培公。周培公住在京里准备应考,听说了三藩进京、朱三太子案等事情,想起傅宏烈为撤藩之事进京服刑,不由得自言自语:"傅大

康熙像

人这次化险为夷，真要得到重用了。"过了几天，应试完毕，他便带着傅宏烈的推荐信来到九门提督府，找到了图海，向他打听傅宏烈的情况。这样，他再次与傅宏烈碰面。

周培公见到当今天子年少英武，气宇轩昂，心里着实敬佩。玄烨最喜欢与文人雅士畅谈纵论了，很高兴地坐下了来，却低头发现桌子上放着几张纸，上面写着诗文，他翻了翻，最后一页纸上的图形吸引了他，他奇怪地问："这是什么？"

"是我随便画的地形图。"周培公急忙回答。

"地形图？"玄烨端详一会儿，"有点像派兵布阵的图形。"

"皇上明智，"周培公指着地图说，"这是关于江南作战的图形，我随便画画。"

"南方战事？"玄烨随意地说，"天下太平二十多年了，南方何来战事？想必是你画的前朝古代的阵形图吧！"

周培公不卑不亢地说："皇上，我这不是古代阵形图，也不是胡乱涂鸦娱乐心性的东西，而是对即将发生的战事做的预测。"

　　"即将发生的战事?"玄烨心里更纳闷了,要不要与三藩开战朕还没有想好呢! 你怎么就知道要打仗了?

　　"南方三藩虎视中原,有识之士都看得清清楚楚,吴三桂权欲熏心,不会轻易听从朝廷撤藩政令,到时候就是一场恶战,怎么会没有战事呢?"

　　"呵,"玄烨不由得轻笑了一声,人人都说书生轻狂,眼前这个书生也太过分了吧! 竟然当着皇上的面这么轻松地议论朝政大纲,他有什么本事? 想到这里,玄烨不冷不热地问了一句:"依你看,大战在即,那么我这个皇上该做什么呢?"

　　周培公指着地图慷慨陈词:"皇上,为今之计在于不能与三藩硬拼。多年来,三藩吃着朝廷俸禄,养着几十万大兵,可谓兵强马壮;反过来,大清入关后,疏于武事,养尊处优,试问,新一代王公大臣们能领兵打仗的有几人? 这样悬殊的对比怎么能够取胜呢? 我认为,皇上应该一方面准备兵马粮草,一方面给三藩施加压力,逼迫他们交出兵权,双管齐下。"

　　"说的有道理,"玄烨点点头,"这些事朕都考虑过了,这次召三藩进京,本来就是这个打算。然而三藩僵持不动,有什么良方呢?"

　　"只要皇上下了决心,不怕他们不动。"周培公坚定地说,"尚可喜和耿精忠势力较弱,他们惧怕吴三桂,也惧怕皇上,皇上可以趁他们在京,分化瓦解他们。"

　　"嗯。"这话说到了玄烨心里,召三藩进京他一无所获,他正为此事忧闷呢! 周培公却提出了这样一个独特的看法。对,既然他们来了,就不要让他们空手而归,要让他们明白撤藩势在必行,对他们有利无弊。"还有呢?"听得认真的玄烨接着问周培公还有什么良策。

"皇上也要有所动作,一是剪除吴三桂在各地的党羽,削弱他的势力;二是积极筹备军粮,做好迎战准备,这样的话,三藩作乱皇上也不用怕了。吴三桂镇守西南,这些年来,他不断在西南、西北方向安插亲信人员,几乎控制了国家西部,撤藩之前,必须先肃清那边……"

玄烨极其认真地听着,不住点头称是。这些天来,他一头热地主张撤藩,朝廷大员们却都对此怀有异议,所以他无法与他们真切地交流,也就无从听到这些精辟的见解了。今日听周培公仔细分析撤藩方略,顿觉心神清明,好像服了一副清脑剂,再也不郁闷烦躁了。

两人又谈论多时,玄烨高兴地对傅宏烈和周培公说:"朕几日间结识你们两位智勇双全的人才,真是上天助我完成撤藩大业。"

回宫后,玄烨破例提拔周培公进兵部任职,直接参与撤藩方略的制订和实施。他按照周培公的提议,开始逐步实施撤藩大计。

第十二章

处变不惊 定国安邦

你来我往，三藩与玄烨互相试探，最终，三藩起兵造反，朝野上下慌乱一团，有人主和有人主战。少年玄烨临危不乱，大胆用人，对三藩展开全面反击，经过十年努力，取得了平定三藩的胜利，他也成为年轻成熟的政治家。此后，玄烨乘胜收复台湾，完成统一大业，接着，他抗击沙俄入侵，亲征朔漠，文治武功，彪炳史册。

第一节　设宴送藩王

　　玄烨恩准了尚可喜和耿精忠回归属地的辞呈,并且下诏设宴为他们送行。这是一个阳光和煦、春风拂荡的日子,金水桥上走着十几个文武大臣,最前面的就是熊赐履、索额图、明珠等人。他们都是来为尚可喜和耿精忠送行的。吴应熊自然也来了,他小心地走在队伍的最后面。

　　刚才,他们进宫时,索额图邀请他说:"吴公,走,咱们一同进去。"吴应熊却慌忙推辞:"不敢不敢,我哪敢和朝廷辅政重臣并驾齐驱。"索额图也不强求,径直走在前面进去了。也许他是无意之中的一句话,却让吴应熊忐忑了半天。自从鳌拜被除,皇上急于召三藩进京,他的心里就一刻也没有安宁过,似乎有一张无形的大网正向他慢慢靠近过来。

　　诸位王公大臣进宫入席落座。玄烨端起酒杯说:"朕今天为两位王爷饯行,各位尽管开怀畅饮。"说着,他面向尚可喜和耿精忠说:"如今,国力尚且微薄,朕也不敢奢侈浪费,恐怕不比你们坐镇一方,出手豪绰,让你们见笑了。"

　　这是什么话,堂堂天子反而不比一个藩王? 在座的人不免心里一动。尚可喜听出话里有话,急忙说:"万岁,臣等纵有万贯家财、山珍海味也比不上万岁设宴款待的粗茶淡饭。这是荣耀啊！今日盛宴,臣三生有幸了。"

"呵呵,"玄烨笑着说,"老藩王确实是个忠心的人。你们知道,这些年刚刚稳定了,却又连年天灾不断,黄河决口三四十处,淹没了许多良田,百姓们四散逃难的有一二十万,河南巡抚衙门里的淤泥都积一尺多厚,想起这些事情,朕寝食难安,哪里敢挥霍百姓的血汗?"

康熙景陵

皇上节衣缩食,心念百姓,而三藩却索取无数,穷兵黩武,横行不法。玄烨一番话让诸人更加心慌不安。吴应熊低垂着头,假装没有听出玄烨话中之意。耿精忠却放下酒杯说:"皇上仁爱,天下一定会大治。"他在京多日,素闻玄烨勤奋政事,每天批阅奏折都到二更时分,而且好学不倦,重用汉人,虽然不足二十岁,却显示了一般帝王难得的素质。

尚可喜也非常敬重玄烨豁达仁善的胸怀,举着酒杯说:"皇上,老臣听说万岁勤于政务,每日都要忙到二更天,老臣觉得皇上毕竟年幼,还是以身体要紧。"

"说的也是,可是如今北方罗刹闹事,西边噶尔丹又自立为汗,连年天灾人祸,哪里有工夫让朕歇歇? 如今,要想对付这些外患也是不容易。鳌拜专权多年,国力尚未恢复,就连筹备作战的粮饷都是问题。朕本意让你们三藩进京,一方面恭贺新禧,一方面商讨政事,哪里想到平西王病了,你们两人又不能全权做主,只好另做打算。"

话说的非常明白了,今天在皇宫筵席上发生的这些事,尚可喜和耿精忠心里雪亮,皇上处处都是在说"撤藩"。自从南明永历皇帝死后,南方事实上早就无仗可打。三藩却率几十万军队坐吃朝廷粮饷,拥兵自重,北方外敌呢? 朝廷却无力抵御,看来,"撤藩"是势在必行了。他们俩尽管心里明白,却谁也不肯引出这个话题。进京前,吴三桂已经与他们密谋了,前几次去见吴应熊,他也是这个意思,只要皇上不发话撤藩,谁也不能率先开口提及此事。尚可喜老了,他的兵权早被大儿子尚之信剥夺得干干净净,平南王府的事实际上已经是尚之信说了算;耿精忠刚刚继任王位不久,势单力薄,只有抱定主意,看吴三桂的眼色行事。吴三桂的兵马比他们二藩的总和还要多,而且吴三桂占据了西南大部分疆土,要说对朝廷的危害,那是大大超过了他们二藩!

吴应熊听玄烨提到父亲的病,不能不说话了:"万岁,家父生了眼病,又加上年岁大了,不能出门,有违圣意,真是不巧。"

"朕知道平西王生的是什么病!"玄烨冷冷地说了一句,筵席上气氛更加严肃了,面对美味佳肴,谁也不敢提箸端杯,一个个如泥塑蜡雕的,全无动静。过了片刻,玄烨又说话了,他的语气沉着老练,一字一句地说道:"哼,朕明白告诉你们,朝廷目前无意撤藩,即使撤藩也要光明正大,绝不做'狡兔死,走狗烹;飞鸟尽,良弓藏'的事情!朕自幼熟读经书,知道修身齐家治国平天下的道理,只要三藩不负朕,朕绝不做出亏待你们的事情!"

几句话掷地有声,嗡嗡鸣响在大殿内众人的耳畔。尚可喜和耿精忠急忙站立起身,异口同声地说:"万岁,臣等知错了。臣等哪里敢有怀疑万岁的心思?不管朝廷如何处理三藩,我们都会听从圣命,不敢违抗!"

"你们没有错,你们奉命进京,恭听圣训哪里有错?"玄烨似笑非笑地说。他们没有错,那就是吴三桂错了,吴应熊尴尬地坐在一旁,不敢抬头。众人的目光却偏偏不约而同地射向他,看得他如芒刺在背,坐立不安。

玄烨再次端起酒杯,淡然一笑说:"瞧,这是为两位王爷饯行呢!怎么扯到撤藩上去了?来,大家不要多虑了,饮酒饮酒。"在他的鼓动下,大臣们这才端起酒杯,慢慢吃喝起来。

宴会结束,尚可喜和耿精忠辞别玄烨,准备回府收拾行装速速离京。玄烨把他们送出皇宫,意味深长地一再说道:"二位王爷,此次进京,朕看到了你们的忠心。平南王,朕看你年岁大了,已经在辽东为你准备了舒适的住所。你如果累了,尽可以跟朕说,去那里疗养休息,安度晚年。还是那句话,三藩不负朕,朕绝不负三藩!"

第二节　拜佛五台山

送走了平南王尚可喜和靖南王耿精忠，玄烨回到了慈宁宫。孝庄正坐在镜子前，宫女们在细心地为她梳理头发。看到玄烨脸色微红地进来了，孝庄忙问："怎么，皇上脸色都红了，有什么喜事吗？"

"皇祖母打趣了，"玄烨坐在孝庄身边说，"孙儿能有什么喜事。刚刚送走了尚可喜和耿精忠，朕把该说的话都对他们说了，下一步就看他们怎么做了。"

"噢，"孝庄问，"皇上这么急于撤藩？"

"不是孙儿着急，是形势所需，"玄烨解释说，"年年往三藩运送大量粮饷，而朝廷呢？过得拮据不说，就连当下北方战事也无法应付。"

"嗯，"孝庄慢慢地抿抿鬓角的几根白发，叹息地说，"祖母终究老了，都有白头发了。皇上也长大了，虑事越来越周全，好啊！对了，祖母打算去五台山进香，你陪我去怎么样？"

"五台山？"玄烨失声叫了出来，发现自己失态了，马上控制住惊讶的情绪，尽量平静地说，"祖母，五台山路途遥远，朝廷上有这么多事等着处理，朕去了，恐怕不方便吧！"

"进香拜佛，哪有什么方便不方便的说法？前几日，太和殿突然塌了一半，我总觉得心神不宁，唯恐佛祖会降罪于我们。五台山是佛门圣地，我自幼信奉佛祖，许下心愿，进献玉佛一尊，这次一并了却这个心愿。"

　　玄烨心里乱乱的，三藩进京、离京，前后折腾了两个多月，加上杂七杂八的事情，他怎么能说去五台山就去五台山呢？周培公制订的撤藩大计刚刚拉开序幕，这一下子走了，京城里会是什么局面呢？

　　孝庄看玄烨低头思索，拍拍他的肩膀说："这肩膀承担着万里江山，是不是感觉累了？祖母问你，你是不是为三藩的事绞尽脑汁？朝臣们是不是不赞成你？祖母还听说，你新近提拔了一个周培公——"

五台山

　　玄烨诧异地盯着祖母，不解地问："祖母，您真是神通广大，怎么知道得这么清楚？"

　　"我呀，"孝庄乐呵呵地说，"说句心里话吧，不愿看到皇上忍受煎熬，所以又多事操心了。不过，祖母告诉你，帮完你这次忙，我可要全身而退了。皇上大了，政权掌握得牢固了，我老太婆也就无事可做了。"

近来，玄烨发现祖母越来越豁达开朗，很少过问他朝廷上的事，就连三藩进京这件事，她也一直做旁观之态，几乎没有发表任何意见。

玄烨忙说："孙儿还等着聆听祖母教训呢！您怎么能不管孙儿了？"

孝庄眼圈一红，有些哽咽地说："这是教训啊！我不能看你像你父皇一样……"说到这里，她戛然而止，转移话题说："皇上，五台山拜佛正是你撤藩必须走的一步棋啊！"

玄烨一时迷糊了，五台山拜佛与撤藩有什么关联吗？五台山地处山西，与云南远隔千里，难不成祖母糊涂了，以为拜佛进香就能求得菩萨保佑，顺利地把三藩撤了？想到这里，他望着孝庄说："皇祖母，孙儿不明白，这五台山与撤藩有什么关联？"

"不明白吗？"孝庄说，"皇上再好好想想，如果撤藩不顺，打了起来，你最怕什么？"

"这个……"玄烨听周培公讲过，三藩必须撤，撤三藩一定会发生战事，看来皇祖母想的和周培公一样深远。玄烨也不是没有想过，他正打算按照周培公的撤藩计划做下一步安排呢！也就是清除吴三桂远在外地的党羽。这些人大都在山、陕两地，掌管自西南到西北广大的区域。山、陕两地？玄烨想着想着，眼前一亮，吴三桂的"西选官"都安排在这两个省份，去五台山拜佛，顺路可以体察当地民情，趁机拿掉部分怀有二心的官员，安插忠心朝廷的人维持一方——他想明白了，激动地说："祖母考虑得长远，孙儿明白了。"

孝庄满意地说："五台山是文殊菩萨的道场，不比平常寺庙。那条路还是联系云南与京师的必经之路，皇上，那里位置极其重要，不得不早做防备。"

玄烨明白了其中利害，马上召见索额图、熊赐履、明珠、周培公等人，对他们说准备侍奉太皇太后西去五台山拜佛。熊赐履吃惊地说："皇上，京师初定，您不能离开啊！"

索额图也一时有点糊涂，朝廷上千头万绪难以理清，皇上怎么突然想起远去五台山了？明珠也有些不解："万岁，三藩之事刚刚有个眉目，您要是走了，下面的事情怎么做？"

"说的正是这呢！"玄烨看看周培公，见他沉默不语，料想他已经明白其中缘由了，对明珠说，"朕去五台山期间，命你去山东、河南两地巡视河务，发现问题随时处理。尤其是贪官污吏，一个也不要放过。"

明珠更加不解了，撤藩怎么与河务联系起来了？还有贪官污吏？玄烨见他还不清楚，直接说道："撤藩之前总要有所准备吧！各地都有吴三桂的心腹爪牙，朕让你把他们砍了，明白吗？"

明珠忙跪倒说："臣明白了，臣一定办好！"

"好了，"玄烨对熊赐履和索额图说，"朕不在期间，朝廷政务就交给你俩了，你们辛苦了。周培公，朕去拜佛，你愿意侍驾还是留在京师？"

周培公忙说："微臣愿意侍驾左右。"

为了稳定朝局，保护太皇太后和皇上的安全，索额图等几位亲信大臣做了周密的安排。太皇太后和皇上要去五台山朝圣拜佛的事，就传诏说成是去北京近郊的潭柘寺进香。

孝庄和皇上同出紫禁城到潭柘寺去拜佛，是大清建立以来第一次,所以礼部奏议用最隆重的"大驾"仪仗形势。当时规定,皇上出巡的仪仗分四等:最盛大的莫过于祭祀,称为"大驾";其次是朝会,称为"法驾";皇上平时出入称为"銮驾";如果是骑马远游之类的,就称为"骑驾"。礼部上奏说,这次太皇太后和皇上一起去拜佛祭祀,恳请用"大驾"仪仗。玄烨接到礼部奏报,点头应允,圣旨颁下,满朝皆动。最忙碌的要数礼部衙门了,他们负责皇上出巡事宜,面对如此庄重盛大的外出活动,能不紧张、忙碌吗?白天衙门口车水马龙,人来人往;夜里,依然灯火通明,无人休息。礼部大小官员,上至尚书、侍郎,下到各司主事、笔帖式通宵达旦地起草诰制,安排官员送驾班次,皇上路途驻防情况,迎送礼节仪仗等注意事项。这是多年不遇的大事,只把礼部衙门里各个官员累得筋疲力尽,接连忙了七八天才有了点眉目。北京城里,百姓们听说太皇太后和皇上要去尊天敬佛,祈求天下平安,纷纷议论,无不表露敬佩之意。又听说"大驾"多么威风盛大,又都焦心急切地等着一睹圣颜,瞧瞧难得一见的盛况。

孝庄和玄烨从容离开京城,转道潭柘寺,直奔五台山而去。这次西进拜佛,是玄烨第二次远离京城。第一次,是他六岁的时候避痘出宫去了承德,那时他还小,加上疾病在身,对于所见所闻印象模糊,随着年岁的增长逐渐淡忘了。如今,为了祈福,为了扫平撤藩的障碍,二十岁的他又踏上西去的道路。

拜佛五台山,玄烨不但真切地体会到了百姓们简单辛苦的生活,还按照预先计划铲除了不少西选官。其中,他将清廉有名的官员,像白清额、莫洛等人调京任职;将贪官污吏、残害百姓的官员,像大同知府周云龙等就地正法,不留后患;他还提拔一批清正廉洁、效忠朝廷的人担任重要官职。经过一番整顿,山、陕

五台山

两省呈现焕然一新的局面,众多州府已经重新回归朝廷管理。这番巧妙安排,削弱了吴三桂的势力,可以防止三藩作乱时从此地长驱直入,杀进京城;也可以敲山震虎,让吴三桂意识到朝廷已经对他非常不满,希望他能主动提出撤藩。

第三节　三藩探君心

玄烨的撤藩方略在一步步地实施着,三藩的叛乱行动也开始了紧锣密鼓的准备工作。尚可喜和耿精忠离京后,一个回了广东,一个却绕道去了云南。原来,吴三桂详细了解了他们在京的情况,猜测皇上撤藩之心越来越明显,他不愿意被动挨打,一面召集将领谋士商量对策,一面积极联络其他二藩,软硬兼施地要求他们听从自己的指令。

离京时玄烨说的话犹在耳畔,老迈昏花的尚可喜却有心无力,他这个平南王已经被架空了,大儿子尚之信早已掌管了平南王府所有政务。吴三桂深知这一点,所以邀请了尚之信和耿精忠来云南,把尚可喜抛在了一旁。

三藩聚会在平西王府银安殿。银安殿是吴三桂处理政务的地方,建筑豪华,气势恢弘,不亚于北京城的金銮殿。耿精忠第一次来到这里,看着奢侈华丽的殿堂,感叹说:"王爷的宫殿比紫禁城里的还要华贵。"

吴三桂嘿嘿笑道:"世侄说的有理,当初我们担着通敌叛国的罪名把大清引进关来,为的是什么? 不就是荣华富贵吗? 人生在世,去日苦多,听说皇上对我们三藩不满,指责我们挥霍浪费。哼,他小小年纪坐享这千百万人抛头颅、洒热血换来的大好江山,还敢不知趣,敢撤藩?孤王看他活得太自在了,该给他点苦头尝尝了。"

　　尚之信残暴多疑,据说他在藩地广东曾经喝生人血、吃生人肉,极其凶狠地统治着一方臣民,许多行为令人发指,罄竹难书,可是他却引以为荣,觉得这是勇敢无畏的表现。他夺了父亲的兵权,成为平南王府真正的主人,看到吴三桂决心与朝廷对抗,心里很高兴,他这个冒名王爷还没正式上任呢!一旦被撤了,怎么掌管军队,称霸一方?他积极响应道:"对,该给小皇上一点厉害瞧瞧。上次傅宏烈上奏建议撤藩,犯了不赦之罪,结果到了京城却被小皇上放了,真是气死人!如果他真敢撤藩,我们绝不答应!"

平西王府

　　平西王府的幕僚臣客更是大肆鼓吹,言称只要皇上敢撤藩,云南兵马就可以把京城踏平了。

耿精忠看着叫嚷不休的诸人,眉头越锁越紧,他终于忍不住说话了:"王爷,据我在京这段日子观察,皇上虽幼,却是个兢兢业业、勤奋爱民的君主,许多人为他效命,那是赴汤蹈火,在所不惜呀! 这样的人不好对付! 再有,他一再强调,只要三藩不负他,他绝不负三藩,我看咱们还是从长计议,不要自己先乱了阵脚。"

"从长计议?"尚之信嗤之以鼻,不以为然地说,"我看你跟我父王一样,进了趟京,见了个少年天子,竟然激动得不知道如何是好了!"

"你不要乱说!"耿精忠有些生气了,"我刚去的时候,也是对皇上不屑一顾,后来又见了几次,特别是他设宴为我们送行,说的话很有道理。"

"二位不要争辩了,"吴三桂笑呵呵地打圆场,"我们讨论撤藩,不要把话题扯远了。两位世侄,如今皇上多方行动,积极备战,为的是什么? 就是要把我们撤掉啊! 你们谁愿意主动交出权力?"他看他们都不言语,接着说:"孤王知道你们不会那样做,可是一旦皇上羽翼丰满,恐怕就不是我们说了算了。"

"哼,"尚之信接着说,"还等什么羽翼丰满,你们没看见吗? 西选官纷纷落马,三藩驻地又派驻了朝廷命官,触手伸及藩务方面,简直就叫人无法忍受了!"

这倒是,玄烨从五台山回来后,派遣得力官员到三藩驻地担任地方长官,意在牵制三藩,一旦发生战事,也好里应外合,迅速摧毁三藩驻地。

"傅宏烈去了广东,朱治国又回到了云南,这些又硬又臭的家伙,软硬不吃,誓死做朝廷的走狗,真是可恶! 可杀!"吴三桂也深深感觉到这些朝廷命官给他带来的种种不便了，"像今天，咱们三藩聚会，这里还没讨论出个所以然来；那边，地方官已经写密折八百里加急送回给小皇上御览了。"

三人谈谈论论，最后想出个自以为绝妙的办法。他们决定主动出击，试探玄烨撤藩的决心和能力。首先由平南王尚可喜率先上奏请求辞职，辞去藩王职务，告老还乡，但是请朝廷允许他的儿子尚之信袭爵，继承王位，镇守广东。尚之信当然非常支持这个建议，当即回去催促尚可喜写奏折了。

此招可谓狠毒，等于给玄烨出了个两难选题。玄烨如果同意尚可喜的奏呈，那么尚之信就光明正大地继承了王位，这样，平西王的王位就可以由吴应熊继承，靖南王的王位也应该由耿精忠的儿子继承。三藩势力代代相传延续，哪有停止的日期？也就不要再谈什么撤藩了。可是，如果玄烨不同意尚可喜的奏折，又是什么局面？那就等于说皇上不同意撤藩，尚可喜继续担任平南王。这样的话，三藩一是显示了支持撤藩的忠心，二又捞到了皇上恩准不用撤藩的美名，何乐而不为！皇上也就没有理由再提撤藩了。

奏折呈报上来，朝廷震惊，大臣们议论纷纷。玄烨召集三公九卿商讨决策，究竟应准奏还是不准奏。这时，朝臣各有各的说词，有的说应准，有的说不准，莫衷一是。各人都担心得罪了三藩，引起战争，难以与三藩抗衡。玄烨白天与朝臣共商策略，夜间独自坐在养心殿里苦思冥想，他心里越来越清楚，这是三藩有意试探，看看他到底有没有撤藩的决心和魄力。说白了这份奏折是一份挑战书，看看玄烨敢不敢应战。

这天，大臣会议再次举行，还是讨论尚可喜的奏折。玄烨沉着地说:"几日来,大家各抒己见,对尚可喜请求撤藩一事发表了不同看法。朕认为,这是难得的机会,不能再失去了。既然他主动请求撤藩辞职,就应该恩准。"

"可是,尚之信继承王位一说怎么处置?"索额图不安地问。

"如果皇上应允了,尚之信继承了王位,等于承认三藩世袭罔替,就没有理由重提撤藩的事了。"明珠也焦急地说。

熊赐履郑重地说:"皇上,臣还是认为此时撤藩不妥。三藩设计上奏折,意在挑起争端,震慑朝廷,如果同意他的奏折,他们就会借机生事。三藩握有重兵,素有征战经验,朝廷上却多年疏于武事,怎么能够与他们对抗?再说,除掉鳌拜后,国家刚刚走上正轨,老百姓刚过上安稳日子,一旦开战,国家又要遭受多大损失?请皇上三思。"

坐在最末端的周培公一直没有言语。大臣会议上,他的职位最低,照说他没有资格参加这样高级的会议,但是因为他对三藩一事有独特的见解,所以才被破例允许参与的。

玄烨扫视一圈在座各臣,把目光集中在周培公身上,问道:"周培公,你说说,这份奏折朕该如何回复?"

周培公站起来,语气略显激动地说:"皇上,三藩必撤,这是早晚的事。臣认为晚撤不如早撤,早撤不如把握时机撤。现在,机会就在眼前,如果不能很好地把握,可真是错失良机!"

"好,"玄烨听了周培公的话,高声说道,"朕不能错失良机!准许尚可喜退位,不准尚之信继承王位,就这么决定了。"他拿过尚可喜的奏折,亲自批复如下:"尚可喜退位之请照准。尚之信继承王位之说不准。"众臣眼见玄烨批了尚可喜的奏折,等于明令撤去了一藩,有的欢喜有的忧愁,他们心照不宣,知道如此一来,国家又要面临新的挑战,他们也不得不面对即将到来的战事了。

撤掉平南王的消息迅速传到了三藩,他们知道,皇上来真的了。下面该如何应对呢?很快,耿精忠也上了奏折,请求撤藩辞职,告老还乡。他有他的想法,一是他看到玄烨富有雄才伟略,撤藩决心已定,与其被动等待,不如提前行动;二是吴三桂的意见,他对耿精忠说,皇上撤了平南王,我们也不好采取对策,只有再上奏折,看他会不会继续撤除其他藩王。如果皇上敢把三藩都撤了,我们也就可以联合起来对付他了。耿精忠势力弱小,一直惧怕吴三桂,当然听从他的安排了,所以就上了这道奏折。

玄烨接到耿精忠的奏折,毫不犹豫,立即批复了两个字:"照准。"他心想,这下只剩吴三桂了,看他会怎么样?

吴三桂设计探君心,没有想到少年天子魄力非凡,三两下力排众议撤除了两藩。这下可好,只剩下他孤家寡人了。他说的、想的都是如何对付玄烨,事到临头,却有些畏惧了。三藩之中,两位藩王自请撤藩,而且都被皇上准了,他再像以前那样装糊涂是混不过去的。摆在他面前的首要问题就是,平南王和靖南王敢自请撤藩,你为什么不敢?你怕什么?你是不是心怀鬼胎?

第四节　东西南北　在在鼎沸

　　吴三桂眼见玄烨毫不犹豫地撤了平南王和靖南王,心里倒打起了鼓,自己到底该怎么做?请求撤藩,一旦皇上应允,那可是覆水难收,再也没有回旋的余地了;如不上奏,两藩都已经被撤了,自己怎么能厚着脸皮赖下去?想来想去,吴三桂狠下心决定,暂且厚着脸皮赖下去吧!看看皇上有何举动。

　　玄烨撤了两藩,知道最难对付的吴三桂该出场了。他见吴三桂迟迟不动,也暗下决心,这次不能轻举妄动了,要静心等待。事情发展到今天这种局面,吴三桂已经非常被动,撤不撤藩的主动权已经牢牢把握在玄烨的手里。

　　两人僵持了几个月,吴三桂果然沉不住了,再这样拖下去,不只是颜面难看的问题,就是手下人也难以交代了。他们纷纷扬言:"皇上要撤藩,王爷为什么迟迟不动?""不管撤不撤,王爷都要有所表示,这样拖下去,不是良策。""小皇上越来越大了,如果不趁现在对付他,将来他成功统御天下的时候,撤藩还不就是一句话,我们也无力对抗了。"

　　面对内外围困,吴三桂不得不上奏请求撤藩。他的奏折一进京,玄烨马上兴高采烈地召集熊赐履、索额图、明珠、周培公等人进宫来了。玄烨把吴三桂的奏折让他们传阅一遍,而后问道:

吴三桂戎装图

"你们看,吴三桂上奏请求撤藩是不是真心诚意的?"

熊赐履上前奏道:"万岁,吴三桂似乎含有抱怨之意,你看他在这里说'臣一旦交出兵权,朝廷即无西南之忧',分明是对撤藩怀有不满。"

索额图也跟着说:"好像在指责朝廷兔死狗烹。"

明珠却说:"大势所趋,吴三桂不得不交权撤藩,他不想撤,行吗?"

"是啊,吴三桂身不由己了。"玄烨看着周培公说,"你也说说。"

周培公急忙说:"臣认为,平南王尚可喜和靖南王耿精忠都已经撤了,现在吴三桂上奏请撤,当然也不能例外。应该一并将他们撤了,要说这个吴三桂奏折里含有怨言,万岁要予以驳斥,不能滋长他慢上轻主之心,纵容他怀有不轨打算。"

"太好了,"玄烨点头说,"周培公所虑极其周密恰当。就由你替朕拟旨,回复吴三桂的奏折。"

　　熊赐履和索额图见玄烨如此果断地处理吴三桂请求撤藩奏折，惊讶异常，慌忙跪倒说："吴三桂不比尚可喜和耿精忠，万岁不可轻率草决。万一引起战事，后果不堪设想。"

　　玄烨就是怕他们阻拦才如此果决地命令周培公及早回复奏折的，见他们依然阻挡，本来兴奋热烈的心有些烦躁，他坚决地说："三藩久握重兵，蓄谋已久，撤藩，他们要反；不撤，他们迟早也要反。与其晚撤，不如早撤。只是一边撤藩，一边准备应战罢了。"

　　他再次力排众议，果断地下旨撤除三藩，而且往三藩派去了使者，督促三藩速速撤走，以免夜长梦多，引发不必要的矛盾和征战。

　　撤藩诏令下达到吴三桂手里，他恼羞成怒，本来他还抱着一线希望，以为玄烨年少，不敢对他明令撤藩。哪想得到，玄烨二话不说，不但令他撤藩，还派去使臣催促监督他尽快撤藩，不给他喘息的机会。吴三桂早就做了谋反的准备，今见皇上决心撤藩，哪里还能坐以待毙，立即召集幕僚们按照原先计划举旗造反。

　　吴三桂本是前明将领，多尔衮入关时，他弃明投清，带领满清八旗杀进了山海关，进而帮助大清顺利地占领京城，入鼎中原。后来，他作为大清开国功臣平定南明，被封异姓王，坐镇云南。期间，他曾经绞杀了南明永历帝。吴三桂的所作所为激起汉人痛恨，人人痛骂他"卖国贼"。今天他又举起讨伐大清的旗帜，扬言恢复明王朝统治。为了笼络民心，他还脱下清朝王爵的服饰，换上明朝将军的盔甲，在永历帝的墓前假惺惺地痛哭一番，说是要替明王朝报仇雪恨，但是，人们哪能忘记就是他把清兵请进中原,把永历帝绞死水边。现在他居然打起恢复明朝的旗号来,谁会相信他?

1673年秋天,吴三桂在云南起兵,自称"天下都招讨兵马大元帅"。一开始,叛军打得很顺利,正如当初玄烨和周培公等人估计的一样,吴三桂在西南一带势力很大,很快打到了湖南。这时,他又派人跟广东的尚之信和福建的耿精忠联系,利诱加威胁,约他们一起起兵叛变。尚之信早就不服朝廷撤藩的决议,欣然领兵前往;耿精忠身单力孤,陷入叛军势力之内,也只有跟随吴三桂造反。这就是历史上有名的"三藩之乱"。

一石激起千层浪。三藩一乱,北部罗刹国、西部阿尔尼也相继趁机侵扰国境,史书上称当时的情况是"东南西北,在在鼎沸",半个中国都燃起了叛乱的战火。京师之内,一帮文武大臣们又都害怕了,有人称病不朝,有人建议与叛军讲和,有人干脆把家眷送归江南家乡,以求躲避战火袭扰。

面对危乱局势,玄烨态度坚决,按照预先设想赶紧安排应战,毫不慌乱。这时,原来主张不可撤藩的索额图等人,提议处决建议撤藩的大臣,以求与叛军讲和。玄烨义正词严地驳斥他们说:"撤藩是朕的主张,他们执行朕的旨令,有什么罪?三藩必反,这是早已预料的事,你们害怕什么?"他的一番话坚定了主张平叛的大臣的决心,一场对决拉开了序幕。

第五节 阅兵扬威

为了鼓舞士气,玄烨亲临南苑,大阅八旗将士。八旗将士入关后,已经二十多年没有战事了,如今的八旗军可谓盔甲不亮,刀枪无光,突然听说与三藩交战,一时间也慌了心神。众位将士议论纷纷,对于战事各有说词。有人说:"三藩兵多将广,我们疏于武事,双方悬殊太大,恐怕我们凶多吉少。"有人说:"我们八旗军铁马纵横,汉人哪里是我们的对手?"玄烨综观八旗将领,召开大臣会议讨论由谁统帅大军。

满清大臣上奏说:"历来满汉不和,如今吴三桂率领几十万汉军打着恢复明王朝的旗号造反了,如果派遣汉将为统帅,一旦他与吴三桂串通一气,里应外合,朝廷就危险了。应该派遣满族武将统率大军。"

满汉矛盾重提,朝廷上一下子又变成了尴尬之地。熊赐履上奏说:"万岁既然已经决议讨藩,就应该以胜负为重,而不要片面地考虑满汉之争。"

玄烨面对群臣,坚决地说:"三藩作乱,与满汉之争无关,熊大人说的有道理,如今朝廷上下应该团结一心,共讨逆贼。朕决定任用周培公统率大军,讨伐逆贼!"

此语一出,满朝皆惊,满臣和汉臣都认为周培公不能担此重任。满臣的理由是周培公是汉人，汉臣的理由是周培公资历浅薄。但是玄烨心意已定，再次力排众议，坚决启用了周培公，并且与他一起大阅八旗将士。

这天，阳光明媚，万里无云，玄烨在众多大臣的陪同下来到南苑，校场上战旗飘扬，鼓乐震天。玄烨望着黑压压的将士，高声发表战前演说，鼓舞将士们奋勇杀敌，立功卫国。

八旗将士呼声阵阵，宣言立誓。

接下来，战争正式开始了，为了坚定群臣和将士们的决心，玄烨下诏处死了吴应熊。这样一来，朝廷再也没有退路了，只有和吴三桂等叛军决一死战。

吴三桂听说吴应熊被杀的时候，正在吃饭，他大吃一惊，强作镇静地说："死一个儿子算什么？人总是要死的。"

战争进行了一段时间，局势对吴三桂越来越不利，他便请西藏五世达赖喇嘛为他说情，请求朝廷"裂土罢兵"，双方分疆而治。朝廷上一些人又开始偏向这个意见，认为与吴三桂言和，可以躲避战事，避免灾难。玄烨又一次坚决地驳斥了这个意见，认为疆土不可分割。为了安定惊恐的军

康熙明黄缎绣平金龙云纹大阅甲

心、慌乱的民心，玄烨每天游景山，观骑射，以此表示胸有成竹，决战到底。对于玄烨的做法，朝廷上有人进行讽谏，有人表示担心，而他毫不在乎，依然如故。事后玄烨曾经说："当时朕要是表现出一丝惊恐来，就会人心动摇，说不定会出现意外的情况！"

　　玄烨以坚定的决心和无畏的精神，稳定了大局，安定了人心，对于平叛起着无可替代的作用。

　　在对战过程中，玄烨还能采取灵活应变的策略来应敌。他认为"三藩"之乱以吴三桂为首，其余多是胁迫屈从，如果能够击败吴三桂，其余叛军必定不攻自破。于是他一面调兵遣将，集中优势兵力讨伐吴三桂；一面派人做尚之信、耿精忠的工作，劝说他们投诚。尚之信、耿精忠眼见形势对吴三桂越来越不利，弃暗投明，重新归附了朝廷。吴三桂力量渐渐削弱，而清军兵力越来越强大。经过八年作战，玄烨终于平定了三藩之乱。

　　三藩平定后，群臣请上尊号，玄烨严辞拒绝。他认为，八年战火，生灵涂炭，给老百姓带来了很大灾难，给国家带来沉重负担，应该务实，不要贪图虚名。他颁下诏书："军兴数载，供亿浩繁，朕恐累民，不忍加派科敛。因允诸臣条奏，凡裁节浮费，改折漕贡，量增盐课杂税，稽查隐漏田赋，核减军需报销，皆用兵不得已之意。事平自有裁酌。至满洲、蒙古、汉军，久劳于外，械朽马毙，朕深悉其苦，其迅奏肤功。凯旋之日，所有借贷，无论数百万，俱令户部发帑代还，朕不食言，昭如日月，其宣示中外咸使闻知。"

　　八年叛乱，玄烨表现出了英勇睿智的政治家风范，他平叛坚决，临危不乱；制定正确的方针策略，攻打与劝降互相结合；大胆启用新人，调兵遣将，指挥得当。少年天子玄烨经过血与火的考验，逐渐走向成熟；他治理下的国家也逐渐走向稳定与兴盛。

第六节　鸿图伟业

　　成功平定三藩的玄烨没有停下步伐,他趁机开始了统一台湾、抵御外侵的各项工作。

　　公元 1661 年,郑成功从荷兰人手中收复台湾,从此郑氏家族掌管了台湾。后来,郑成功去世,他的儿子郑经接管台湾,以南明为正统朝廷,与清廷作对。1683 年,郑经去世,其子争权,部属发生内讧,台湾政局不稳。

郑成功雕像

　　这时,恰好玄烨平定了三藩,朝廷局势稳定,军队士气高涨,玄烨的权力得到充分肯定与维护,他把握时机,发动了统一台湾的战争。当时流传着一种说法,平台湾,用施琅。施琅原是台湾水师将领,玄烨不计前嫌,大胆启用他为福建水师提督,交给他军政大权。施琅得到重用,率军统一了台湾。1683 年,清军全歼郑氏主力,郑克塽做了明智抉择,请求归顺。康熙帝宽大为怀,自郑克塽以下皆量才录用,封官加

爵。郑克塽要求把郑成功的遗骨移葬福建故土,玄烨欣然准许,以礼安葬,并亲书挽联一副悼念民族英雄郑成功:

四镇多二心,两岛屯师,敢向东南争半壁;

诸王无寸土,一隅抗志,方知海外有孤忠。

意思是说,当年清军入关南下,明朝各镇总兵都临难变心,投降的投降、弃甲的弃甲,唯有郑成功固守厦门、金门,又挥师北伐,震惊东南,敢与同清军较量,维护南明半壁江山;随着清军推进,南明诸王相继灭亡,郑成功仍坚持反清复明,并东征台湾以为据点,忠诚之心昭然天下。

对清王朝而言,郑成功是仇寇劲敌,可是玄烨谅解他各为其主、效力明王朝的赤胆忠心,在挽联中盛赞他是"孤忠",业绩斐然,足以看出玄烨胸襟之宽广。

统一国家后,玄烨两次派兵进行雅克萨自卫反击战,均取得胜利。康熙二十八年(公元1689年)和俄国签订了《中俄尼布楚条约》,规定了中俄两国的东段边界,从法律上划定了以额尔古纳河、格尔毕齐河和外兴安岭为界,整个外兴安岭以南、黑龙江和乌苏里江流域(包括库页岛)都是中国的领土。这是中国历史上和外国签订的第一个平等条约,显示玄烨独立自主外交的胜利。

施琅

而后,玄烨亲征噶尔丹,妥善治理蒙古,解决了从秦汉匈奴到明朝蒙古的民族难题,他曾经说:"昔秦兴土石之工,修筑长城。我朝施恩于喀尔喀,使之防备朔方,较长城更为坚固。"他成功统治广漠的蒙古各地,使得它成为清朝北方比长城更巩固的防线。

至此,在玄烨大刀阔斧的推进之下,大清疆域稳稳地固定下来,那时清朝的疆域,东起大海,西至葱岭,南达曾母暗沙,北跨外兴安岭,西北到巴尔喀什湖,东北到库页岛,总面积约1300万平方公里,成为世界上幅员最辽阔的国家,也是中国疆域最辽阔的时期。

玄烨文武兼备,不仅成功地统一了多民族的国家,较好地处理了民族关系,还对国家进行了合理勤奋的治理,开创了康乾盛世,促进了清朝初年社会经济的发展。

他采取的主要措施是重农治河,兴修水利。清军入关后,最大的弊政就是跑马圈地,侵夺良田,阻碍生产发展。顺治帝曾诏令禁止圈地,但是没有彻底禁止。玄烨铲除鳌拜一行人后,下旨永行停止圈地,招徕百姓垦荒,恢复了生产。为促进农业生产,玄烨刻柱铭志,亲临河堤,六次南巡,治理了黄河、淮河、运河、永定河,并且兴修水利,取得很大成绩。

另外,玄烨自幼喜欢读书,他亲政后,重视文化教育,负责纂修了《康熙字典》《古今图书集成》《律历渊源》《全唐诗》《清文鉴》《皇舆全览图》等,总计60余种,2万余卷。他还善于吸收新东西,接纳西学,崇尚科技,成为古往今来第一位懂得科学的皇帝。玄烨在位时,还修建园林,先后兴建畅春园、避暑山庄、木兰围场等,推进了中国古典园林艺术的发展。

整体来说,玄烨好学不倦、勤慎政事,是一位难得的英主明君,他在位61年,文治武功,对于中国的历史,对于世界的文明

史的发展做出了杰出的贡献。有人为他总结了一生的彪炳
功绩：

一、削平三藩，巩固统一。

二、统一台湾，开府设县。

三、反击侵略，签订条约。

四、亲征朔漠，和善蒙古。

五、重农治河，兴修水利。

六、移天缩地，兴修园林。

七、兴文重教，编纂典籍。

八、引进西学，学习科技。

康熙 大事年表

公元 1654 年（顺治十一年） 出生

三月十八日生于紫禁城景仁宫，名玄烨，排行第三。母佟佳氏。

公元 1661 年（顺治十八年） 8 岁

父顺治帝去世，玄烨即位，改年号为康熙。

索尼、苏克萨哈、遏必隆、鳌拜四大臣辅政。

公元 1663 年（康熙二年） 10 岁

生母佟佳氏去世。

"明史案"爆发。

公元 1665 年（康熙四年） 12 岁

大婚，册立赫舍里氏为皇后。

公元 1667 年（康熙六年） 14 岁

七月初七在太和殿举行亲政仪式。

公元 1669 年（康熙八年） 16 岁

智擒鳌拜，康熙真正开始亲政。

公元 1670 年（康熙九年） 17 岁

颁布《圣谕十六条》，宣布以儒学治国。

公元 1673 年(康熙十二年)　20 岁

吴三桂反于云南,"三藩之乱"爆发。

公元 1679 年(康熙十八年)　26 岁

下令修《明史》。

公元 1681 年(康熙二十年)　28 岁

清军进军云南,"三藩之乱"最后平定。

公元 1683 年(康熙二十二年)　30 岁

派施琅收复台湾。

公元 1689 年(康熙二十八年)　36 岁

签订《中俄尼布楚条约》,划定中俄边境。

公元 1691 年(康熙三十年)　38 岁

多伦会盟,在蒙古实行盟旗制,加强了清对漠北地区的管辖。

公元 1696 年(康熙三十五年)　43 岁

亲征噶尔丹,赢得昭莫多之战。

公元 1697 年(康熙三十六年)　44 岁

再次亲征噶尔丹。

公元 1708 年(康熙四十七年)　55 岁

废太子胤礽。

公元 1712 年(康熙五十一年)　59 岁

宣布以后"滋生人丁,永不加赋"。

公元 1713 年(康熙五十二年)　60 岁

册封班禅额尔德尼。

公元 1716 年(康熙五十五年)　63 岁

下令修成《康熙字典》。

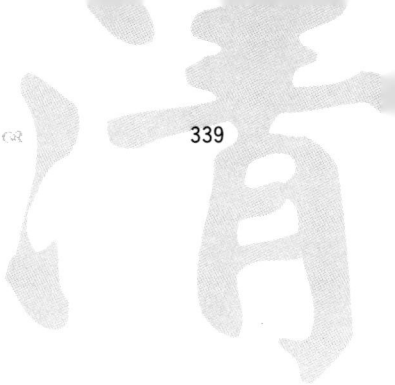

公元 1722 年（康熙六十一年）　69 岁

十一月十三日病逝于畅春园寝宫,享年 69 岁。四皇子胤禛即位,为雍正帝。